John Fante

Wait Until Spring, Bandini

ジョン・ファンテ　栗原俊秀 訳・解説

バンディーニ家よ、春を待て

未知谷
Publisher Michitani

バンディーニ家よ、春を待て　目次

バンディーニ家よ、春を待て

この本を両親に捧げます。
わが母メリー・ファンテに、愛と誠意をこめて。
わが父ニック・ファンテに、愛と讃嘆をこめて。

第一章

うずたかく積もった雪を蹴りつけながら、男は前に進んでいた。なにもかもに、うんざりしていた。ズヴェーヴォ・バンディーニという名で、その道の三区画先に住んでいた。寒さは厳しく、靴には穴があいていた。朝方、マカロニの詰まった段ボール箱の切れ端で、靴の内側に継ぎを当てたばかりだった。箱のなかのマカロニは、支払いが済んでいなかった。靴の内側に段ボールを貼りつけているあいだ、彼はマカロニの代金のことを考えていた。

雪が憎かった。ズヴェーヴォはれんが積み工で、れんがとれんがの間のモルタルは雪のせいで凍りついた。彼は家に帰る途中だった。けれど家に帰ることに、いったいなんの意味がある？　少年時代、イタリアのアブルッツォにいたころも、雪が大嫌いだった。陽の光もない、仕事もない。彼は今、アメリカにいた。コロラドのロックリンという町にいた。ついさっきまで、インペリアル・プールホールにいた。イタリアにも山はあった。ちょうど今、ほんの数マイル西に見えているような白い山が。

白く巨大なドレスをまとった山々は、側鉛のごとくに大地へと落ちかかっていた。二〇年前、まだズヴェーヴォが二十歳の青年だったころ、過酷な白化粧に囲まれながら、まる一週間も飢えて過ごしたことがあった。彼はそのとき、山小屋の暖炉を作っていた。冬山は危険だった。ズヴェーヴォは危険など虚仮《こけ》にしていた。なにしろ、あのころはまだ二十歳だったし、ロックリンには恋人がいたし、彼には金が必要だったから。ところが、雪に窒息させられた山小屋の屋根はズヴェーヴォの頭上に落下し、彼を生き埋めにした。

この美しい雪とやらは、いつだってズヴェーヴォを困窮させてきた。なぜ自分はカリフォルニアに行かなかったのか、彼には理解できなかった。現実にはコロラドにとどまり、深い雪に閉じこめられていた。今となっては、もう遅い。美しく白い雪は、ズヴェーヴォ・バンディーニの美しく白い妻のようだった。ひどく白く、ひどく豊かで、道の突き当たりにある家の、白いベッドに横たわっていた。ウォールナット・ストリート、456番地、ロックリン、コロラド。

凍てつく風を浴びて、ズヴェーヴォ・バンディーニの両目からは涙が出てきた。茶色く、柔らかで、女の顔に似合いそうな両目だった。産まれたとき、彼はその目を母親からくすねてきた。ズヴェーヴォ・バンディーニが産まれてからというもの、彼の母親はすっかり変わってしまった。母親はつねに病床についていた。息子が産まれたあとは、いつも目に病を抱えていた。そうして母親は死に、柔らかく茶色い目はズヴェーヴォが引き継いだ。

ズヴェーヴォ・バンディーニの体重は、だいたい七〇キロだった。アルトゥーロという名前の息子がいて、父親のがっしりとした肩に触れるのが大好きだった。ズヴェーヴォの肩の下には、蛇のような筋肉がうごめいていた。ズヴェーヴォ・バンディーニは美男子で、筋肉質で、マリアという名の妻がいた。夫の腰まわりの筋肉のことを考えただけで、妻の心と体は春の雪のように融けてしまうのだった。彼女はひどく白かった、このマリアという女は。マリアをとっくり眺めていると、オリーブ・オイルの薄膜をとおして女を見ているような気分になった。

ディオ・カーネ、ディオ・カーネ。「神は犬だ」という意味で、ズヴェーヴォ・バンディーニはこの言葉を雪に向かって吐きつけた。あの夜、インペリアル・プールホールにいたズヴェーヴォは、なぜポーカーで一〇ドルを擦ってしまったのだろう？　彼はこんなにも貧しく、三人も子供がいて、マカロニの支払いは済んでいなかった。三人の子供とマカロニが安らっている屋敷の支払いが済んでいないことは、あらためて確認するまでもなかった。神は犬だ。

ズヴェーヴォ・バンディーニの妻は、「子供たちが食べるものを買うためのお金をちょうだい」とはけっして言わなかった。そのかわりズヴェーヴォの妻は、大きくて黒い瞳を持っていた。その瞳は愛のため、狂おしいほどの輝きを放っていた。瞳には瞳なりの手管があった。夫の口のなかを、耳のなかを、胃のなかを、ポケットのなかを見通してしまう抜け目のない手管があった。哀しき手管に訴えるその瞳はあまりにも怜悧で、インペリアル・プールホールが首尾よく夫から金をせしめたさいには、ただちにそれを見抜いてしまった。この妻にして、この瞳あり！　ズヴェーヴォとは何者であり、何者でありたいと望んでいるのか、この瞳はすっかり見通していた。けれど、夫の魂まで見晴るかしたことは、いちども なかった。

考えてみれば、これは奇妙なことだった。なぜならマリア・バンディーニは、生きていようが死んでいようが、この世のありとあらゆるものを魂と見なしていたから。魂とはなんであるのか、マリアは知っていた。魂とは不死の存在であることを、マリアは知っていた。魂とは不死の存在である。マリアにとってそれは、議論にも値しない自明の事柄だった。魂とは不死の存在である。よろしい、なにはともあれ、魂とは不死の存在である。

マリアは白いロザリオを持っていた。それはあまりに白く、雪の上に落とそうものなら、永遠に失われてしまうほどだった。そして彼女は、ズヴェーヴォ・バンディーニと子供たちの魂のために祈りを捧げていた。マリアには時間がなかった。だから、この世のどこかで誰かが、どこかの静かな修道院に暮らす修道女が、誰かが、誰でもいいから、マリア・バンディーニの魂のために祈ってくれていることを望んでいた。

ズヴェーヴォには、自分を待っている白いベッドがあった。そこには暖かな妻が、夫を待ちながら横たわっていた。そして彼は雪を蹴りつけ、いつの日か彼が発明するだろう物体について考えていた。頭のなかには、アイディアが宿っていた。その物体とは雪かきだった。彼は以前、葉巻の箱を使ってミニチュアの雪かきをこしらえたことがあった。だから、アイディアはあった。それからズヴェーヴォは、脇腹に冷たい金属でも押しつけられたようにぞくりと震えあがった。マリアのいる暖かなベッドにもぐりこんだ幾度もの夜を、彼はふと思い出した。ロザリオについた小さく冷たい十字架が、冬の夜に肌に触れ、小さく冷たい蛇のようにくすくすと笑っていたことを思い出した。そんなとき、ベッドの冷えた部分であろうとお構いなしに、自分は慌てて身を引いたことを思い出した。そしてズヴェーヴォは寝室のことを、支払いの済んでいない屋敷のことを、悲愴な情熱をもっていつまでも自分を待ちつづけている白い妻のことを考えた。うんざりした。狂乱に駆られ、雪がより深く積もっている方へ歩道から飛びうつり、雪と闘いながら怒りを吐きだしつづけた。ディオ・カーネ、ディオ・カーネ。

彼にはアルトゥーロという名前の息子がいた。アルトゥーロは十四歳で、小さな橇を持っていた。支払いの済んでいない屋敷の庭に足を踏み入れた途端、ズヴェーヴォの両足は唐突に、木の頂きに向けて勢いよく跳ねあがった。ズヴェーヴォは地面に肩を打ちつけ、アルトゥーロの橇がゆっくりと、雪でへとへとになったライラックの茂みのなかへ滑っていった。ディオ・カーネ！　彼はアルトゥーロに、あの父なし子に、玄関につづく道に橇を置くなと言ったはずだった。冷たい雪が、怒り狂った蟻のごとくに、ズヴェーヴォ・バンディーニの両の手のひらに襲いかかってきた。立ち上がり、空に眼差しを上げ、神に向かって拳を振り上げた。狂乱のあまり卒倒するところだった。あのアルトゥーロめ。あのちっぽけな父なし子め！　彼はライラックの茂みから橇を引っぱりだし、悪魔のごとき断固たる残酷さで橇を粉砕した。すっかり橇が台無しになってみてはじめて、それが七ドル五〇セントもしたことを思い出した。その場に棒のように立ちつくしたまま、彼は服の雪を払った。靴の爪先からじわじわと雪がしみこんでくる足首のあたりに、奇妙な温かさを感じていた。七ドル五〇セントが、こなごなになった。ディアーヴォロ！［イタリア語。「悪魔」の意だが、ここでは「くそ！」に近い悪態］息子に別の橇を買ってやろう。なんにしたって、新しい方が喜ぶに決まってる。

屋敷は支払いが済んでいなかった。屋敷はズヴェーヴォの敵だった。屋敷は声を持っており、つねにズヴェーヴォに話しかけてきた。オウムのように、ひたすら同じことばかりを喋りつづけた。ポーチにズヴェーヴォの足が置かれ、きぃきぃという音が響くたび、屋敷は厚かましく言い放った。あなたはわたしを所有していませんよ、ズヴェーヴォ・バンディーニ、わたしは永久に、あなたのものにはなりませんよ。玄関のドアノブに触れるたび、まったく同じことが起こった。屋敷は十五年にわたってズヴェーヴォをなぶりつづけ、その白痴めいた独立心でもってズヴェーヴォを憤激させた。床下にダイナマイトを仕掛けて木端微塵にしてやりたいと、ズヴェーヴォは何回も考えた。かつて屋敷は、征服すべき対象だった。それは女にひどく似ていて、自分を所有してみろと挑発していた。けれど十三年が過ぎたころから、ズヴェーヴォはくたびれ、弱りはて、一方の屋敷はなおも傲慢になっていった。ズヴェーヴォ・バンディーニはもう、どうでもよかった。

その屋敷を所有している銀行員は、ズヴェーヴォにとって最悪の敵の一人だった。頭に銀行員の顔を思い浮かべただけで、暴力によってのみ解消されるであろう飢えのために、ズヴェーヴォの心臓はどきんどきんと脈打った。銀行員、ヘルマー。地球のゴミめが。ズヴェーヴォは幾度となく、ヘルマーの前に立ち、家族を養うのにじゅうぶんな金がないのだと説明しなければならなかった。柔らかな手のヘルマーは、灰色の髪をきっちりと真ん中で分けていた。家のローンを支払う金がないとズヴェーヴォ・バンディーニが話しているあいだ、銀行員は牡蠣のような目でズヴェーヴォを見つめていた。彼は同じ話をするために、何度も銀行員のもとへ赴かざるをえず、そのたびにヘルマーの柔らかな手がズヴェーヴォを苛立たせた。この手の人間とは、口をきくことさえ気が引けた。ヘルマーが憎かった。ヘルマーの首をへし折り、ヘルマーの心臓を引きずりだし、両足でそのうえに飛び乗ってやりたかった。ヘルマーのことを思うとき、ズヴェーヴォはかならずこう呟いていた。今に見てろ！　今に見てろ！　それはズヴェーヴォの屋敷ではなかった。ドアノブに触れるだけで、屋敷が自分のものでないことを彼は思い出した。

女の名前はマリアだった。彼女の黒い瞳の前では、暗闇もまた光となった。ズヴェーヴォは忍び足で部屋の隅に行き、そこにある椅子に腰をかけた。傍らの窓には、緑の日除けが下りていた。ズヴェーヴォが腰を下ろしたとき、両の膝が音を立てた。それはマリアにとって、二つの鈴が鳴らす音色のようなものだった。ズヴェーヴォは、妻が夫をこんなにも深く愛すとは、なんとばかげたことだろうと慨嘆した。部屋は凍えそうな寒さだった。息を吐くズヴェーヴォの口から、筒の形の蒸気が立ち昇っていた。靴ひもと格闘するあいだ、ズヴェーヴォはレスラーのようにふーふーと言っていた。この靴ひもというのは、いつだって厄介きわまりなかった。ディアーヴォロ！　はたして自分は、年老いて死の床につくその日までに、ほかの連中のように靴ひもを結べるようになるのだろうか？

「ズヴェーヴォ？」

「あぁ」

「ちぎらないで、ズヴェーヴォ。わたしがほどくから、灯りをつけて。かりかりして、ひもをちぎらないで」

天におわします神よ！　甘美なる聖母マリアよ！　まさしく女の鑑じゃないか？　「かりかり」だと？　いったいなにを「かりかり」することがある？　ちくしょうめ、ズヴェーヴォは窓ガラスを拳で叩き割ってやりたい気分だった！　彼は爪で靴ひもの結び目をこじ開けようとしていた。靴ひもめが！　ぜんたい、靴ひもを発明したのはどこのどいつだ？　んー、んー、んー。

「ズヴェーヴォ」

「あぁ」

「わたしがやるから。灯りをつけて」

寒さに指がかじかむと、ひもの結び目は有刺鉄線のように強情になった。腕と肩の力を振り絞り、ズヴェーヴォは苛立ちをぶちまけた。渇いた音を立てながら、ひもはちぎれた。ズヴェーヴォ・バンディーニはもう少しで、椅子から転げ落ちるところだった。彼はため息をつき、妻もそれに倣った。

「あぁ、ズヴェーヴォ。またちぎったのね」

「はん」彼は言った「靴をはいたままベッドに入って欲しかったのか？」

ズヴェーヴォはいつも裸で眠った。寝間着というものを軽蔑していた。けれど年に一度、雪が降り積もる季節になると、部屋の隅の椅子にはいつも、膝まで届く寝間着が彼のために置かれていた。かつてズヴェーヴォは、マリアの用心をせせら笑っていた。それはまさしく、彼がインフルエンザと肺炎で危うく命を落としかけた年のことだった。それはまさしく、彼が死の床から起き上がり、高熱に朦朧としながらも、もはや錠剤とシロップに嫌気がさし、ふらつく足どりで食器棚へと赴いて、半ダースのニンニクを飲み下してからベッドに戻り、死も汗もまとめて体から追いはらおうとした冬のことだった。夫の病を治したのは自らの祈禱であると、マリアは信じていた。それにたいしてズヴェーヴォは、病を治癒した信仰はニンニクであると見なしていた。ところがマリアは、ニンニクを人類にお与えになったのもまた神であると主張して聞かなかった。これはズヴェーヴォにとって、議論するにはあまりに不毛な争点だった。

ズヴェーヴォは男だった。丈の長い寝間着に身を包んだ自らの姿に、彼は我慢がならなかった。その女はマリアだった。夫の下着のあらゆる汚れ、あらゆるボタン、あらゆる糸、あらゆる臭い、あらゆる手触りが、体の奥底から悦びを呼び覚まし、胸の先端がツンと痛くなるのだった。二人が結婚して十五年が過ぎていた。ズヴェーヴォはお喋りが上手で、じつに色々な話題を口にした。けれども彼は、「愛している」とは滅多に言わなかった。マリアは彼の妻であり、口数は少なく、にもかかわらずズヴェーヴォは、妻からひっきりなしに聞かされる「愛している」に飽き飽きしていた。

彼はベッドの横まで歩み寄った。枕の下に手を入れて、いたずら好きのロザリオの在り処を確かめた。それからベッドと毛布のあいだに滑りこみ、死に物狂いで妻を抱きしめた。両腕でがっちりと妻の両腕をしばりつけ、両足をがっちりと妻の両足に絡みつけた。それは情熱に由来する行為ではなかった。それはただただ、冬の夜の寒さのなせる業だった。そしてマリアは小さな生きたストーブであり、その哀しみと暖かさは、そもそものはじめからズヴェーヴォを強く惹きつけていた。十五回の冬、夜の闇が下りるたび、氷のような足と、氷のような手と、氷のような腕を、女の暖かな体が迎えいれてきた。かような愛に思いをめぐらし、ズヴェーヴォはため息をついた。

ついさっき、インペリアル・プールホールは彼から最後の一〇ドルを巻き上げていった。せめてこの妻が、夫の弱みを覆い隠すような欠陥を持ってさえいたなら。たとえばテレーザ・デレンツォだ。彼はテレーザ・デレンツォと結婚してもよかったのだ。けっきょくそれを思いとどまったのは、テレーザは金遣いが荒く、あまりにもお喋りで、その口から下水のような臭いがしたからだった。テレーザは、ズヴェーヴォの腕に抱かれたさい、ふにゃふにゃに溶けるような振りをしてみせるのが好きだった。屈強かつ筋肉質のテレーザが。どうか想像してほしい！　テレーザ・デレンツォはズヴェーヴォよりも背が高かった！　じっさい、テレーザのような女が妻だったら、インペリアル・プールホールでポーカーをして一〇ドルを擦ったところで、愉快な気分でいられただろう。あの口臭を思い、あのお喋りな口を思い、必死に稼いだ一〇ドルをどぶに捨てるチャンスを与えてくださった神さまに感謝を捧げられたことだろう。しかし妻がマリアではどうしようもなかった。

「アルトゥーロが台所の窓を割ったの」マリアが言った。

「割った？　どうして？」

「フェデリーコの頭を、窓に叩きつけたの」

「娼婦の息子め」

「わざとやったんじゃないのよ。遊んでいただけ」

「それでお前はどうしたんだ？　なにもしてないんだろ、どうせな」

「フェデリーコの頭にヨードチンキを塗ったわ。小さな切り傷よ。少しも深刻じゃないの」

「少しも深刻じゃない！　どういう意味だ？　少しも深刻じゃない！　アルトゥーロには説教したのか？」

「あの子は腹を立てていて。映画を観にいきたかったのね」

「それで、観にいったんだろうが」

「子供は映画が好きだから」

「ちびで汚らしい娼婦の息子め」

「ズヴェーヴォ、どうしてそんなことを言うの？　あなたの息子でしょう」

「お前があいつを台なしにしたんだ。お前は息子たちを甘やかしすぎなんだ」

「アルトゥーロはあなたに似たのよ、ズヴェーヴォ。あなただって腕白だったもの」

「俺が？　冗談言うな！　俺は弟の頭を窓ガラスに叩きつけたりしなかったぞ」

「あなたに兄弟はいないじゃないの、ズヴェーヴォ。でも、あなたのお父さんを階段から突き落として、腕を折ってしまったことがあったわよね」

「俺の親父とこの話にいったいなんの……もういい、それは忘れろ」

身をよじらせながらマリアに近づき、おさげにした妻の髪のなかに顔をうずめた。次男のアウグストが産まれたあと、妻の右耳からはいつもクロロホルムの臭いがした。一〇年前、マリアはこの香りを病院から持ち帰ってきた。それともこれは錯覚か？　夫婦はこの点にかんし、何年にもわたり口論を交わしてきた。なぜならマリアは、自身の右耳からクロロホルムの臭いがすることを、けっして認めようとしなかったから。ついに子供たちまでが検分に駆り出された。けっきょく、彼らも臭いを感じとることはできなかった。けれど臭うのだ、つねに臭うのだ、ちょうど病室で過ごしたあの夜のように、生死の境をさまよいながらも、マリアがどうにかアウグストを産みおとし、妻にキスをするため彼が身を屈めたあのときのように。

「俺が父親を階段から突き落としたとして、それがどうした？　アルトゥーロとなんの関係がある？」

「お父さんはあなたを甘やかしたの？　あなたは台なしにされたの？」

「そんなこと俺が知るか」

「いいえ、あなたは台なしになんかされていません」

こいつの思考回路はどうなってる？　もちろん、台なしにされたともさ！　テレーザ・デレンツォはことあるごとに、ズヴェーヴォは邪まで、身勝手で、甘やかされて台なしになった男だと言っていた。そう言われると、彼は嬉しかった。そしてあの女——なんて名前だったか——カルメラだ、カルメラ・リッチだ、ロッコ・サッコーネの友だちのあの女は、彼を悪魔と呼んでいた。これは賢い女だった、彼女は大卒だった、コロラド大学の卒業生だった。そのカルメラが言うには、ズヴェーヴォは驚くべき不良であり、残酷であり、危険であり、若い女性にとっての脅威だった。ところがこのマリアときたら！　おぉ、マリア、彼女はズヴェーヴォを天使だと思っていた。白パンのように無垢だと思っていた。はんっ。いったいマリアになにが分かる？　彼女は大学を出ておらず、高校の課程さえ終えていなかった。

高校の課程さえ。女の名前はマリア・バンディーニだった。けれど彼と結婚する前、女はマリア・トスカーナという名前だった。彼女は高校を卒業していなかった。マリア・トスカーナは一男二女の家庭の末っ子だった。兄のトニーと姉のテレーザは、二人とも高校を卒業していた。ところがマリアは？　家族は彼女に悪罵を浴びせた。トスカーナ一族の面汚し。少女は周囲の言葉にけっして耳を貸そうとせず、高校を卒業することを拒んでしまった。トスカーナ家の落ちこぼれ。高校の卒業証書もない娘。証書にはほとんど手が届きかけていた。マリアはすでに三年と半年、高校に通っていた。なのに卒業はしなかった。兄のトニーと姉のテレーザは卒業証書を持っていた。そしてカルメラ・リッチは、ロッコの女友だちは、なんとコロラド大学まで卒業していた。神はズヴェーヴォに背いたのだ。数ある女のうちからよりによって、どうして隣のこの女に、高校の卒業証書さえないこの女に恋をしてしまったのだろう？

「もうすぐクリスマスよ、ズヴェーヴォ」マリアが言った「お祈りを唱えてね。幸せなクリスマスになるように、主に祈ってちょうだい」

女の名前はマリアだった。そして彼女はどんなときでも、彼がすでに知っていることを彼に話すのだった。もうすぐクリスマスだと言わなかったら、ズヴェーヴォがそれを知らないままでいるとでも？　それは十二月八日の晩だった。木曜の夜に妻の隣で横になった夫に、明日は金曜日ですよと言う必要あるか？　そしてあのアルトゥーロだ、橇で遊ぶあの息子だ、どうして俺が息子に苦しめられなきゃならないんだ？　あぁ、ポーヴェラ・アメリカ！［イタリア語。「哀れなるアメリカよ！」の意］しまいには、幸せなクリスマスのためにお祈りをしろときた。はんっ。

「ズヴェーヴォ、暖かくなった？」

隣にいるその女は、ズヴェーヴォが暖かくなったかどうかいつも知りたがっていた。マリアの身長は一五〇センチくらいだった。彼女が寝ているのか起きているのか、ズヴェーヴォには分かったためしがなかった。彼女はそれほどまでに静かだった。幽霊のような妻だった。つねにベッドの半分で満足し、ロザリオの祈りを唱え、愉しいクリスマスのために祈りを捧げていた。屋敷のローンを払えずにいることを、不思議に思う必要などあるだろうか？　信仰にいかれた妻が、精神病院を占拠してるんだぞ？　男にとって必要なのは、彼を駆り立て、彼を盛り立て、彼を仕事へと急き立てる妻なのだ。ところがマリアは？　あぁ、ポーヴェラ・アメリカ！

ベッドの脇から抜け出したマリアのつま先は、暗闇のなかでも絨毯の上のスリッパをあやまたず見つけた。まずはバスルームを点検し、それから息子たちの部屋にそっと立ち寄る。ズヴェーヴォにはよく分かっていた。すっかり眠りにつく前の、一日で最後の視察だった。三人の息子の様子を見るために、いつもベッドから抜け出す妻。あぁ、なんという人生だ！　イオ・ソーノ・フレガート！［イタリア語。「いっぱい食わされたね！」の意］

この屋敷で、このような騒乱のさなかで、妻がいつも一言もなしにベッドから抜け出していくこの寝室で、いったいどうやって眠れというのか？　潰れろ、インペリアル・プールホールめ！　十二と二のフルハウス、それでもズヴェーヴォは負けを喫した。マドンナ！［イタリア語。「聖母」の意だが、ここでは「ちくしょう！」に近い悪罵］幸せなクリスマスのために、祈りを捧げろときたか！　かかる幸運を前にしては、もはや主に向けて語らねばなるまい！　ジェズ・クリスト［イタリア語。「イエス・キリスト」の意］、もしほんとうに神が存在するのなら、どうか答えをお聞かせください——なぜ!!

出ていったときと同じくらい静かに、マリアはズヴェーヴォの隣に戻ってきた。

「フェデリーコが風邪を引いているの」

風邪を引いているのはズヴェーヴォも同じだった。ただしそれは体でなく、魂を蝕む風邪だった。息子のフェデリーコは、すすり泣きでもすればマリアがやってきて、胸にメントールを塗ってくれる。それからマリアは横になり、息子の風邪について夫に延々と語るのだ。たいするズヴェーヴォ・バンディーニは、ひとりきりで苦しみを舐めていた。体に痛みを感じるのではない。それよりもずっと悪い、なぜなら、ズヴェーヴォが感じているのは魂の痛みだから。自らの魂に巣食う苦しみよりつらいものなど、この世に存在するだろうか？　マリアは彼を助けたか？　困難の渦中にあるズヴェーヴォに、苦しいかどうか尋ねたことがあったか？　ズヴェーヴォ、愛しいあなた、最近あなたの魂の調子はどうかしら、と、いちどでも訊いてきたことがあったか？　ズヴェーヴォ、あなたは幸せ？　ズヴェーヴォ、この冬はなにか仕事が見つかりそう？　ディオ・マレデット！「イタリア語。「呪われた神」の意だが、ここでは「くそ！」「ちくしょう！」に近い悪罵」そしてマリアは、愉しいクリスマスを欲している！　三人の息子と一人の妻のあいだでひとりぼっちの自分が、いったいどうして愉しいクリスマスを迎えられる？　靴には穴が開き、カードでは運に見放され、仕事もなく、忌々しい橇のせいで首をしたたかに打ちつける——そしてお前は、愉しいクリスマスを欲している！　彼は百万長者だったのか？　そうなっていた可能性もある、もし正しい種類の女性と結婚していたなら。ふんっ。煎じつめれば、彼はあまりにも愚かだった。

　女の名前はマリアだった。そして彼は、ベッドが柔らかにたわむのを感じた。そばに寄ってきた妻に気がつき、ズヴェーヴォは思わず笑みをこぼした。ズヴェーヴォの唇が、マリアを受け入れるためにわずかに開いた。妻の小さな手の三本の指が彼の唇に触れ、陽の光に照らされた暖かな大地へとズヴェーヴォを引き上げた。そして彼女は口をとがらせ、夫の鼻孔にふっと息を吹きかけた。

「カーラ・スポーザ」彼は言った「愛しい妻よ」

湿り気を帯びた唇を、マリアは夫の目の上にこすりつけた。ズヴェーヴォは静かに笑った。

「こいつめ、殺してやる」彼は囁いた。

マリアは笑い、それからじっと耳を澄まし、なにも聞き逃すまいとした。隣の部屋の子供たちが、目を覚ましてしまうのではないかと不安だった。

「ケ・サラ、サラ」マリアが言った「なるようになるわよね」

女の名前はマリアだった。彼女はあまりにも辛抱強かった。夫を待ち、腰まわりの筋肉に触れ、なおも辛抱をつづけ、夫の体のここそこにキスを浴びせ、やがてズヴェーヴォは彼のこよなく愛する熱に飲みこまれ、マリアは仰向けに横になった。

「あぁ、ズヴェーヴォ。すごい、なんて素敵！」

繊細に、獰猛に、ズヴェーヴォは妻を愛した。誇りに満たされ、ずっとこんなことを考えていた「こいつはそんなにばかじゃないぞ、このマリアは。良いものは良いってことが、ちゃんと分かってる」太陽を目指しながら二人が追いかけていた大きな泡は、二人のあいだで「ぱんっ」とはじけ、悦ばしき解放感にズヴェーヴォはうめきをあげた。それはあたかも、ほんの短いあいだだけ、多くの事柄をきれいに忘れられた幸せな男のうめきだった。そしてマリアは、ベッドの半分でじっと息をひそめつつ、自分の鼓動に耳を傾け、夫がインペリアル・プールホールでいくら擦ったのか推し量っていた。かなりの額だろう、間違いない。おそらくは一〇ドル。高校の卒業証書はないけれど、マリアは夫の窮乏を、その情熱を物差しにして読みとることができた。

「ズヴェーヴォ」マリアが囁いた。

ところが夫は、すでに深い眠りに落ちていた。

バンディーニ、雪を憎む男。彼は朝の五時にベッドから飛び降りた。ロケットミサイルのごとくベッドから飛び出した。冷たい朝に向かって顔を歪め、鼻を鳴らしてせせら笑った。はんっ、このコロラドめ、主の創造物のどん尻め。いつだって凍ってやがる。イタリアのれんが積み工の居場所は、ここにはない。あぁ、彼は人生に呪われていた。すぐそばの椅子に歩み寄り、ズボンをひっつかみ、両足をそこに突っこんだ。そのあいだずっと、雪のせいで失われた、組合の日給一二ドルのことを考えていた。八時間の激しい労働が失われた、なにもかも雪のせいで！　彼はブラインドのひもを引いた。マシンガンのような音を響かせ、ブラインドは勢いよく持ち上がった。一糸まとわぬ白い朝が部屋のなかになだれこみ、ズヴェーヴォの体に光の粒を浴びせかけた。ズヴェーヴォは吐きすてた。スポルカッチョーネ。きたねぇ面だ。彼は朝の眺めをそう呼んだ。スポルカッチョーネ・ウブリアーコ。酔いどれのきたねぇ面だ。

うとうとする子猫のようにマリアは眠りこけていた。けれどブラインドが引き上げられると、彼女はすぐに目を覚ました。マリアの瞳に恐れがよぎった。

「ズヴェーヴォ、早すぎるわ」

「寝てろ。誰が起きろと言った？　寝てるんだ」

「何時かしら？」

「男が起きる時間だ。女は寝てる時間だ。黙ってろ」

夫の早起きに、マリアはいつまでも馴染むことができなかった。彼女の起床時間は七時だった。ただし、入院していたころだけは話が別で、九時まで病室のベッドで寝ていた。寝すぎるせいで、病院ではいつも頭痛がした。一方で、彼女が結婚したこの男は、冬は朝五時、夏は朝六時にベッドから飛び出すのが習慣になっていた。真冬の白い牢獄が夫を苦しめていることを、マリアは理解していた。二時間後に目を覚ましたとき、庭のまわりのあらゆる路地や、家から半区画先までの公道や、物干し竿の下や、屋敷から伸びる小道のはるかかなたまでに積もった雪を、夫がシャベルでことごとく掘り返し、うずたかく積みあげ、てきぱきと動きまわり、平らなシャベルで凶暴に雪を切り刻んでいるであろうことがマリアには分かっていた。

じっさい、そのとおりだった。目を覚ましてスリッパに足を入れると、しおれた花のように爪先がちぢこまった。マリアは台所の窓から外を眺めた。すると、やはりそこに彼はいた。背の高い塀の向こうの小道にいた。彼は巨人だった。二メートルはある塀の向こうに姿を隠した、小さな巨人だった。ときおり、シャベルの先端が塀の上から顔をのぞかせ、雪の粉を空に向けて振り撒いていた。

けれど夫は、台所のストーブに火をつけていなかった。あぁ、そうとも、彼はけっして台所のストーブに火をつけようとしなかった。俺を誰だと思ってる？　女か？　この俺に火を熾せだと？　たまには彼も、火をつけることがあった。前に山へピクニックに出かけたとき、ステーキを焼くためにズヴェーヴォは火を熾した。誰にも、ぜったいに、火に触れさせようとしなかった。なに、台所のストーブだと？　俺を誰だと思ってる？　女か？

あの朝はひどく、ひどく寒かった。かたかたと震える顎が、マリアの口から逃げ出そうとしていた。マリアの足の下には、くすんだ緑色のリノリウムの床が、氷の板のように広がっていた。台所のストーブは、氷の塊だった。まったくもって、なんというストーブだろう！　それは獰猛で気難し屋の専制君主だった。マリアはいつもそれに石炭を入れ、それを宥め、それをおだて、そうした努力にもかかわらず、ストーブという黒い熊は気まぐれに反乱を起こし、真っ赤に燃えることを拒んでみせた。それは注文の多いストーブだった。ようやく暖かくなり、甘やかな熱を吐きだしはじめたかと思うと、前触れもなしに凶暴になり、黄色い炎を巻き上げ、屋敷を丸ごと飲みこんでやろうかと脅してきた。ふくれっつらの黒い鉄の塊を操ることができるのは、マリアだけだった。彼女はまず、小枝をこまめに、間を置かずにストーブに挿しいれる。内気な炎を愛撫してやり、やがて太い薪をそこに載せる。また一本、また一本と薪をくわえ、マリアの気遣いにストーブはごろごろと喉を鳴らす。すると鉄は熱を帯び、ストーブは膨張をはじめる。熱気が鉄を激しく打ちつけ、いつしかストーブは惚けたように、満ち足りた呻きと唸りを周囲に響かす。この女はマリアであり、ストーブは彼女だけを愛していた。ものは試しに、その貪欲な口のなかへ、アルトゥーロやアウグストに石炭を入れさせてみるといい。自らの熱に癇癪を起こしたストーブは、壁に掛けてある絵を燃やし火ぶくれを起こさせながら、ぞっとするような黄色を身にまとうだろう。シューッという音を響かせ、この憎たらしいでくの坊はマリアを呼ぶ。眉をひそめながらやってきた有能な彼女は、その手に布巾を携えて、ストーブのあちこちを叱りつけ、手際よく通気口を閉ざし、間の抜けた平穏をストーブが取り戻すまで、そのはらわたを揺すってやる。マリアの手は、しおれたバラほどの大きさもなかった。ところが、この黒い悪魔はマリアの奴隷であり、彼女はこいつのことが大好きだった。マリアのおかげで、ストーブは荒々しく燃えさかり、輝きを放っていられるのだった。商標名が記されたニッケルのプレートは、まるで自らの美しい歯を誇りとしている口のごとくに、邪悪な笑みをにっこりと浮かべていた。

ようやく火がつき、ストーブがくぐもった声でおはようの挨拶を寄越すと、マリアはコーヒーを淹れるための水をストーブの上に置き、それから窓際へと戻った。ズヴェーヴォは、ふだん鶏を放している柵の内側にいた。シャベルにもたれかかりながら、はぁはぁと肩で息をしていた。鶏たちは柵の外に出され、ズヴェーヴォを見つめながら「コッ、コッ」と鳴いていた。空からふりきたる白い天国を大地から取り除け、柵の外に掻きだしているこの男を、鶏たちが見つめていた。けれど、その光景を台所の窓際から眺めているマリアには、鶏たちがズヴェーヴォに近寄りすぎないよう用心していることがよく分かった。そのわけを、マリアは知っていた。庭にいる鶏たちは、マリアにのみ忠誠を誓っていた。マリアの手から餌をもらう鶏たちは、ズヴェーヴォを憎んでいた。土曜の夜にふらりと訪れ、柵のなかの誰かを絞めてゆくのはこの男であることを、鶏たちはちゃんと記憶していた。もちろん今は、その件は水に流すつもりだった。地面を引っ掻くことができるよう、雪を取り除けてくれているこの男に、鶏は深い感謝の念を捧げていた。鶏とて、彼の労をねぎらうにやぶさかではなかった。けれどこの男を、すっかり信用するわけにはいかなかった。小さな手にトウモロコシの粒をしたたらせながらやってくる女のことは、心から信用していた。その女は、皿に盛ったスパゲッティを運んでくることさえあった。女がスパゲッティを持ってくると、鶏たちは彼女の手にくちばしでキスをした。しかし、この男には用心していた。

息子たちの名前はアルトゥーロ、アウグスト、フェデリーコだった。三人はすでに目を覚ましていた。三組の茶色い瞳が、黒々とした眠りの川に浸かりながらきらめいていた。三人はひとつのベッドで眠っていた。アルトゥーロは十四歳、アウグストは十二歳、フェデリーコは八歳だった。イタリアの少年たちは、三人いっしょにひとつのベッドで、いやらしい話をしているときに特有の短い笑いを立てながら冗談を飛ばしていた。アルトゥーロはたくさんのことを知っていた。彼は今、自身の知識を弟たちに披露しているところだった。兄の口から発される言葉が、冷たい部屋に立ち昇る暖かな蒸気のなかを漂っていた。彼はたくさんのことを知っていた。彼はたくさんのことを見てきた。彼はたくさんのことを知っていた。俺がなにを見たのか、お前たちには分からないだろ。その女はポーチの階段に坐ってたんだ。俺はそのとき、女からそう遠くない場所にいた。俺はすっかり見たんだ。

八歳のフェデリーコ。

「アルトゥーロ、なにを見たの?」

「お前は黙ってろ、このちびすけ。お前に話してるんじゃないんだよ!」

「誰にも言わないからさ、アルトゥーロ」

「おい、黙れって。お前は小さすぎるんだよ!」

「じゃあ、みんなにばらしてやる」

すると年長の二人は結託し、フェデリーコをベッドから突き落とした。すでにべそをかいていた弟は、床にどしんと尻もちをついた。突如、凍てつく空気が乱暴に彼に襲いかかり、一万本の針となって素肌を刺した。末っ子は悲鳴をあげ、さっきまで横になっていたベッドと毛布のあいだにもぐりこもうとした。ところが、兄たちは彼よりも力が強かった。フェデリーコはベッドの周りを全速力で駆け、母親の部屋へと逃げていった。母はちょうど、コットンのストッキングに足をとおしているところだった。絶望したフェデリーコが喚いた。

「僕を蹴り落としたんだ！　アルトゥーロがやったんだよ、アウグストがやったんだよ！」

「告げ口屋！」隣の部屋で兄たちが叫んでいた。

マリアにとって、この末っ子はあまりにも美しかった。あぁ、フェデリーコ。マリアにとって、末っ子の肌はあまりにも美しかった。母は息子を両腕のなかに迎えいれ、両手で背中を撫でてやった。小さく美しい尻に手を押しつけ、ぎゅっと抱きしめ、息子のなかに熱を送ってやった。マリアの匂いが、フェデリーコの鼻孔を満たした。これはなんの匂いだろう、朝に嗅ぐこの匂いはどうしてこんなに良い香りなんだろうと、フェデリーコはぼんやり考えていた。

「お母さんのベッドで眠りなさい」マリアが言った。

フェデリーコが大急ぎでベッドに這いあがると、マリアは息子に上掛けをかけてやった。母はすっかり幸福に満たされながら、息子の体を優しく揺らした。フェデリーコは満足していた。というのも彼は、母親がふだん寝ている側にもぐりこみ、母親の髪がこしらえた枕のくぼみに頭を載せられたから。フェデリーコは、父親の枕が嫌いだった。その枕は、つんと鼻を刺すような臭いがした。けれど母親の枕からは甘い匂いが漂い、フェデリーコの全身を暖かな膜で包んでくれた。

「ほかにもいろいろ知ってるんだぞ」アルトゥーロが言った「でも、言わないけどな」

アウグストは十二歳だった。彼はあまりたくさんのことは知らなかった。もちろん、ちびの弟フェデリーコよりは知っていた。でも、隣にいる兄、アルトゥーロとくらべたら、半分程度も知らなかった。女のことも、ほかのことも、兄はたくさんのことを知っていた。

「話してほしいんだったら、なにか見返りをもらわないとな」アルトゥーロが言った。

「牛乳をおごるよ」

「牛乳！　なんだそれ！　冬に牛乳飲みたがるやつがいるかよ？」

「来年の夏におごるからさ」

「ばかいえ。今、なにをくれるのか訊いてるんだよ」

「持ってるものなら、なんでもあげるよ」

「よーし。なにを持ってる？」

「なにも持ってない」

「分かったよ。じゃあ、お前にはなにも話さないからな」

「ほんとうは、話すことなんかないんだろ」

「そんなわけあるか！」

「ただで話してよ」

「冗談よせって」

「じゃあ、兄さんは嘘つきだ。アルトゥーロは嘘つきだ」

「嘘つきって言うな！」

「話せないなら嘘つきだろ。嘘つき！」

少年はアルトゥーロだった。十四歳だった。父親のミニチュアのような少年だった。ただし口髭は生えていなかった。少年のゆがんだ上唇は、小粋な残忍さをたたえていた。その顔にはそばかすが、ケーキに群がる蟻のように散らばっていた。彼は長男だった。自分のことを、じつに腕っぷしの強い少年だと思っていた。洟垂れの弟どもが、彼を嘘つきと呼んでただですむはずがなかった。五秒後には、アウグストは身もだえしていた。毛布の下を移動したアルトゥーロが、弟の足もとにいた。

「こいつが俺の足首固めだ」アルトゥーロが言った。

「うぅ！　はなせ！」

「おい、どこに嘘つきがいる？」

「どこにもいない！」

彼らの母親はマリアだった。けれど息子たちは彼女のことを「マンマ」と呼んでいた。今もなお、マリアは息子たちの傍らで、母としての務めを思いながら身をすくませ、心をざわつかせていた。たとえば、アウグストの場合を見てみよう。彼の母親であることは難しくなかった。アウグストの髪は金色だった。一日に百回でも、とりたてて理由もなしに、マリアの脳裏にはその事実が去来した。わたしの次男の髪の毛は、金色である。彼女はいつでも好きなときに、アウグストにキスができた。身をかがめ、金色の髪を堪能し、次男の顔や目に自分の唇を押しつけた。アウグストは、そう、聞き分けの良い息子だった。もちろんマリアは、アウグストのためにたいへんな苦労を味わってきた。腎臓が弱いのだと、ヒューソン医師は言っていた。けれど、今ではそれも克服され、目を覚ましたときに布団が濡れているようなことはなくなった。アウグストはもう、けっしてベッドを濡らさないまま、立派な大人に成長するだろう。眠るアウグストの横で膝をつき、マリアは百度の夜を過ごした。彼女が神に祈るあいだ、暗闇のなかでロザリオの玉が音を立てていた。恵み深き主よ、お願いします、もう息子におねしょをさせないでください。百度の夜を、二百度の夜を、マリアはそうやって過ごした。

医者はそれを、腎臓の機能不全と呼んだ。マリアはそれを、神の意志と呼んだ。そしてズヴェーヴォ・バンディーニはそれを、くそ忌々しいほどの迂闊さと呼んだ。金髪であろうがなかろうが、ズヴェーヴォはアウグストを鶏どもの柵のなかで眠らせてやりたかった。治療にあたって、あらゆる種類の提案がなされた。医者は錠剤を処方しつづけた。ズヴェーヴォは、剃刀の皮砥《かわと》で息子を折檻したがっていた。けれどマリアが、いつもそれを思いとどまらせた。そしてマリアの母であるドンナ・トスカーナは、アウグストは自分の小水を飲むべきであると主張していた。しかし、女の名前はマリアだった。救い主の母と同じ名だった。そして彼女は、ロザリオの玉とともに何マイルもの道を進み、もうひとりのマリアのもとへたどりついた。そう、アウグストはおねしょをやめた、そうだろう？　ある日の朝早く、マリアがアウグストの体の下に手を滑りこませると、暖かな息子の体はすっかり乾いていた、そうだろう？　それはなぜ？　マリアは答えを知っていた。誰にもそのわけを説明できなかった。バンディーニ氏は言った「たんに今が、頃合いだったんだろうよ」医者は錠剤が効いたのだと説明し、ドンナ・トスカーナはというと、自分の助言に従っていれば、アウグストはとっくにおねしょをやめていただろうと主張した。アウグストさえも、驚きに打たれていた。朝がきて目を覚ますたび、乾いて清潔な自分に気がつき、アウグストは歓喜の念に満たされた。夜中に目が覚め、自分の横で膝をつく母親に出くわした幾度もの夜を、アウグストはしっかり覚えていた。すぐそこに母の顔があり、ロザリオが鳴り、母の息が鼻にかかり、そして母のつぶやく「アヴェ・マリア、アヴェ・マリア」というささやかな祈りが彼の鼻と目に注ぎこまれた。二人のマリアのあいだで身動きの取れなくなったアウグストはぞっとするような憂愁にとらわれ、無力感に息が詰まり、二人をまとめて喜ばせてみせるときっぱり心に決めたのだった。もう二度と、ベッドでおねしょをするもんか！

アウグストの母親であることは難しくなかった。マリアは好きなときにいつでも、金色の髪と戯れることができた。なぜならアウグストは、母の驚異と神秘に満たされていたから。マリアは、そう、アウグストに決定的な変化をもたらした。アウグストを成長させたのはマリアだった。マリアのおかげでアウグストは、自分は本物の男だと思えるようになった。腎臓の不調のためにアルトゥーロからばかにされたり、いじめられたりすることもなくなった。マリアは毎晩、息子たちの枕元に忍び足でやってきた。髪の毛に触れる暖かな指を感じただけで、アウグストはその事実を思い出した。彼女ともうひとりのマリアこそ、自分を泣き虫から本物の男へと変えてくれた恩人だった。彼女からこんなにも良い匂いがするのは、少しも不思議なことではなかった。そしてマリアは、金色の髪の神秘をけっして忘れなかった。この色がどこからきたのか、ご存知なのは神だけだった。そして彼女は、アウグストの髪の色を誇りに感じていた。

三人の少年と一人の男のための朝食。彼の名前はアルトゥーロだった。ところが少年はこの名前を憎んでおり、ジョンと呼ばれることを欲していた。彼の姓はバンディーニだった。ところがアルトゥーロはジョーンズという姓を欲していた。彼の父と母はイタリア人だった。ところがアルトゥーロはアメリカ人でありたかった。彼の父親はれんが積み工だった。ところがアルトゥーロはシカゴ・カブスのピッチャーになりたかった。一家はコロラドのロックリンという、人口一〇〇〇〇人ほどの町に暮らしていた。ところがアルトゥーロは、そこから三〇マイル離れたデンバーで暮らしたかった。彼の顔にはそばかすがあった。ところがアルトゥーロはきれいな顔を欲していた。彼はカトリックの学校に通っていた。ところがアルトゥーロは公立学校に通いたいと望んでいた。彼はローザという女の子が好きだった。ところが少女はアルトゥーロを憎んでいた。彼はミサの侍者だった。ところがアルトゥーロは悪魔であり、ミサの侍者を憎んでいた。彼は良い子でいたかった。ところがアルトゥーロは良い子になることが怖かった、というのも、友人たちに「良い子」と呼ばれては適わないから。この少年はアルトゥーロであり、父親のことが大好きだった。ところが少年は、いつか自分が大きくなり、父親を叩きのめせるようになってしまう日がくることを恐れていた。彼は父親を崇拝していた。ところがアルトゥーロは自分の母を、弱虫の間抜けだと見なしていた。

どうして彼の母親は、ほかの家の母親と違うのだろう？　母は目の前のこの人であり、アルトゥーロは毎日その事実を突きつけられた。ジャック・ハウリーの母親は、アルトゥーロをいたく興奮させた。独特の手つきで彼女からクッキーを手渡されると、アルトゥーロの心臓はごろごろと喉を鳴らした。ジム・トーランドの母親は、見事な脚線美を誇っていた。カール・モッラの母親は、ギンガムのワンピースのほかはけっして身につけなかった。彼女がモッラ家の台所を掃除しているあいだ、アルトゥーロは家の裏手のポーチに立ち、掃除するミセス・モッラを見つめて恍惚としていた。熱を帯びた少年の瞳が、夫人の尻の動きを貪っていた。アルトゥーロは十四歳だった。母は彼を興奮させなかった。この苦々しい現実が、母にたいする少年の憎しみを掻き立てていた。アルトゥーロはいつも、視界の隅で母親の様子をうかがっていた。アルトゥーロは母のことが大好きで、母のことが大嫌いだった。

どうして彼の母親は、バンディーニ氏の専制を甘受しているのだろう？　どうして母は、父を恐れるのだろう？　二人がベッドのなかにいるとき、眠らずにいる父が汗をかきかき憎しみを吐きだしているあいだ、母はなぜバンディーニ氏からの仕打ちを受け入れるがままでいるのだろう？　バスルームの点検を終えたあとで息子たちの寝室を覗きにくるとき、母はなぜ暗闇のなかで微笑むのだろう？母の笑顔が見えるわけではなかった。けれど、母の顔に微笑みが浮かんでいることを、夜の満悦を、暗闇へのかくも深き愛を、少年は知っていた。秘められた灯りが母の顔を暖めていることを、少年は知っていた。ようするにアルトゥーロは、父のことも母のことも大嫌いだった。とはいえ、母への憎しみはより大きかった。アルトゥーロは母に唾を吐きかけてやりたかった。そして、母が自分のベッドに戻ってからも長いあいだ、少年の顔には憎しみがまとわりつき、少年の頬の筋肉はその憎しみにうんざりしていた。

朝食が用意された。コーヒーを頼んでいる父の声を少年は聞いた。どうして彼の父親は、いつも大声を張りあげるのだろうか？　小さな声では話せないのだろうか？　近所の住民は一人のこらず、この家のなかで起きる出来事を知りつくしていた。それもこれも、少年の父がつねに叫んでいるからだった。お隣にはモリーズ一家が暮らしていた。この家からは物音ひとつ、けっして聞こえてきたことがなかった。平穏だった。アメリカ人だった。ところが少年の父親は、たんにイタリア人であるだけでは飽き足らず、やかましいイタリア人としての生を邁進していた。

「アルトゥーロ」母が呼んだ「朝食よ」

あたかも、朝食ができたことを少年が知らないでいたかのように！　あたかも、コロラドの全住民がこのときまで、バンディーニ家の食卓に朝食が用意されたことを知らないでいたかのように！

アルトゥーロは石鹸と水が大嫌いだった。どうして毎朝顔を洗わなければいけないのか、少年にはまったく理解できなかった。彼はバスルームが大嫌いだった。バスタブがないからだった。彼は歯ブラシが大嫌いだった。母親が買ってくる歯磨き粉が大嫌いだった。一家で共用の櫛が大嫌いだった。そこにはいつも、父の髪から剥げ落ちたモルタルが詰まっていた。そして彼は、硬くて癖のある自分の強情な髪の毛のことも大嫌いだった。それよりなにより、そばかすに覆われた自分の顔が大嫌いだった。少年の顔のそばかすは、絨毯のうえに撒き散らされた一万枚のペニー銅貨のようだった。バスルームのなかでアルトゥーロのお気に召しているものはただひとつ、部屋の隅のはめこみの緩い床板だけだった。彼はそこに、「スカーレット・クライム」と「テラー・テイルズ」を隠していた。

「アルトゥーロ！　あなたの卵、冷めちゃうわよ」

卵。あぁ、主よ、この少年はどれほど卵を憎んでいたことか。

卵は冷えていた。好きにしてくれ。けれどその卵も、アルトゥーロが席につくなり彼をねめつけてきた父親の瞳ほどには冷たくなかった。こうしてアルトゥーロの記憶は呼び起こされた。父親の眼差しは、母が告げ口したことを少年に知らせていた。おぉ、ジーザス！　自らの母に裏切られた息子の身にもなってくれ！　部屋の反対側にある、八枚のガラスがはまった窓に向かって、バンディーニ氏は頷いてみせた。そのうちの一枚が消えていた。穴のできた部分は、台所用の布巾でふさがれていた。

「つまりお前は、弟の頭を窓に叩きつけたんだな？」

それだけでもう、フェデリーコにはじゅうぶんだった。すべてがふたたび、ありありと眼前に浮かんできた。怒ったアルトゥーロ、自分を窓の方へと突いたアルトゥーロ、砕け散った窓ガラス。いきなり、フェデリーコは泣きだした。昨日の夜は泣かなかった。ところが今、記憶を頼りに泣きはじめた。髪の毛からしたたる血。しっかりしなさいと言いながら傷口を洗ってくれたお母さん。おぞましい眺めだった。どうしてこいつは、昨日の夜のうちに泣かなかったんだ？　昨日の夜は、思い出さなかったのだろう。ところが今、フェデリーコは泣いていた。瞳からこぼれ落ちる涙を、握り拳でぬぐっていた。

「静かにしろ！」バンディーニ氏が言った。

「なら、誰かに頼んで、自分の頭を窓にぶつけてもらいなよ」しゃくり上げながらフェデリーコが言った「泣かないでいられるか、試してみなよ！」

アルトゥーロはこの弟が、へどが出るほど嫌いだった。なぜ、自分には弟などというものがいるのだろう？　なぜ、こいつは窓の前に立っていたのだろう？　ぜんたい、このワップどもはどういう連中だ？　そこにいる彼の父を、どうか見てやってほしい。自分がどれほど怒っているか分からせようと、フォークで卵をぐしゃぐしゃにしている父を見てやってほしい。父の顎にこびりついた卵の黄身を見てやってほしい！　黄身は口髭にもくっついていた。あぁ、間違いない、この人はデイゴだ、この人はワップだ、だからこの人には口髭があるんだ。だがそれにしても、父は耳から卵を注ぎこむつもりだったのか？　口がどこにあるのか分からないのか？　おぉ、神よ、このイタリア人どもときたら！［ワップ（wop）とデイゴ（dago）はともにイタリア系移民への蔑称］

ところが、フェデリーコはすでに静かになっていた。昨夜の受難は、そう長いこと彼の興味を惹きつけておかなかった。フェデリーコは自分の牛乳のなかにパン屑を見つけ、それが彼に、大海原に浮かぶボートを思い起こさせた。どるるるるる。モーターボートが音を立てていた。どるるるるる。あたかも海が、本物の牛乳からできているかのようだった。北極まで進めば、アイスクリームが手に入るかな？　どるるるるる、どるるるるる。突然、フェデリーコは昨晩の出来事を思い出した。瞳に涙が溢れかえり、フェデリーコはしゃくり上げた。パン屑は牛乳のなかに沈みつつあった。どるるるるる、どるるるるる。沈むな、モーターボート！　沈むんじゃない！　バンディーニ氏がフェデリーコを見ていた。

「ジーザス・クライスト！」バンディーニ氏が言った「黙って牛乳を飲めないのか？　遊ぶのはやめろ！」

みだりにキリストの名が唱えられると、マリアはいつも、頬に平手打ちを喰らったような気分になった。バンディーニ氏と結婚したばかりのころ、夫が悪態をついていることがマリアには分からなかった。いつまでたっても、夫の悪態に馴染めなかった。けれど、バンディーニ氏はあらゆるものに悪態をついた。彼がはじめて学んだ英語の言葉は「ガッデム」だった。バンディーニ氏は自身の悪罵を誇りにしていた。バンディーニ氏は怒り狂うたびに、二つの言語で自身の思いをぶちまけた。

「おい」彼は言った「どうして弟の頭を窓ガラスに叩きつけたんだ？」

「知らないよ」アルトゥーロが言った「やりたくなったからやっただけ」

バンディーニ氏はぞっとして目を剥いた。

「なぁ、俺がお前のどたまをかち割らないでいる理由、お前に分かるか？」

「ズヴェーヴォ」マリアが言った「ズヴェーヴォ、お願い」

「お前はどうして欲しいんだ？」バンディーニ氏が言った。

「わざとやったんじゃないのよ、ズヴェーヴォ」マリアが微笑んだ「たまたま、おおごとになってしまっただけ。男の子は男の子だもの」

ズヴェーヴォはナプキンをテーブルに叩きつけた。歯を食いしばり、両手を髪の毛のなかにつっこんで頭を掻きむしった。椅子の上でズヴェーヴォの体が、前へ後ろへ、前へ後ろへと揺れていた。

「おとこのこはおとこのこ！」吐きすてるようにズヴェーヴォが言った「そこのこまっしゃくれたクソガキは自分の弟の頭を窓ガラスに叩きつけたんだぞ、それで〈おとこのこはおとこのこ〉か！ガラス代は誰が払うんだ？　こいつが弟を崖から突き落としたら、治療費は誰が払うんだ？　こいつが弟殺しの罪で牢屋に入れられたら、弁護士を雇う金は誰が払うんだ？　家庭内殺人だぞ！　オー、デオ・ウタ・メ！　神よ、助けてくれ！」

マリアはかぶりを振り、微笑んだ。アルトゥーロは唇を曲げ、殺人犯の冷笑を浮かべていた。なら、実の父まで敵にまわったわけか。さっそく殺人犯扱いだもんな。アウグストは悲しげにこうべを垂れていた。けれど、兄のアルトゥーロとは違って、殺人犯になる定めからは逃れられたので、強い幸福を感じてもいた。アウグストは聖職者になるだろう。アルトゥーロが電気椅子に送られる直前、終末の秘跡を授けに兄のもとへ赴くのは自分だろう。一方でフェデリーコは、自身が兄の激情の犠牲になる光景を見つめていた。棺のなかに横たわる自分の姿を見つめていた。聖カタリナ学校の友だちがみんな、棺のまわりで膝をつき涙を流していた。わぁ、なんとおそろしい眺めなんだ。フェデリーコはまたもや瞳に涙を浮かべ、もう一杯牛乳のおかわりをもらえるだろうかと気をもみながら、痛ましい様子でしゃくり上げていた。

「クリスマスには、モーターボートをもらえるかな?」

バンディーニ氏は度胆を抜かれ、末っ子の顔をまじまじと見つめた。

「この家に必要なのは、なんといってもそれだよな」バンディーニ氏が言った。それから、彼の舌は皮肉たっぷりにひらひらと舞った「フェデリーコ、本物のモーターボートが欲しいのか? 〈プッ・プッ・プップー〉って進むやつか?」

「そう、それが欲しいの!」フェデリーコは顔をほころばせた「〈プットディ・プットディ・プップー〉って進むやつ!」フェデリーコはすでに乗船をすませていた。食卓の上でボートを操縦し、山々に向かってブルーレイクの湖面を滑っていた。バンディーニ氏の残忍な眼差しに気がつくと、フェデリーコはエンジンを切り、錨を降ろした。少年はもう、一言も口をきかなかった。バンディーニ氏の残忍な眼差しはぴくりとも動かぬまま、フェデリーコの体を射ぬいていた。フェデリーコはまた泣きたくなった。けれど、それだけの勇気が彼にはなかった。少年は空になった牛乳カップに視線を落とし、カップの底に残っている一粒か二粒だかの牛乳を見つめた。少年はそれをそっと飲み干すと、そのあいだにグラスの端から、父親の姿を盗み見た。そこには、ズヴェーヴォ・バンディーニが坐っていた。目つきが、邪悪だった。フェデリーコは全身に鳥肌が立つのを感じた。

「うぅー」少年はめそめそと泣いた「僕が、なにをしたんだよ?」

それが、静寂を破るきっかけになった。バンディーニ氏を含め、全員が胸をなでおろした。父はすでにじゅうぶん長く、芝居がかった場面を演じていた。彼は静かに語りかけた。

「モーターボートはなしだ、分かるな？　モーターボートはぜったいになしだ」

え、それだけ？　フェデリーコは嬉しそうにため息をついた。バンディーニ氏にねめつけられているあいだ少年は、彼が父親のズボンからペニー銅貨をくすねたことや、曲がり角の街灯を割ったことや、黒板にシスター・マリー・コンスタンスの似顔絵を描いたことや、ステッラ・コロンボの目に雪玉を当てたことや、聖カタリナ教会の聖水盤に唾を吐いたことが、父親にばれたのだと確信していた。

フェデリーコは甘ったるい声で言った「僕、モーターボートは欲しくないよ、お父さん。もしお父さんがだめだって言うなら、僕は欲しくないよ」

バンディーニ氏は妻に向かって、自らの手腕にすっかり満足した様子で頷いてみせた。いいか、子供はこうやって育てるんだ。バンディーニ氏の頷きが、そう語っていた。子供に言うことを聞かせたいときは、ただじっと見るだけでいい。それが男子の育て方ってもんだ。皿の卵を平らげながら、アルトゥーロはせせら笑った。おいおい、まったく呑気なおっさんだよな！　フェデリーコという弟を、アルトゥーロはちゃんと知っていた。ちびのフェデリーコがどれほど汚らわしい悪党であるか、アルトゥーロはちゃんと知っていた。遠くからカメラを回していたアルトゥーロは、かわいらしい顔の背後に潜む本性をしっかりと捉えていた。そしてふと、フェデリーコの顔だけでなく体ぜんたいを、頭のてっぺんから爪先まで窓ガラスに突っこんでやるべきだったと後悔した。

「俺が子供だったころはな」バンディーニ氏が始めた「俺が子供だったころ、故郷の村ではな……」

フェデリーコとアルトゥーロは一斉に席から立ち上がり、テーブルから離れていった。それは彼らにとって、なんの新鮮味もない話だった。父がこれから話そうとしている物語を、彼らはすでに知っていた。同じ話を、これまで一万回も聞かされてきた。父は子供だったころ、一日あたり四セントの稼ぎのために、石を背負って運んでいた。故郷の村では、石を背負って運んでたんだ、俺が子供だったころはな。この物語はズヴェーヴォ・バンディーニを魅了した。それは夢かと見まごう光景で、銀行員ヘルマーに、靴にあいた穴に、支払いの済んでいない屋敷に、養ってやらなければならない子供たちに砂をかぶせ、深い霧に包んでしまった。俺が子供だったころはな……それは、夢と見まごう光景だった。過ぎ去った年月、大洋の横断、増えつづける息子、苦難に次ぐ苦難、積み重なる歳月、そこには誇るべき何かがあった、あたかも、あちこちからかき集めた巨大な富のごとくに。その物語で靴を買うことはできなかった。けれど、それはたしかに、彼が生きてきた物語だった。俺が子供だったころはな……今夜もまた、マリアはその話に耳を傾けながら、どうしてズヴェーヴォはこんな話し方をするのだろうと首をかしげていた。年月の前でつねに膝を屈し、まるで自分が老人であるかのように語るのは、いったいどうしてなのだろう？

マリアの母親、ドンナ・トスカーナから手紙が届いた。ドンナ・トスカーナは、赤くて大きな舌の持ち主だった。けれど、自分の娘がよりによってズヴェーヴォ・バンディーニのような男と結婚したことを思い出すとき、ドンナ・トスカーナの口からは、その大きな舌ですらとどめようがないほどに、怒りの唾が河となって吹き出すのだった。裏に表に、マリアは手紙を幾度もひっくり返した。封筒の垂れぶたから、糊が勢いよくほとばしっていた。ドンナの巨大な舌が通った跡だった。マリア・トスカーナ、ウォールナット・ストリート、４５６番地、ロックリン、コロラド。結婚したあとの娘の姓を使うことをドンナは拒んでいた。粗野で鈍重なその文字は、血をしたたらす鷹のくちばしが大地に描いた縞模様のようにも見えた。まさしく、ついさっき山羊の喉をかき切ってきたばかりの農婦の筆跡だった。マリアは封筒を開けなかった。手紙になにが書いてあるのか、マリアには分かっていた。

バンディーニ氏が裏庭から戻ってきた。黒光りする石炭の大きな塊を、素手で運んできたところだった。ストーブの裏手に置いてある石炭バケツに、バンディーニ氏はその塊を放り入れた。彼の両手は黒い粉にまみれていた。しかめ面をした。石炭を運ぶことにうんざりしていた。それは女の仕事だった。彼は苛立ちを覚えながらマリアを見つめた。彼女は首を振り、手紙の在り処を告げ知らせた。手紙は、黄色いテーブルクロスの上の、使い古した塩入れに立てかけられていた。義母の手になる巨大な文字が、バンディーニ氏の視線の先で、小さな蛇のように身をくねらせていた。彼はドンナ・トスカーナを激しく憎んでいた。畏れさえ抱いていた。二人は顔を合わせるたびに、雄と雌の野獣のようにいがみ合った。憎しみが昂じて、真っ黒に汚れた手でその封筒をつかんでやることに、バンディーニ氏は悦びを覚えた。中の手紙に注意を払わず、無造作に封筒を破ってやるとき、バンディーニ氏はたまらなく嬉しかった。義母の文字を読む前に、するどい一瞥を妻に寄越した。彼女を産み落とした女のことを、自分がどれほど深く憎んでいるか、あらためて妻に知らせるためだった。マリアは、途方に暮れるしかなかった。この諍いに、マリアは関係なかった。結婚してからずっと、マリアはこの諍いに関知しないできた。できることなら、マリアはその手紙を破り捨ててしまいたかった。けれどバンディーニ氏は妻にたいし、義母からの手紙の封を開けることさえ禁じていた。マリアをひどく怯えさせている母親の手紙から、バンディーニ氏は歪んだ悦びを引きだしていた。それはどこか、どす黒くて忌わしい身振りだった。まるで、じめじめと湿った石の下を覗きこもうとしているときのようだった。殉教者に特有の、病的な悦びだった。ほとんど風変わりですらある悦びだった。困難の渦中にあるバンディーニ氏の窮状を、彼の義母は楽しんでおり、その義母が彼に浴びせる誹謗から、バンディーニ氏は悦びを味わっていた。バンディーニ氏はこの迫害を愛していた。というのも、それは彼をウィスキーのグラスへと、有無を言わさず駆り立ててくれるから。深酒をすると吐き気がするため、バンディーニ氏が飲みすぎることは滅多になかった。ところがドンナ・トスカーナの手紙は、目もくらむような効果をバンディーニ氏におよぼした。それは彼に、馴染みの忘却へ身をまかせる口実を与えてくれた。というのも、酒を飲むとバンディーニ氏は、発狂するほど義母を憎んでやれたから。そうして彼は、忘れることができたのだ。支払いの済んでいない屋敷のことを、あちこちの店での「つけ」のことを、結婚生活の息詰まるような単調さを、きれいに忘れられたのだ。つまるところ、それは逃走だった。一日か、二日か、あるいは一週間にわたる酩酊だった。そしてマリアは、ズヴェーヴォが二週間ぶっとおしで飲みつづけたときのことを覚えていた。ドンナの手紙を、夫から隠しておく手立てはなかった。手紙はたまにしか届かなかった。そして、手紙の中身はつねに変わらなかった。それはつまり、近いうちにドンナが訪れ、一家と夕餉をともにするという報せだった。義母の手紙を見かけぬままに、もしもドンナが来訪したら、バンディーニ氏は妻が手紙を隠したことを悟るだろう。前回、マリアはそれを試みた。結果、ズヴェーヴォは癇癪を起こし、マカロニに塩をかけすぎたという理由で、アルトゥーロに恐ろしい折檻をくわえた。道理もなにもない暴行だった。そしてもちろん、塩気が少しくらい強かろうとも、普段のズヴェーヴォなら気づくはずがなかった。けっきょく、手紙を隠せば、誰かが代償を支払わなければならなかった。

届いたばかりの手紙の日付けは、その日の前日、十二月八日になっていた。無原罪の御宿りの祭日だった。手紙を読みすすめるうち、バンディーニ氏の顔は赤から白へと色を変え、引き潮に呑みこまれた砂のように血の気が失せていった。手紙には、こんなことが書いてあった。

親愛なるマリアへ

今日は祝福された聖母の輝かしき祝日です。わたしは教会に行って、惨めなお前のために祈ります。お前と、お前の哀れな子供たちのことを思うと、わたしは胸が痛みます。なんの罪もない子供たちが、そのように悲惨な生活を送るよう強いられているのですから。お前に慈悲をたれ、運命に背かれた小さな子供たちに幸せをもたらしていただけるよう、わたしは祝福された聖母に願ってきました。日曜の午後、ロックリンに行きます。八時のバスで帰ります。お前と子供たちに、心からの愛と同情をこめて。

ドンナ・トスカーナ

妻の顔を見ようともせずに、バンディーニ氏は手紙をテーブルに置き、すでに荒れ放題の親指の爪を齧りはじめた。指で下唇をぐいと引いた。その憤怒は、どこか彼の外側から漂ってきた。部屋の隅から、壁から、床から立ち昇るそれを、マリアは肌でひしひしと感じとった。不穏な気配が渦を巻き、マリアの周りをすっかり覆いつくしていた。ただ気をそらすためだけに、マリアはブラウスの裾を伸ばした。

傍げに、マリアが言った「ねぇ、ズヴェーヴォ……」

夫は立ち上がり、妻の顎を軽く叩いた。その親愛の仕草が心からのものでないことを、彼の口の端に浮かぶ悪魔のような微笑みが伝えていた。そして夫は、部屋から出ていった。

「オィ・マリー！」彼は歌った。ただしメロディーのない歌だった。混じりけのない憎しみが、彼の喉から情熱的な恋の歌を押しだしていた「オィ・マリー、オィ・マリー！　クァンタ・スオンネ・アッジァ・ペルツォ・ペ・テ！　ファンメ・ドゥルミ！　ファンメ・ドゥルミ！　オィ・マリー、オィ・マリー！　眠れぬ夜をきみのため、いったい幾度すごしただろう。頼むから寝かせておくれ、僕の愛しいマリー！」

もはやズヴェーヴォを引きとめることはできなかった。夫の靴の薄っぺらいソールが、床をどしどしと踏み鳴らしていた。それはまるで、ストーブに振り撒かれた水滴の立てる響きのようだった。空気を切り裂く鋭い音を、マリアは聞いた。継ぎが当てられ、綻びの縫い合わされたオーバーに、ズヴェーヴォが勢いよく袖をとおした音だった。一瞬の静寂が訪れたのち、マッチを擦る音が耳に届いた。ズヴェーヴォが葉巻に火をつけたらしかった。夫の怒りは、妻には抱えきれないほど大きかった。もしも夫を引きとめたなら、マリアを張り倒すきっかけを彼に提供したに違いなかった。夫の足が玄関へと向かうあいだ、マリアは思わず息を飲んだ。玄関の扉には、ガラスの明かり窓がついている……けれど、なにも起きなかった。静かに扉を閉ざしてから、ズヴェーヴォは家を出た。悪友に会いに出かけたのだろう。それはロッコ・サッコーネという石工で、マリアが心の底から憎んでいる、地上で唯一の人間だった。ロッコ・サッコーネはズヴェーヴォ・バンディーニの幼なじみだった。いつもウィスキーを飲んだくれている独り者で、かつてバンディーニ氏の結婚に横やりを入れようとした男だった。ロッコ・サッコーネ。季節を問わず白のフランネルを身につけているこの男は、毎週土曜の夜の火遊びを不埒にも吹聴していた。昔ながらのダンスが踊れる「オッド・フェローズ・ホール」にて、既婚のアメリカ婦人を誘惑してまわっていた。マリアはズヴェーヴォを信用していた。たとえウィスキーの海に脳を浸からそうとも、ズヴェーヴォが妻に不貞を働くことはないだろう。マリアはそれを知っていた。でも……ぜったいに確かだと言えるだろうか？　ふと息を詰まらせ、テーブル脇の椅子に身を投げると、両手で顔をすっぽりと覆い、マリアは泣いた。

第二章

二時四十五分ごろ、聖カタリナ学校の八年生の教室では、シスター・メリー・シーリアが授業をしていた。シスターの片目はガラス製の義眼だった。その瞳がぴくぴくとうごめいていた。物騒な雰囲気だった。左の瞼が引きつりっぱなしで、好き放題に震えていた。十一人の男子と九人の女子からなる二〇人の八年生が、引きつった瞼を見つめていた。二時四五分。あと十五分で下校の時間だった。ネリー・ドイルの尻のあいだに、彼女の薄手のワンピースの生地が挟まっていた。ネリーはそのとき、教科書を読んでいるところだった。イーライ・ホイットニーの綿織り機がもたらした経済効果について、ネリーは読みあげていた。彼女の後ろに坐っている二人の男子、ジム・レーシーとエディー・ホウムは、声を殺し腹を抱えて笑っていた。ネリーの尻に、ワンピースが挟まっていた。シーリア婆さんのガラスの瞳が上の瞼へ飛び跳ねだしたら要注意だと、二人は何度も忠告を受けたはずだった。でも、あぁ、頼むからドイルのケツを見てみろって！

「綿の歴史において、イーライ・ホイットニーの綿織り機がもたらした経済効果は、前例のないものであった」ネリーが朗読していた。

シスター・メリー・シーリアが立ち上がった。

「ホウムとレーシー！」シスターは命じた「立ちなさい！」

ネリーは戸惑いつつ席につき、かわりに二人の少年が立ち上がった。レーシーの膝がぽきりと鳴り、クラスメートたちはくすくす笑った。レーシーは口をゆがめて笑い、それから赤面した。ホウムは咳きこんでいた。うつむいて、鉛筆の側面に記してある商標をじっと観察した。そんなものを読むのは人生ではじめてのことだった。ずいぶんと素っ気ない表記なので、ホウムはいくぶん驚きを覚えた。ウォルター・ペンシル・カンパニー。

「ホウムとレーシー」シスター・シーリアが言った「このクラスには、笑ってばかりいる愚か者は必要ありません。坐りなさい！」それから、生徒全員に向かってシスターは語りかけた。もっとも、女子が面倒事を起こすことは滅多にないから、じっさいにはシスターは男子だけに忠告していた「教科書の朗読に集中していない不良を次に見つけたら、その生徒は六時まで居残りです。ネリー、つづけなさい」

ネリーがふたたび立ち上がった。この程度のお説教ですんだことに、レーシーとホウムはびっくりしていた。二人は席についたあと、教室の正面からずっと顔を逸らしていた。もし、ネリーのドレスがふたたび尻に挟まっていた場合、二人には笑いをこらえきれる自信がなかった。

「綿の歴史において、イーライ・ホイットニーの綿織り機がもたらした経済効果は、前例のないものであった」ネリーが朗読していた。

レーシーは小声で、彼の前の席に坐っているホウムに話しかけた。

「おい、ホウム。ちょっとバンディーニのこと見てみろよ」

アルトゥーロは教室の反対側、前から三列目の席に坐っていた。頭を下げ、胸を机に押しつけていた。インク壺に小さい手鏡が立てかけられてあり、アルトゥーロはそれを覗きこみながら、鉛筆の先で鼻の筋をなぞっていた。そばかすを数えているところだった。彼は昨晩、顔にレモン汁をまぶしてから眠りについていた。レモン汁にはそばかすを消し去る効果がてきめんに備わっているはずだった。アルトゥーロはそばかすを数えていた。九三、九四、九五……少年は人生の虚しさを痛感した。だってそうだろう、冬のさかり、太陽は昼遅くにほんのいっとき顔を見せるばかりで、鼻と頬のそばかすを数えてみたら合計は九五にも達し、じつのところはそれまでに、すでに九個のそばかすを数え損なっていたのだから。生きていて良いことなどあるのだろうか？　昨晩は、そう、レモン汁まで使ったというのに。レモン汁を使ったらそばかすが「風のように飛んでいってしまった」と昨日の「デンバー・ポスト」の家庭欄に投書していた嘘つき女はどこのどいつだ？　そばかすがあるだけでもじゅうぶんに悪かった。ところがアルトゥーロの知るかぎり、彼はこの地上で唯一のそばかすのあるワップだった。このそばかすはどこからきたんだ？　一族の系図のどの枝から、獣じみた小さな銅の斑点を引きついだんだ？　少年は厳密を期すために、左耳の調査にも取りかかった。イーライ・ホイットニーの綿織り機の経済効果をめぐるおぼろげな叙述が、少年の耳にぼんやりと響いていた。教科書を読んでいるのはジョセフィン・ペルロッタだった。ペルロッタが綿織り機について話したところで、耳を傾けるやつなんているのだろうか？　その少女はデイゴだった。デイゴの女子に綿織り機の何が分かる？　神のおかげで六月には、アルトゥーロはこの忌まわしいカトリックの学校を卒業し、ワップのほとんどいない公立高校に入学する予定だった。少年はすでに左耳のそばかすを一七まで数えていた。昨日より二つ多かった。この憎たらしいそばかすめ！　さっきまでとは別の声が、綿織り機について語っていた。その声はまるで、バイオリンの柔らかな音色のようだった。肉を貫く震えを感じ、アルトゥーロは息を飲んだ。鉛筆を机に置いて、ぽかんと口を開けながら声の主を眺めやった。彼女が目の前に立っていた、彼の美しいローザ・ピネッリが、彼の愛が、彼の心のきみが。おぉ、きみよ、綿織り機よ！　おぉ、きみよ、瞠目すべきイーライ・ホイットニーよ！　あぁ、ローザ、きみはなんて素敵なんだ。愛してるよ、ローザ、愛してるよ、愛してる、愛してるよ！

ローザはイタリア人だった。それはそうだ。けれど、彼女にどうすることができただろう？　ローザだってアルトゥーロだって、なにも好きこのんでイタリア人に生まれたわけではないだろう？　あぁ、彼女の髪を見てくれ！　彼女の肩を見てくれ！　あの可愛らしい緑のワンピースを見てくれ！　あの声を聞いてくれ！　おぉ、きみよ、ローザよ！　聞かせておくれ、ローザ、綿織り機の話を聞かせておくれ！　きみが僕を嫌っていることは分かってるよ、ローザ。けれど僕はきみが好きなんだよ、ローザ。僕はきみを愛してる、そしてきみはいつの日か、ヤンキースのセンターとしてプレーする僕の姿を見るんだよ、ローザ。僕はセンターのポジションにつくんだよ、ハニー、そしてきみは僕の彼女で、三塁側の特等席に坐るんだよ。そして僕が現われる、それは九回の裏で、ヤンキースは三点差で負けているんだよ。だけど心配はしないでくれ、ローザ！　僕は満塁の場面で登場する、僕はきみを見つめる、きみは僕にキスを送る、僕は白球をセンターのフェンスのはるか上空にかっ飛ばす。僕は歴史を作るのさ、ハニー。きみは僕にキスをする、そして僕は歴史を作る！

「アルトゥーロ・バンディーニ！」

そのころにはそばかすだってなくなっているよ、ローザ。消えてしまうんだ。そばかすは、大人になったら消えるものなんだよ。

「アルトゥーロ・バンディーニ！」

僕は名前も変えてしまうよ、ローザ。人は僕をバンニングと呼ぶだろう、バンニング・バンビーノさ。それともアートか、バッタリング・バンディット……

「アルトゥーロ・バンディーニ！」

今度は聞こえた。ワールド・シリーズの観衆の声援は露と消えた。視線を上げると、教卓の向こうにシスター・メリー・シーリアの姿がぼんやりと浮かびあがった。机を拳で打ち鳴らし、左目を引きつらせていた。クラスメートはひとり残らず、アルトゥーロを見つめていた。ローザまで笑っていた。自らの空想を大きな声で口走っていたことに気がつくと、腹から胃が転がり出てきそうな気分になった。ほかのやつらは、笑いたければ笑えばいい。だけどローザは……あぁ、ローザは。ほかの誰の笑いより、ローザのそれが身にこたえた。ローザの笑みに傷を負わされ、アルトゥーロはローザを憎んだ。このデイゴめ。イタリア人街のルーイビルで炭鉱夫をしているワップの娘め。きたならしい炭鉱夫なんざくたばりやがれ。彼の名前はサルヴァトーレだった。サルヴァトーレ・ピネッリ、鉱山で働かなければならないほどにおそろしく低級な人間。はたしてこいつに、何年も何年も、百年も、二百年も長持ちする壁が建てられるだろうか？　はっ、まさかね。愚かなデイゴめ、石炭を掘るつるはしと、頭にかぶるランプがお似合いだ。大地の下で、見下げはてたくそったれのデイゴの鼠として生きるしか能がないのさ。彼の名前はアルトゥーロ・バンディーニだった。この名に文句のあるやつが、もしこの学校にいるのなら、思い切って正直に言ってみろ。もれなく鼻をぺしゃんこにしてやるからな。

「アルトゥーロ・バンディーニ！」

「はぁい」彼は気怠そうに返事をした「はぁい、シスター・シーリア。聞こえてますよ」それから少年は立ち上がった。クラスのみんながアルトゥーロを見ていた。片手で笑顔を隠しながら、ローザがうしろの席の女子になにか囁いていた。その仕種を見てアルトゥーロは、彼女を怒鳴りつけてやりたくなった。きっとローザは、彼の見てくれにかんすることを話していたに違いない。たとえばそばかすや、膝に大きな継ぎの当たったズボンや、散髪が必要なぼさぼさの頭や、袖を切って仕立て直した彼にぜんぜん似合っていない父親のお古のシャツのことなど。

「バンディーニ」シスター・シーリアが言った「あなたは文句なしの大ばか者です。集中するよう、わたしはあなたたちに注意したはずです。こんなにも愚かな生徒を、見過ごすわけにはいきません。あなたは六時まで、学校に残ること」

少年は席についた。すると三時の鐘が、廊下にけたたましく鳴り響いた。

教卓で宿題を添削するシスター・シーリアの前で、アルトゥーロはひとり居残りをさせられていた。

少年のことなど気にも留めず、シスターは添削に没頭していた。左の瞼が苛立たしげに引きつっていた。西南に、不健康そうな青白い太陽が姿を見せた。冬の午後の空に浮かぶそれは、むしろ物憂げな月に見えた。片手で顎を支えながら少年は椅子に腰かけ、冷えびえとした太陽を眺めていた。窓の向こうには樅の木が一列に並んでいた。通りのどこからか、男の子の叫ぶ声が聞こえた。それから、タイヤのチェーンがちゃりんと鳴った。アルトゥーロは冬が大嫌いだった。校舎の裏手の雪に埋葬された野球場。けたはずれの重さで生き埋めにされたホームプレートの向こうのフェンス。アルトゥーロはありありと思い浮かべることができた。あらゆる情景が、あまりにも淋しかった。あまりにも悲しかった。冬はなにひとつ、やることがなかった。居残りをさせられていることにさえ、少年は満足しているほどだった。お仕置きは少年を愉快な気分にさせていた。そこで坐っていようと、ほかの場所にいようと、けっきょく変わりはないのだから。

「シスター、なにかしましょうか?」少年は尋ねた。

宿題の用紙から顔を上げようともせずに、シスターが答えた「そこでじっとしたまま黙っていてください。できることならね」

アルトゥーロは笑い、だるそうに言った「はぁい、シスター」

だいたい一〇分くらい、じっとしたまま黙っていた。

「シスター」少年が言った「黒板をきれいにしましょうか?」

「黒板掃除は、業者に頼んでいます。そのためにお金を払っています」シスターが言った「正確には、そのためにお金を払いすぎているくらいです」

「シスター」少年が言った「野球、好きですか?」

「わたしが好きなのはフットボールです」シスターが言った「野球は嫌いです。うんざりします」

「それ、シスターが野球の面白さを知らないからですよ」

「静かにしてもらえるかしら、バンディーニ」シスターが言った「あなたさえよければね」

アルトゥーロは姿勢を変え、腕に顎を載せたままシスターを近くから見つめた。左の瞼が、たえず引きつっていた。どういうわけでガラスの義眼をはめることになったのか、アルトゥーロは考えをめぐらした。彼はいつも、誰かが野球の球をシスターの眼に当てたのではないかと推測していた。そして今、その推測はほとんど確信へと変わった。聖カタリナ学校にくる前、シスターはアイオワのフォート＝ダッジにいた。バンディーニは想像をふくらませた。アイオワではどんなふうに野球をするのだろう? アイオワにはたくさんのイタリア人がいるのだろうか?

「あなたのお母さんは元気ですか?」シスターが尋ねた。

「さあ。元気だと思いますけど」

ようやくシスターは宿題から顔を上げ、アルトゥーロの顔を見た。「〈思います〉とはなんですか? 自分の母親のことが分からないの? あなたのお母さんは愛すべき方です、美しい方です。天使のような魂を持った女性ですよ」

アルトゥーロの知るかぎり、このカトリックの学校に授業料を納めていないのは、彼と彼の弟たちだけだった。費用はひとりの生徒につきわずか二ドルだった。つまり、彼と二人の弟の分を合わせて月に六ドルで、それが期日どおりに支払われることはついぞなかった。ほかのみんなは払っているのに、彼は払っていなかった。この区別を思うとアルトゥーロは、どうしようもなく苦しくなった。ときおり、少年の母は一ドルか二ドルを入れた封筒を息子に手渡し、女子修道院長のところまで持っていくよう彼に言った。せめて分割で支払おうというわけだった。これは少年にとって、なおいっそう不愉快だった。アルトゥーロは母の願いを、いつも乱暴に撥ねつけた。ところがアウグストは、滅多にお目にかかることのないその封筒を、なんの気兼ねもなく学校へ持っていった。むしろ彼は、その機会を楽しみにしていた。だからアルトゥーロはこの弟が嫌いだった。一家の貧しさをあけすけに表明し、彼らが可哀想な人たちであることを修道女たちに思い起こさせる弟が、アルトゥーロは憎らしかった。そもそもアルトゥーロは、修道女たちの学校なんて通いたくなかった。どうにかそこでの生活に耐えていられるのは、学校の友だちと野球ができるからだった。シスター・シーリアはアルトゥーロの母親を、美しい魂の持ち主と呼んだ。シスターの言わんとするところを、アルトゥーロは理解していた。あの小さな封筒のために犠牲を捧げ、苦難に耐え忍ぶ母の勇気を、シスターは讃えていた。けれどアルトゥーロからしてみれば、それは勇気でもなんでもなかった。それはおぞましく忌わしい行為だった。彼と彼の弟たちを、ほかの生徒から分け隔てる行為だった。どうしてなのか、アルトゥーロにもよく分からなかった。けれど、彼ら三人とほかの全員が、自分の瞳のうちで分け隔てられているという感覚が、そこにはたしかに存在していた。少年のそばかすや、散髪の必要な髪の毛や、膝に大きな継ぎの当たったズボンや、彼がイタリア人であるという事実は、その感覚にどこかで結びついていた。

「アルトゥーロ、あなたのお父さんは日曜日、ミサに行っていますか？」

「もちろん」彼は答えた。

喉が詰まる思いだった。どうして嘘をつかなけりゃならないんだ？　少年の父親がミサに行くのはクリスマスの朝と、あとはせいぜい復活祭の日くらいだった。嘘をつこうがつくまいが、父がミサを虚仮にしていることがアルトゥーロには嬉しかった。どうしてかは分からなかった。けれどアルトゥーロは嬉しかった。父の理屈をアルトゥーロはちゃんと覚えていた。ズヴェーヴォはこう言っていた。もしも地上に神があまねく存在するなら、どうして日曜に教会に行く必要がある？　どうしてインペリアル・プールホールに行ったらいけないんだ？　インペリアル・プールホールにも神はいるんだろう？　かかる神学論争に巻きこまれるたび、少年の母親はぞっとして身を震わせた。母の返答がどれほど説得力のないものであったか、アルトゥーロはちゃんと覚えていた。それは彼がカテキズム「カトリックの教えを子供向けに簡潔に要約した、問答形式の書物」で学んだ答えとまったく同じだった。かつては母も、同じカテキズムを使って、何年も前に同じことを学んだのだ。〈日曜日に教会に行くことはキリスト教徒の義務である〉、カテキズムにそう書いてある。アルトゥーロにかんして言えば、ミサに行くこともあれば、行かないこともあった。ミサに行かなかったときはいつも、激しい恐れに体をわしづかみにされ、告解室で胸のつかえを吐きだしてしまうまで、ずっと惨めな気持ちのまま怯えていた。

四時半、シスター・シーリアは宿題の添削を終えた。アルトゥーロは椅子の上でうんざりしていた。なんでもいいからなにかをして体を動かしたいという苛立ちが、アルトゥーロをへとへとに消耗させていた。教室は夕闇に包まれていた。鬱々とした東の空から、おぼつかない足取りの月が姿を現わした。周りの霧さえなかったら、今夜には白い月となって輝きを放つだろう。アルトゥーロは薄暗がりの教室で、もの悲しい思いに浸っていた。それは修道女のための部屋だった。足音を響かせない厚手の靴で歩きまわるための部屋だった。からっぽの学習机が、すでに帰宅した生徒たちについて、寂しげに物語っていた。アルトゥーロの机は、少年に同情しているようだった。暖かみのある親しげな声で、机が語りかけていた〈もう帰れよ。俺はほかの机たちと教室に残るから〉その机には、アルトゥーロのイニシャルが刻まれていた。飛び散ったインクのせいで、あちこちが汚れていた。机はアルトゥーロにうんざりし、アルトゥーロもこの机にうんざりしていた。今や彼らは、ほとんど互いを憎みあい、それでも互いに辛抱しつづけていた。

シスター・シーリアが立ち上がり、宿題の用紙を手許に集めた。

「五時になったら、帰っても構いません」シスターが言った「ただし、ひとつ条件があります」

すっかり倦み疲れていたアルトゥーロは、その条件とやらに少しも興味を覚えなかった。前に投げ出した両足を、正面の机にからみつけていた。自らを厭わしさのなかでとろりとろりと煮こんでやるほか、もはや少年にはなす術がなかった。

「五時に教室を出たら、聖体のところに行きなさい。それから、あなたのお母さんを祝福してくださるよう、聖母マリアにお祈りするのです。お母さんにふさわしいすべての幸福が訪れますようにと、しっかり祈りを捧げるんですよ……可哀想な人ですからね」

こうしてシスターは去っていった。可哀想な人。アルトゥーロの母さんは、可哀想な人。この言葉がアルトゥーロから光を奪い、少年の瞳には涙が溢れた。いつもこうなんだ。いつだって母さんは…

…可哀想な人なんだ。いつだって可哀想で、可哀想で、いつもこうで、この言葉で、うちでも、外でも、いつもこの言葉が聞こえるんだ。突然、薄闇に覆われた教室でアルトゥーロは声を上げ、泣き、〈可哀想〉を自分から追いはらうために涙を流した。息を詰まらせながらアルトゥーロは泣きじゃくった。〈可哀想〉のために、彼女のために、母親のために泣いたのではなかった。アルトゥーロは、ズヴェーヴォ・バンディーニのために泣いていた。父のために、父の姿のために、節くれだった父の手のために、石工の父の仕事道具のためにアルトゥーロは泣いた。父が造った壁や、階段や、軒蛇腹や、灰溜めや大聖堂のためにアルトゥーロは泣いた。父が造るものはどれもこれも、すばらしく見事だった。イタリアや、イタリアの空や、ナポリの入り江について父が歌うときに少年の胸を満たす、あの感情のためにアルトゥーロは泣いた。

五時まであと十五分というころには、惨めな思いも自然に消えさっていた。教室はもう、ほとんど真っ暗だった。アルトゥーロはセーターの袖で鼻をこすった。胸のうちに安らぎが広がっていった。好ましい、穏やかな感情が心を満たした。これなら、残りの一五分などへいちゃらだった。アルトゥーロは教室の明かりをつけたかった。けれど、道路の向かいの空き地の先には、ローザの家があった。教室の窓ガラスは、ローザの家の裏手のポーチからよく見える位置にあった。教室の明かりをつけたら、ローザにもそれが見えるだろう。アルトゥーロがまだ教室にいるということを、ローザに思い出させてしまうだろう。

アルトゥーロの心のきみ、ローザ。ローザはアルトゥーロが嫌いだった。それでもローザは、アルトゥーロの心のきみだった。彼の想いに、少女は気づいているのだろうか？　気づいているから、少女は彼のことが嫌いなのだろうか？　アルトゥーロの胸にひそむ謎や神秘をローザは見通していて、だから彼のことを笑うのだろうか？　アルトゥーロは教室を横切り窓際に立った。ローザの家の、台所の灯りが見えた。あの灯りの下のどこかで、ローザは歩き、息をしている。たぶん、授業の復習をしているのだろう。ローザはとても勉強熱心で、成績はいつもクラスでいちばんだった。

アルトゥーロは窓から離れ、ローザの机に近づいていった。その机は、教室にあるほかのどの机とも似ていなかった。その机はとてもきれいで、とても女の子らしくて、表面はきらきらとニスの光沢を放っていた。ローザの席に腰かけると、体の芯がぞくりとした。少年は天板の上を手探りし、本が立てかけられている小さな棚の内側をかきまわした。一本の鉛筆が、少年の指先に触れた。彼はそれを近くからまじまじと見つめた。ほんのかすかに、ローザの歯の跡がついていた。彼はそれにキスをした。棚に置いてあったローザの本に、少年はキスをした。整理の行き届いた本たちはみな、清らかな匂いのする白い防水布で装丁されていた。

五時になった。アルトゥーロの五感は愛のために惑乱していた。ローザ、ローザ、ローザと口走りながら階段を下り、冬の夕闇へ身を投げた。聖カタリナ教会は、学校のすぐ隣に建っていた。ローザ、愛してるよ！

アルトゥーロは忘我の心地で、淡い闇に包まれた中央の身廊を歩いていった。聖水で湿らした指先と額が、まだひんやりと冷たかった。アルトゥーロの足音が、聖歌隊席で反響していた。お香のかおり、幾千もの葬儀と幾千もの洗礼のかおり、死の甘い匂いと生者の苦い匂いが、少年の鼻のなかで混ざり合った。火のついた蝋燭がささめきを立てていた。長い身廊を静かに歩みつづける少年の足音が、教会に響いていた。そしてアルトゥーロの心のなかには、ローザ。

アルトゥーロは聖体の前でひざまずき、シスターに言われたとおりに祈りを捧げようとした。ところが、少女の名前を夢想しつづけていたせいで、アルトゥーロの心は当てどもなく揺らめいていた。そしてふと、自分が罪を犯していることに少年は気がついた。それは聖体を前にして犯された、大いなる、恐るべき罪だった。なぜなら少年は、ローザに邪まな思いを寄せ、カテキズムが禁じている仕方でローザを思っていたのだから。彼は瞳をぎゅっと閉ざし、邪念を追いはらおうと必死になった。ところがそれはより強力になって回帰し、アルトゥーロの心は今や、かつてなく罪深い場景と向き合うことを余儀なくされていた。それはたしかに、これまでの人生でいちども考えたことのない何かだった。少年の魂は、神の眼差しのうちで恐怖に震え、アルトゥーロは喘ぎをあげた。けれどむしろ、アルトゥーロが喘いでいたのは、この新しい想念がもたらす心地良き法悦に仰天していたからだった。アルトゥーロはもう、耐えられなかった。おそらくこれは、致命的な過ちだった。神はただちに、死をもって少年を罰するだろう。彼は立ち上がり、十字を切り、走り、教会の外に飛びだし、恐怖に駆られ、すると罪深き想念が彼のうしろを、まるで羽が生えたかのように追いかけてきた。凍えるような寒さのなか、ようやく歩道にたどりついたあとでさえ、自分がまだ生きていることが信じられなかった。というのも、長い身廊を駆けぬけるあいだ、次から次へと視界のなかを死者が横切り、それは永遠に終わらないようにも思えたから。いったん歩道にたどりつき、宵の明星を見上げたときには、邪まな想念は跡形もなく消えさっていた。あまりにも寒いため、邪まなことを考える余裕もなかった。すぐさま彼は、ぶるぶると体を震わせはじめた。アルトゥーロは三枚のセーターを着ていた。でも、ウールのコートや手袋は持っていなかった。少しでも体を暖めようとして、少年は手を打ち鳴らした。一区画ほど遠回りになるけれど、ローザの家の前を通ってから帰りたかった。ポプラのあいだに身をうずめたピネッリ家の小さな屋敷は、歩道から三〇メートルほどの距離にあった。屋敷の正面の二つの窓には、日除けが下ろされていた。少年は腕を組み、暖をとるため腋に手を挟みながら、玄関へとつづく小道に立っていた。彼はローザの気配を探った。窓の向こうをローザが通らないかと目を凝らし、ローザの輪郭だけでも読みとろうとした。少年は足踏みし、その息が白い雲となってほとばしり出た。ローザの姿は見えなかった。それからアルトゥーロは、小道の脇にうずたかく積もった雪へ彼の冷え切った顔を近づけ、そこに残された小さな足跡をじっくり見つめた。それは女の子の足跡だった。ローザの足跡だ、ここはローザの家だ、ローザの足跡に決まってる。アルトゥーロは冷たい指で足跡のまわりの雪を掘り返し、それを両手で掬いあげると、雪を手に持ったまま家路についた……

家に帰ると、二人の弟が台所のテーブルで午後遅くのおやつを食べていた。また卵だった。ストーブの前で両手を暖めながら、アルトゥーロは唇をゆがめた。アウグストが、口いっぱいにパンを頬張りながら言った。

「アルトゥーロ、僕は薪を運んだよ。石炭を運ぶのはアルトゥーロだからね」

「母さんはどこだよ？」

「寝てるよ」フェデリーコが言った「お祖母ちゃんが来るんだって」

「父さん、もう飲んでるか？」

「出かけてる」

「どうしてお祖母ちゃん来たがるのかな?」フェデリーコが言った「お父さん、いつも酔っ払うよね」

「あぁ、あの年喰った淫売め!」

罵り言葉の大好きなフェデリーコが、けらけらと笑った「淫売だ、淫売だ、年喰った淫売だ!」フェデリーコが言った。

「それは罪だよ」アウグストが言った「二つの罪だよ」

アルトゥーロがせせら笑った「二つってなんだよ?」

「一つ目は、汚い言葉を使った罪。もうひとつは、父親と母親を敬わなかった罪だね」

「ドンナ祖母ちゃんは母親じゃないぞ」

「でも、お祖母ちゃんだろ」

「あんな女、くそくらえだ」

「あ、また罪だ」

「おい、黙れよ」

熱で両手がひりひりとしてくると、アルトゥーロはストーブの裏手にある大小二つのバケツをつかみとり、裏口を蹴り飛ばしてドアを開けた。石炭小屋へとまっすぐにつづく、すっかり雪の除けられた小道を、ぶらぶらとバケツを揺らしながら歩いていった。石炭は残りわずかだった。それはすなわち、彼の母がバンディーニ氏からこっぴどく叱られるであろうことを意味していた。どうしてそんなにたくさんの石炭を燃やさなければならないのか、バンディーニ氏はけっして理解しようとしなかった。「ビッグ・フォー・コール・カンパニ」はもう、「つけ」ではいっさいバンディーニ氏に石炭を売ろうとしなかった。少年はそれを知っていた。彼はバケツに石炭を入れながら、金のないまま品物をせしめる父の天分に感嘆の念を覚えていた。バンディーニ氏が酒を飲むのも無理はない。なにもかもを「つけ」で買わなければいけないとしたら、アルトゥーロだって酔っぱらいたくもなるだろう。

石炭が錫のバケツにぶつかって響く音を聞いて、小道の向かい側の小屋にいたマリアの鶏たちが目を覚ました。月明かりでびしょ濡れになった庭を、眠たそうな鶏たちがよろよろと歩いてきた。石炭小屋の戸から前かがみになって出てきた少年に向かって、腹を空かせた鶏たちが大きな口を開けた。「コッ、コッ」と挨拶を寄越しつつ、そのからっぽの頭を金網の目に押しつけていた。アルトゥーロは鶏の声を聞いた。その場に立ちどまり、憎々しげに鶏を見つめた。

「卵」アルトゥーロは言った「朝も卵、昼も卵、夜も卵」

握り拳くらいの大きさの石炭を見つけると、アルトゥーロは何歩か後ずさりして距離をとった。風を切るようにして飛んできた石炭が、アルトゥーロからいちばん近くにいた年とった茶色の雌鶏の首をしたたかに打った。頭がもげそうなほどの衝撃を受け、雌鶏は小屋に叩きつけられた。千鳥足で立ち上がり、倒れ、弱々しく体を起こし、また倒れた。そのあいだにほかの鶏たちは、恐怖の叫びを上げながら小屋のなかへと姿を消した。年とった茶色の雌鶏はなおも立ち上がり、雪に覆われた庭で目をまわしたように踊っていた。息を飲むほどに美しい赤が、雪の上に奇妙なジグザグ模様を刻んでいた。雌鶏はゆっくりと息を引きとった。最後の力を振り絞り、柵の上端に向かって雪が降り積もっている方へと、血の流れる頭を引き上げようとしていた。冷ややかな満足を覚えながら、少年は傷ついた鳥を眺めていた。鶏がぴくりとも動かなくなると、アルトゥーロは掛け声とともにバケツを持ち上げ、台所に石炭を運んだ。それからすぐに庭へと戻り、死んだ雌鶏を拾ってきた。

「どうしてそんなことしたんだよ?」アウグストが言った「それは罪だよ」

「おい、その口を閉じろ」拳を振り上げ、アルトゥーロが言った。

第三章

マリアは体調を崩していた。フェデリーコとアウグストが、母の寝ている部屋に忍び足で入っていった。その寝室は、冬の冷気のためにひどく寒く、鏡台に置かれた化粧品の芳香のためにひどく暖かだった。マンマの髪の、繊細な匂いがした。寝室のどこかに置かれたバンディーニ氏の衣服が、鼻をつく臭いを漂わせていた。マリアが目を開けた。フェデリーコは今にも泣きだしそうだった。アウグストは困惑しながら母の姿を眺めていた。

「おなか空いたよ」アウグストが言った「どこか、具合悪いの？」

「いま起きるわ」マリアが言った。

マリアの関節が鳴る音を息子たちは聞いていた。顔の片側の白くなっていたあたりに、血の気が染みこんでいくのが分かった。古びた唇の乾きと、母の生の疼きを二人は感じとった。アウグストはげんなりした。彼はふと、自分の息まで淀んだ臭いを漂わせていることに気がついた。

「マンマ、どこか具合悪いの？」

フェデリーコが言った「お祖母ちゃん、なんでうちに来たがるの？」

体を起こしベッドに腰かけると、吐き気がせりあがってきた。突然に湧きあがったむかつきを抑えるため、マリアは歯を食いしばった。マリアはつねに具合が悪かった。けれど彼女の病にはけっして前兆がなく、その痛みには痣も出血も伴わなかった。マリアの変調のために寝室は狼狽していた。少年たちは、明るくて暖かな台所に飛んでいきたかった。二人はばつが悪そうに寝室をあとにした。

アルトゥーロはストーブの前で、積み重ねられた薪に足を乗せて坐っていた。死んだ鶏が部屋の隅に横たわり、くちばしから赤い雫を垂らしていた。マリアが台所にやってきて鶏の姿を認めたさい、彼女は少しも驚いた様子を見せなかった。アルトゥーロはフェデリーコとアウグストを見つめ、弟たちは母を見つめていた。死んだ鶏を見て母が怒らなかったことに、二人はがっかりしていた。

「三人とも、夕食のあとすぐにお風呂に入るのよ」マリアは言った「明日、お祖母ちゃんが来ますからね」

息子たちは苦痛にうめき、悲嘆の叫びをあげた。この家にはバスタブがなかった。「風呂に入る」とは、台所に置かれた洗濯桶につかり、手桶で体を洗い流すことを意味していた。それはとりわけアルトゥーロにとって、日ごとに厭わしさの増す行為だった。というのも、アルトゥーロの体は今やじゅうぶん大きく、桶のなかでは体の自由がきかなかったから。

十四年の長きにわたって、ズヴェーヴォ・バンディーニはバスタブの設置を約束しつづけてきた。夫に連れられこの屋敷にはじめて足を踏み入れた日のことを、マリアは今でも覚えていた。夫がマリアに、「バスルーム」なる部屋を誇らしげに紹介したとき、夫はすぐさま、来週にはバスタブを備えつけるつもりである由を言い添えた。十四年が過ぎた今でも、夫は同じ言い方で断定しつづけていた。「来週だ」彼はいつもこう言った「来週には、バスタブを手配するからな」

この約束はいつしか、一家の伝承となった。息子たちはそれを楽しんでいた。くる年もくる年も、フェデリーコやアルトゥーロは父に尋ねつづけた「父さん、バスタブはいつ家にくるの？」するとバンディーニ氏は、深い確信のこもった声音でこう答えるのだった「来週だ」あるいは「来週の頭だ」

何度も同じ言葉を繰り返す父親のことを子供たちが笑うと、バンディーニ氏は彼らをにらみつけ、静かにするよう命じてからこう叫んだ「おい、なにがおかしい？」風呂に入るときは彼でさえ、台所に置かれた洗濯桶に悪態をつき、ぶつぶつと不平を言っていた。自らの運命を呪う父の声が、息子たちの耳まで聞こえてきた。洗濯桶のなかのバンディーニ氏が、猛々しく公言していた。

「来週だ、くそ、来週だぞ！」

マリアが夕食のために鶏肉の下ごしらえをしているとき、フェデリーコが叫んだ「もも肉は僕のだからね！」それから、小さなナイフを持ってストーブの裏手に姿を消した。焚きつけの木が入れてある箱の上で身を屈め、洗濯桶に浮かべるためのボートを削りはじめた。大小さまざまな一ダースほどのボートを削りとり、傍らに積み上げた。これだけの木があれば、フェデリーコ自身の体積を考慮に入れずとも、桶の半分は優に満たすに違いなかった。けれど、ボートは多ければ多いほど良かった。フェデリーコは海戦をして遊ぶつもりだった。たとえ、いくつかの船はフェデリーコの尻の下敷きになる定めであるにせよ。

アウグストは部屋の隅で背を丸め、ミサのときに侍者が唱えるラテン語の祈禱を復唱していた。聖体拝領のさいにアウグストが示す並はずれた敬虔さに報いるため、アンドリュー神父は彼に祈禱書を授けていた。この少年の敬虔さは、肉体的な忍耐力の賜物にほかならなかった。アウグストと同じくミサの侍者を務めているアルトゥーロは、荘厳ミサにおける長時間の奉仕のあいだ、片方の膝からもう片方の膝へとつねに体重を移し替え、さらには体のどこかを掻いたり、あくびしたり、司祭の言葉に返答するのを忘れたりした。それにたいしてアウグストは、かかる不敬な態度をけっして示さなかった。じっさい、侍者の仲間うちで自身が樹立した（いくぶん私的な）記録を、アウグストは大いに誇らしく思っていた。それはすなわち、ほかのあらゆる侍者よりも長い時間、両手を敬虔に組んだまましっかりと膝立ちしていられるという記録だった。侍者たちはみな、この領野におけるアウグストの卓抜を率直に認めていた。四〇人いる侍者のうち誰ひとり、アウグストに挑戦しようなどという気まぐれは起こさなかった。誰からも脅かされることのない「耐久膝付き人」としてのアウグストの才能は、しばしばこのチャンピオンを退屈させていた。

アウグストが示す大いなる敬虔と、ミサの侍者としての確たる風格は、マリアにとって尽きることのない喜びの源だった。修道女や教区の住人が、儀式のあいだのアウグストの勇姿について触れるのを聞くと、マリアは幸福のあまり体が火照る思いだった。アウグストが侍者を務める日曜のミサには、マリアはかならず参列するようにしていた。主祭壇のたもとの最前列にひざまずき、黒の長衣と白の上着を身にまとった次男の姿を眺めるあいだ、マリアの胸は達成感でいっぱいになった。アウグストが歩くときの衣擦れの音、アウグストの奉仕の正確さ、豪奢な赤い絨毯をアウグストが踏むときの足音の静けさ。これらすべては幻想かつ夢であり、地上の楽園の光景だった。いつの日か、アウグストは司祭になるだろう。この希望を前にしては、すべてが意味を失った。苦難も隷属も受け入れよう。度重なる死をも引き受けよう。なぜならいつか、神に司祭を捧げたその胎が、マリアを選ばれた者として、司祭の母として、祝福された聖処女の親族として聖別するのだから……

バンディーニ氏からしてみると、事情はだいぶ違っていた。アウグストはひどく敬虔で、将来は司祭になりたがっている？　ほー、いやはや、それはそれは！　好きにさせとけ、そのうち思い直すに決まってる。三人の息子たちがミサの侍者に扮しているところを眺めていると、バンディーニ氏は精神的な満足を覚えるというよりは、おかしくて笑いだしそうになるのだった。バンディーニ氏が息子たちの姿を眺めにミサに行くことは滅多になく、クリスマスの朝のミサはその数少ない機会のひとつだった。カトリックの荘厳な祭式は、クリスマスのミサにおいてもっとも入念に演じられた。中央の身廊を厳かに列をなして進む三人の息子を目の当たりにして、バンディーニ氏は笑みを漏らさずにいられなかった。バンディーニ氏は三人を、豪華なレースを身につけた、全能の主と深く結びついている神聖な子供たちとして眺めているのではなかった。彼らの服装はむしろ、バンディーニ氏の感じている対比をいっそう強調する効果を担っていた。バンディーニ氏は単純に、より鮮やかに、彼らの本当の姿を見通していた。息子たちだけでなく、そこにいる少年全員の本性を見抜いていた。バンディーニ氏の瞳に映っているのは、重たい長衣を一刻も早く脱ぎ去りたくてじりじりしている、野蛮で不敬な子供たちだった。セルロイド製の窮屈なカラーが、アルトゥーロの耳に当たっていた。儀式のあいだずっと、人を怯ませるような憎しみの表情が、そばかすだらけの赤ら顔に貼りついていた。そんな長男を見て、バンディーニ氏はくすくすと声を立てて笑った。ちびのフェデリーコだって似たようなものだった。立派な衣装に身を包もうとも、この三男は悪魔だった。清らかなため息をついている女性たちとは反対に、バンディーニ氏は少年たちの戸惑いや、むかつきや、ぞっとするような苛立ちを理解していた。アウグストが聖職者になりたがってる？　ふん、そのうち思い直すに決まってるさ。大人になれば、アウグストはなにもかも忘れるだろう。大人になり、男になれば。さもなければズヴェーヴォ・バンディーニが、そのふぬけた頭を殴りつけて更生させてやる。

マリアが死んだ鶏の脚をつかんだ。母が鶏の腹を割き下ごしらえを始めると、少年たちは鼻をつまみ慌てて台所から逃げていった。

「もも肉は僕だからね」フェデリーコが言った。

「それはもう聞いた」アルトゥーロが言った。

アルトゥーロは黒々とした気分に覆われていた。殺された雌鶏をめぐり、良心が大声で問いかけていた。はたして彼は大罪を犯したのか、それとも、雌鶏を殺すことは小罪にすぎないのか？　居間の床に寝そべって、腹の膨れたストーブの熱で体の片側を焦がしながら、大罪を成り立たせる三つの要素について、少年は陰気に思いをめぐらしていた。カテキズムにはこう書いてある。大罪を成り立たせる要素その一「ゆゆしき振る舞い」、その二「じゅうぶんな省察にもとづく振る舞い」、その三「意志の完全な同意にもとづく振る舞い」。

アルトゥーロの心は陰鬱な思索のなかへと、らせんを巻いて下降していった。シスター・ジャスティンが話してくれた、とある殺人犯をめぐる物語をアルトゥーロは思い出した。目を覚ましているあいだも寝ているあいだも、その殺人犯の眼前にはつねに、彼によって殺された人物の苦悶に喘ぐ顔が浮かんでいた。その幻影は彼を詰り、彼を誹り、恐怖に駆られた殺人犯はついに告解に赴いて、自らの悪しき罪を神に打ち明けたのだった。

アルトゥーロがこの殺人犯と同じように苦しむことは有りえるだろうか？　幸福で、なんの疑いも抱いていなかった、あの鶏。ほんの一時間前まで、あの鳥はこの地上で安らかに生きていた。ところが今、鶏は死んでいた。アルトゥーロの手によって、冷たい血だまりのなかで息絶えた。彼はこのさき一生涯、鶏の顔につきまとわれるのだろうか？　アルトゥーロは壁を見つめ、目をしばたき、思わず息をのんだ。そこにいた。死んだ鶏がまっすぐに彼を見つめ、激しく「コッ、コッ」と鳴いていた！　アルトゥーロは飛びあがり、寝室に駆けこんで扉に鍵をかけた。

「あぁ、聖母マリアよ、お助けください！　そんなつもりではなかったのです！　神かけて、自分でもどうしてあんなことをしたのか分からないのです！　あぁ、お願いします、愛おしき鶏よ！　愛おしき鶏よ、あなたを殺してほんとうにごめんなさい！」

アルトゥーロは「アヴェ・マリア」と「パテル・ノステル」の一斉射撃に取りかかった。膝に痛みを覚えつつ、二つの祈禱の回数を正確に数えあげた。けっきょく「アヴェ・マリア」を四五回、「パテル・ノステル」を一九回唱えたところで、真の悔悟のためにはこれでじゅうぶんであると判断した。ところが、一九という数字になにやら不吉なものを感じたアルトゥーロは、ちょうど二〇になるように「パテル・ノステル」をもう一回だけ囁いた。それから、吝嗇を疑われては敵わないと不安を抱き、「アヴェ・マリア」と「パテル・ノステル」をさらに二回ずつ積み上げた。こうして「パテル・ノステル」は合計二二回となり、おかげでアルトゥーロは迷信家でなく、数字にまつわる俗信など気にかけていないことが証明された。というのも、カテキズムはあらゆる迷信をことごとく、徹底的に断罪していたので。

母が夕食のために彼を呼ばなければ、アルトゥーロはなおも祈禱をつづけていたことだろう。マリアは台所のテーブルの中央に、茶色いフライド・チキンが積み重なった皿を置いた。フェデリーコが歓喜の叫びを上げ、自分の皿をフォークで打ち鳴らした。敬虔なアウグストは背中を曲げ、食事を前に感謝の祈りを捧げていた。祈禱が終わってからもしばらくのあいだ、どうしてお母さんはなにも感想を言ってくれないのかと訝しみながら、痛む首筋を折り曲げつづけていた。フェデリーコがアルトゥーロを肘でつつき、親指を鼻の穴に当てながら、信心深いアウグストを小ばかにしてみせた［親指の先を鼻につけて手を振るのは人をばかにするときの仕草］。マリアはレンジの前に立っていた。肉汁をたたえた浅鍋を手にして振り返ると、金色の頭をひどく敬虔に傾けているアウグストの姿が目に入った。

「良い子ね、アウグスト」マリアは微笑んだ「良い子ね。あなたに神の恵みがありますように！」

アウグストは頭を上げ十字を切った。食卓に目をやると、すでにフェデリーコが鶏肉の皿に飛びかかったあとで、腿肉は二本とも姿を消していた。フェデリーコは今、一本目の腿肉にかぶりついていた。もう一本は、足のあいだに隠しておいた。アウグストは怒りをこめてテーブルの上をくまなく眺めた。彼はアルトゥーロを疑った。この兄は、少しも食欲のない様子でしょんぼりと坐っていた。それから、マリアが自分の席に坐った。彼女は一言も口をきかずに、薄く切ったパンにマーガリンを塗った。

アルトゥーロはしかめ面を浮かべたまま、ぴくりとも唇を動かさないで、ばらばらに解体されたカリカリの鶏を見つめていた。この鶏はほんの一時間前まで、自らに降りかかる殺意にも気づかず、幸福に生きていた。アルトゥーロはフェデリーコを眺めた。油にまみれたその口が、おいしいお肉をがつがつと貪っていた。アルトゥーロは吐き気を覚えた。マリアが鶏肉の皿を、アルトゥーロの方に押した。

「アルトゥーロ、食べないの?」

アルトゥーロはフォークの先端で肉を探った。うわべだけ取り繕った食欲だった。わびしげに佇む肉の欠片をアルトゥーロは見つけた。自分の皿に移してみると、なおいっそうみすぼらしく見えた。それは砂袋だった。神よ、もう二度と動物に狼藉を働かぬよう、どうかわたしをお導きください。アルトゥーロは砂袋をそっとかじった。悪くない。それはじつに旨かった。アルトゥーロはもう一口食べた。彼はにっこり笑った。皿からほかの肉を取った。身の白い部分をくまなく探し、肉の味を堪能した。フェデリーコが二本目の腿肉をどこに隠していたか、アルトゥーロは思い出した。彼は片手をテーブルの下にすべりこませた。誰にも気づかれない見事な手際で、フェデリーコの膝から腿肉をかすめとった。腿肉を食べ終えると、アルトゥーロは笑いながら下の弟の皿に腿の骨を放ってやった。それを見たフェデリーコが、はっとして膝の上をまさぐった。

「のろわれろ!」フェデリーコが言った「アルトゥーロ、のろわれろ! おまえは泥棒だ!」

金色の頭を振りながら、アウグストは咎めるように弟を見つめた。「呪われろ」は罪深い言葉だった。おそらく大罪ではなかった。たぶん小罪だった。でも、どっちにしたって罪だった。アウグストはその言葉を聞いてとても悲しくなった。そして、自分は兄弟たちのように罵り言葉を使わないでいられることがとても嬉しかった。

それはあまり大きな鶏ではなかった。テーブルの中央に置かれた皿を、彼らはすっかりきれいにした。残りが骨だけになると、アルトゥーロとフェデリーコは骨をかじって二つに割り、なかの髄を啜った。

「お父さんがいなくて良かったね」フェデリーコが言った「僕たちでぜんぶ食べられるもんね」

マリアは息子たちに微笑んだ。三人の顔を肉汁が覆い、フェデリーコの髪の毛には鶏肉の屑までこびりついていた。マリアはそれを手で払い、ドンナお祖母ちゃんの前でお行儀悪くしてはいけませんよと注意した。

「もし今夜みたいな食べ方をしたら、お祖母ちゃんはあなたたちにクリスマスプレゼントをくれませんからね」

無益な脅しだった。ドンナ祖母ちゃんのクリスマスプレゼント！　アルトゥーロがぶつぶつ言った「祖母ちゃんのプレゼントって、どうせ今年もパジャマだろ。誰がパジャマなんか欲しがるんだよ？」

「今ごろお父さん、ぜったい酔っぱらってるよね」フェデリーコが言った「お父さんと、ロッコ・サッコーネ」

マリアの拳が固く握られ白くなった。「あのけだもの」マリアが言った「このテーブルで、あの男の名前を口にしないで！」

アルトゥーロは、ロッコを憎む母の胸中を察していた。マリアはロッコをひどく恐れ、そばにロッコがやってくるたび深い嫌悪を感じていた。ロッコとバンディーニ氏の長きにわたる友情は、マリアに絶えず苦々しい思いをさせてきた。この二人はアブルッツォでともに少年時代を過ごした仲だった。マリアと結婚するより前の若かりしころ、バンディーニ氏はロッコと連れ立って女性と出歩いていた。ロッコが屋敷にやってくると、彼とズヴェーヴォは独特の仕方で、言葉も交わさずに飲み、そして笑った。なにかを話すときはイタリアの地元の方言で囁き合い、やかましい笑い声を響かせた。愚痴や思い出を語る乱暴な言葉にはたくさんの暗示がこめられ、それでいて内容は薄っぺらで、二人のお喋りはいつだって、今までも、これからも、マリアとは縁のない世界について語っていた。結婚する前のバンディーニ氏の行状にかんしては、マリアは気にしないように心がけていた。けれど、バンディーニ氏はロッコの汚らしい笑いをともに楽しみ、分かち合い、そんな彼はマリアにとって、ズヴェーヴォの過去から現われ出た秘密のように思えた。マリアはズヴェーヴォの秘密を、その手でつかみたいと切望していた。秘密の蓋を、思い切って開いてしまいたかった。なぜならマリアは、若き日の秘密がひとたび彼女の視線にさらされれば、ズヴェーヴォ・バンディーニとロッコ・サッコーネのひそやかなお喋りも、これをかぎりに永久に消え失せるだろうと信じていたから。

バンディーニ氏がいなくなってからというもの、屋敷は以前とは別物になっていた。夕食のあと少年たちは、膨れた腹とぼんやりした頭を抱えて居間の床に横たわり、部屋の隅に置いてあるストーブの親しげな炎を楽しんでいた。アルトゥーロが石炭を入れてやると、ストーブは息を弾ませ幸せそうな声で笑った。三人の少年はそのまわりでぐったりと寝そべり、満ち足りた腹をさすりながら穏やかに微笑んでいた。

台所ではマリアが食器を洗っていた。片づけなければならない皿も、コップも、一人分ずつ欠けていた。洗った食器を棚に戻すとき、重たくて、古びていて、ほかよりも大きくて不格好なバンディーニ氏のコップが目にとまった。食事のあいだずっと使われないでいたせいで誇りが傷つけられたことを、マリアに伝えたがっているみたいだった。引き出しにしまわれているバンディーニ氏のナイフやフォークが、明かりに照らされて輝きを放っていた。そのテーブルナイフはバンディーニ氏のお気に入りで、食卓用の刃物のなかではいちばん鋭利でまがまがしい逸品だった。

屋敷はいま、その屋敷たるゆえんを失っていた。建てつけの悪い屋根板が、風に向かってしつこく囁きつづけていた。裏手のポーチの切妻をこすっている電線が、けたけたと笑い声をあげていた。命なきものたちの世界が声を見出し、古ぼけた屋敷と言葉を交わしあっていた。そして屋敷はお喋り好きの老婆のように、自らの抱える不満を壁の内側で楽しげに語らっていた。マリアの足下では床板が、痛ましい喜びに触れてきぃきぃと叫んでいた。

バンディーニ氏は今夜、家に戻らないだろう。

夫は家に帰らないだろう。自らすすんで家を離れ、おそらく町のどこかで酒に酔っているのだろう。それを知り、マリアの心は震えあがった。この世のあらゆる恐ろしいもの、忌わしきものは、知ることと関わりを持っている。マリアはすでに、恐怖と陰鬱の力が自身のまわりで渦を巻き、屋敷の上を不気味に這いずりまわっていることを感じとっていた。

夕餉の食器が片づけられ、台所が磨かれ、床が掃き清められるなり、マリアの一日は唐突に息絶えた。ほかにはもう、なにもすることがなかった。マリアはすでに、黄色い電灯の下で十四年ものあいだ、縫い物をしたり継ぎを当てたりして働いてきた。長年の苦役がたたって、今では夜中に針仕事をしようとするとかならず、両の瞳が執拗に抵抗してきた。するとマリアは頭痛にとらわれ、けっきょく陽の光が昇るまで針を持つのを控えねばならなかった。

ときおり女性雑誌が手に入ると、マリアはいつもそのページを読みふけった。女性が夢見るアメリカ的な楽園をけたたましく謳いあげる、つやつやと光沢を放つ雑誌たちだった。美しい家具に美しいガウン。イースト菌のなかにロマンスを見出す色白の奥様や、トイレットペーパーについて議論する聡明なご婦人。こうした雑誌の記事や写真が、いくぶん曖昧なあのカテゴリーの見本だった。「アメリカ婦人」。マリアはいつも、「アメリカ婦人」のすることなすことを畏敬の念とともに語っていた。

彼女はそこに載っている写真を信じていた。居間の窓際に置かれた古い揺り椅子に腰かけて婦人雑誌のページを繰っていると、一時間や二時間はあっという間に過ぎてしまった。指をせっせと舌で湿らせ、マリアは一心不乱にページをめくった。「アメリカ婦人」の世界から自分があまりにも遠く隔っていることを痛感すると、麻酔でも打たれたみたいに頭がぼんやりした。

これこそ、バンディーニ氏がマリアを深く軽蔑している点だった。なるほどたしかに、バンディーニ氏は純血のイタリア人であり、農夫の血統は何世代にもわたって連綿と遡ることができた。けれど、今や彼はアメリカの国籍証明書を所持していた。バンディーニ氏はもう、けっして自身をイタリア人と見なさなかった。そう、彼はアメリカ人だった。ときおり、頭のなかで感傷が羽音を響かせ、祖先から引き継いだ誇りを大声で叫びたくなることもあった。とはいえ、分別を働かせて考えるなら、バンディーニ氏は間違いなくアメリカ人だった。マリアが夫に、「アメリカ婦人」が何をしたの何を着たのと話したり、近所に暮らす「通りの突き当たりのお宅のアメリカ婦人」の活動について報告したりすると、ズヴェーヴォは怒り狂った。階級と人種の差異や、それらが引き起こす苦しみにたいし、ズヴェーヴォはきわめて敏感だった。そして彼は、その苦しみに激しい敵意を抱いていた。

バンディーニ氏はれんが積み工だった。彼にとって、この地上にれんが積み工よりも神聖な職業は存在しなかった。ことによれば、あなたは王様にだってなれるだろう。帝国の支配者にだってなれるだろう。けれど、たとえあなたが何者であろうとも、かならず家は必要だろう。そしてもし、あなたにいくばくかの理性が備わっているのなら、それはれんが造りの屋敷だろう。そしてもちろん、その家は組合に加入したれんが積み工の手によって、組合の定めた賃金のもとに建てられるだろう。これこそが重要な点だった。

けれど、婦人雑誌のおとぎの国にまよいこみ、電気アイロンや掃除機や洗濯機や電子レンジを眺めながらため息をついていたマリアは、幻想の国の光景が広がるページを閉ざし、自らを省みずにはいられなかった。固い椅子、擦り切れた絨毯、凍えそうな部屋。そっと開いた手のひらを、じっと見つめずにはいられなかった。洗濯板を使いつづけてきたおかげで、そこにはタコができていた。ようするに、自分はアメリカ婦人ではないことを、マリアは悟らずにいられなかった。なにひとつ、肌の色も、手も、足も、アメリカ婦人と似ていなかった。彼女が口にしている食べ物も、それを噛んでいる歯でさえも……なにひとつ、ひとつたりとも、マリアを「アメリカ婦人」へと近づけてくれるものはなかった。

本も雑誌も、マリアの胸がほんとうに必要としているものではなかった。マリアにはマリアの逃げ道があった。安らぎへとつづくマリアのための道すじがあった。それはロザリオだった。その白い数珠玉の連なりは、小さく古びた一ダースほどの結び目でゆわかれ、たえず順繰りに擦り切れる白い糸の束でひとつなぎにされていた。その玉のひとつひとつが、この世界から飛翔するためのマリアの翼だった。アヴェ・マリア、恵みに満ちた方、主はあなたとともにおられます。するとマリアは上昇をはじめた。数珠が鳴るたび、この世での生と命がおぼろになった。アヴェ・マリア、アヴェ・マリア。眠りなき夢がマリアを包んだ。肉なき情熱がマリアを鎮めた。死と縁遠き愛が信仰の旋律を甘い声で囁いた。マリアは消えた。マリアは飛んだ。彼女はもはやマリアではなかった。アメリカ人でもイタリア人でもなかった。貧しくもなく豊かでもなかった。電気洗濯機や掃除機を持っているわけでも持っていないわけでもなかった。なぜならそこでは、誰もがすべてを持っているから。アヴェ・マリア、アヴェ・マリア。何度も何度も、千回も百万回も、祈りに祈りを重ねつづけた。肉が眠り、心が逃げ、記憶が死に、痛みが消え、深く静やかな夢想のうちで信仰が安らうよう、彼女は祈った。アヴェ・マリア、アヴェ・マリア。彼女が生きる理由は、ここにあった。

あの夜、数珠玉による逃避の旅と、ロザリオがマリアにもたらす悦びの感覚は、台所の灯りを消して居間へ向かうよりもずっと前から、マリアの心のなかに宿っていた。マリアが居間に足を踏み入れたとき、部屋の床には三人の息子がだらしなく寝転がり、ぼんやりした目つきでぶつぶつなにかを言っていた。あの夕食はフェデリーコには多すぎた。末っ子は今にも眠りへと落ちていきそうだった。仰向けに寝そべりながら顔だけは横に向け、口を大きく開いていた。アウグストはうつ伏せに横になり、フェデリーコの口許を見るともなく眺めていた。いつの日か司祭に任ぜられたら、かならず裕福な教区の担当になって、夕食はいつも鶏肉にしてもらおうとアウグストは心に誓っていた。

窓際の揺り椅子にマリアは身を沈めた。母の膝が聞き慣れた音をぽきりと鳴らすと、アルトゥーロはうんざりして肩を揺らした。マリアはエプロンのポケットから数珠を取り出した。黒い瞳を閉ざし、やつれた唇を動かして、はっきり力強く祈りを囁いた。

アルトゥーロは寝返りを打ち、母親の顔を見つめた。頭を素早く回転させた。母の祈禱を遮って、映画を観にいくための一〇セントを請うべきだろうか？　それとも、手間と時間を節約するため、寝室に忍びこみ一〇セントを盗んでこようか？　見つかる恐れはまったくなかった。ロザリオの祈りを唱えるあいだ、母はけっして目を開けなかった。フェデリーコはぐっすりと眠っていた。アウグストにかんしていえば、この世でなにが起きているのかを理解するには、この弟はあまりに愚図で清純だった。アルトゥーロは立ち上がり、伸びをした。

「んっ、んー。本でも取ってくるとしようかな」

ぞっとするような暗闇に包まれた母の寝室に忍びこみ、ベッドに敷かれたマットレスの足の方を持ち上げた。ほつれた財布のなかの心細げな硬貨たちを、アルトゥーロの指がまさぐった。一セントや五セントばかりで、一〇セントはなかなか見つからなかった。けれどそのうち、薄くて小さな一〇セント硬貨の感触を指先がとらえた。ベッドのつるまきばねのなかに財布を戻し、部屋の外から怪しい音が聞こえはしないか耳を澄ました。それから、わざと騒々しく足音を踏み鳴らし、大きな音で口笛を吹きながら、自分の部屋に行って本棚を手探りし、最初に触れた本をつかみとった。

居間に戻って床に転がり、アウグストやフェデリーコの隣で横になった。本の表紙を目にするなり、アルトゥーロはげんなりして顔を曇らせた。それはリジューのテレーズの伝記だった。一頁目の一行目を読んでみた「わたしは地上に善行をほどこすため、わが天国を捧げるでしょう」アルトゥーロは本を閉じ、アウグストの方に押しやった。

「あーぁ」アルトゥーロが言った「読む気なくなっちゃった。丘に行って、橇で遊んでる友だちがいないか見てこようかな」

マリアの瞳は閉じたままだった。けれど、アルトゥーロの言葉を聞き、アルトゥーロの希望を承諾したことを伝えるため、マリアはかすかに唇を動かした。それからゆっくり、彼女は頭を左右に振った。これが、遅くならないようにと息子に伝えるマリアのやり方だった。

「分かってるよ」アルトゥーロが言った。

重ね着した窮屈なセーターの下に熱気と昂揚をはらませて、あるときは走り、あるときは歩きながら、ウォールナット・ストリートを進んでいった。線路を超え十二番通りを目指し、曲がり角にあるガソリンスタンドの敷地を横切って橋を渡った。やがて公園にさしかかると、ポプラの投げかける暗い影に恐れをなし、明かりの見える方角へ全速力で駆けぬけた。こうして、家を出てから一〇分もたたないうちに、映画館「イシス」の軒先で、アルトゥーロはぜぇぜぇと息を切らしていた。アルトゥーロと同い年くらいの少年たちが玄関の前に群がっていた。小さな町の映画館ではかならず見かける光景だった。金のない子供たちは、いちばん偉い案内係のお目こぼしを従順に待ちつづけていた。晩の二本目の上映が始まったあと、案内係は気分に応じて、子供たちを無料で入れてやったり、入れてけやらなかったりするのだった。アルトゥーロも、映画館の軒先に立つことがちょくちょくあった。けれど今夜は一〇セントを持っていた。玄関に群がる同類たちに、アルトゥーロは陽気な笑いを振り撒いた。それからチケットを購入し、ふんぞり返って館内へ歩いていった。

少年に向かって指を振るいかめしい案内係を撥ねつけて、アルトゥーロは劇場の暗闇に足を踏み入れた。まずは最後尾の席を選んだ。五分後、二列だけ前の席に移動した。しばらくしてから、また席を移った。一度に二列か三列ずつ、アルトゥーロはじりじりと明るいスクリーンに近づいていった。ついに、もうそれ以上は前に進めない最前列へたどりついた。アルトゥーロはそこに坐った。喉が苦しかった。ほとんど天井を見るような角度で顔を上げねばならず、首から喉ぼとけがくっきりと浮き出ていた。スクリーンでは、グロリア・ボーデンとロバート・パウエルの「ラブ・オン・ザ・リバー」が上映されていた。

彼はただちに、銀幕の魔法の虜となった。彼の顔はロバート・パウエルのそれに、著しく類似していた。アルトゥーロはこの見解に自信を持っていた。グロリア・ボーデンの顔はアルトゥーロの心のきみ、あの素晴らしきローザの顔と驚くほど似かよっていた。アルトゥーロはその所見に確信を抱いていた。そうしたわけで、少年はすっかりくつろいだ気分になった。ロバート・パウエルのウィットに富んだ冗談を聞いて、アルトゥーロはげらげら笑った。グロリア・ボーデンが情熱的な身振りを見せるたび、官能の喜びに身を震わせた。ロバート・パウエルはだんだんとその輪郭を失い、アルトゥーロ・バンディーニに同化した。そしてグロリア・ボーデンは、しだいにローザ・ピネッリへ姿を変じた。飛行機が大破し、手術台にローザが横たわっていた。アルトゥーロ・バンディーニを措いてほかに、ローザの命を救うための危険な手術を為しうるものはいなかった。最前列の少年は、もはや汗みずくになっていた。かわいそうに、ローザ！　涙が彼の頬をつたった。鼻水をふくためにセーターの袖をごしごし顔にこすりつけた。

けれど彼には分かっていた。若き医師アルトゥーロ・バンディーニが奇跡の治療を成しとげることを、彼はずっと前から知っていた。やがて、あまりにも当然のことながら、それは現実となった！　その事実が明らかとなる直前、美形の医師はローザにキスをしていた。季節は春で世界は美しかった。とつぜん、なんの前触れもなく映画は終わった。「イシス」の最前列で鼻をすすり涙を流していたアルトゥーロ・バンディーニは、臆病な気後れのためにあられもなく狼狽し、胸をひどくむかつかせていた。「イシス」にいる全員が、彼のことを見つめていた。アルトゥーロはそれを確信していた。なぜなら少年はロバート・パウエルにあまりにも著しく似かよっていたので。

銀幕の魔法の効果はゆっくりと薄らいでいった。明かりがつけられ現実が戻ってくると、彼は周囲を見まわした。最前列から十列目くらいまでは、彼のほかに誰もいなかった。アルトゥーロは首をよじり、劇場中央の後部座席にかたまっている、青白くて血の気のない顔の連なりを眺めやった。胃のあたりに一筋の電流が走るのを感じた。恍惚とした恐怖に見舞われ、思わず息をつまらせた。くすんだ茶色のちっぽけな海のなかで、ある顔だけがダイヤモンドのような閃光を放ち、両の瞳からまぶしいほどの美を発散させていた。ローザの顔だ！　今さっき、手術台の上の彼女を救ったばかりだというのに！　けれどそれはなにもかも、みじめな嘘にすぎなかった。彼はそこに、最前列から十列目までのたった一人の観客として坐っていたにすぎなかった。頭頂がほとんど隠れるまで、彼は椅子に身を沈めた。そのあいだ、目をくらませるようなあの顔をもう一度だけ盗み見た。ローザ・ピネッリ！アルトゥーロは泥棒になったような、犯罪者になったような気分だった。ローザは父親と母親のあいだに坐っていた。二人ともすさまじく太っていた。二重顎のイタリア人だった。劇場のずっとうしろの方に、三人は並んで坐っていた。ローザにはアルトゥーロが見えていなかった。アルトゥーロはそれを確信していた。二人の席は相当に離れており、ローザが彼に気づくとは思えなかった。ところがアルトゥーロの眼差しは、二人のあいだに横たわる距離をひょいと飛びこえていた。顕微鏡のレンズをとおしてローザを見ているようだった。ボンネットから覗ける柔らかな巻き毛や、首を取りまく黒いビーズや、彼女の歯の星のようなきらめきが、彼にはしっかり見えていた。ならば、ローザも映画を観ていたのだ！　笑みを含んだローザのあの黒い瞳が、映画をすっかり観ていたのだ。アルトゥーロとロバート・パウエルの類似に、はたしてローザは気づいただろうか？

いいや、それはない。ほんとうは、二人はすこしも似ていなかった。まったく、すこしも。それはただの映画であり、アルトゥーロはスクリーンの正面に腰かけていた。暑さにのぼせ、重ね着したセーターの下で汗をかいていた。髪に触れることが怖かった。手を持ちあげて髪をうしろに撫でつけることが怖かった。櫛の当てられていない髪の毛は、好き放題に生い茂る雑草のようだった。アルトゥーロにはそれがよく分かっていた。彼の頭を見ただけで、人はそれがアルトゥーロであると見抜いてしまった。なぜなら彼の髪はけっして櫛で梳かされず、つねに散髪を必要としていたから。ローザはすでに彼を見つけたかもしれない。あぁ……どうして彼は髪を梳かしてこなかったのだろう？　どうして彼はいつもその手のことを忘れてしまうのだろう？　アルトゥーロはどこまでも深く椅子に沈んでいった。目玉だけを後ろ向きにひっくり返し、背もたれから髪の毛が飛びだしていやしないかと確かめた。髪の毛を撫でつけるため、アルトゥーロは慎重に、秒速一センチメートルほどで片手を上昇させた。けれど途中でやめた。ローザに手を見られるのではないかと思うと怖かった。

ふたたび照明が落とされ、アルトゥーロは安堵のためにどっと溜め息をついた。けれど、二本目の映画が始まりかけたそのとき、もう劇場を去るべきであることをアルトゥーロは悟った。曖昧な恥の感覚が、彼の喉を絞めつけていた。古いセーターに古いズボンを着ているという自覚。ローザが彼を笑っていたときの記憶。もしここで逃げ出さなければ、ローザが両親と映画館をあとにするとき、ロビーで彼女と顔を合わせるかもしれないという恐怖。ピネッリ家に遭遇するなど、考えただけで恐ろしかった。一家はまじまじとアルトゥーロを眺めるだろう。ローザの瞳が笑いのために舞うだろう。ローザはアルトゥーロのことなら何でも知っていた。考えも振る舞いも、なにもかも。母親の大切な一〇セントをアルトゥーロが盗んできたことさえ、ローザはきっと知るだろう。アルトゥーロの顔をひとめ見れば、それですべて悟るだろう。彼は逃げなければならなかった。とにもかくにも、劇場から出ていかなければならなかった。なにが起こるか分からない。照明がふたたび灯り、ローザがアルトゥーロに気づくかもしれない。映画館を火事が襲うかもしれない。どんなことだって起こりうる。彼はただただ、席を立ち、劇場から去らねばならなかった。教室や、学校のグラウンドのような場所だったら、アルトゥーロだってローザと顔を合わせられただろう。けれどそこは映画館イシスだった。汚らしい服を着たアルトゥーロは汚らしい浮浪者のようで、ほかのどの観客とも違っていた。そして彼は、盗んだ金で映画を観ていた。彼にそこにいる権利はなかった。もしもローザに出くわしたら、彼女はアルトゥーロの顔からすべてを読みとり、彼が金を盗んできたことを見抜くだろう。それはたった一〇セントだった。ちっぽけな小罪にすぎなかった。とはいえ、どの角度から吟味しようとも、罪であることに変わりはなかった。アルトゥーロは立ち上がり、素早く、静かに、大股で廊下を進んだ。顔は横に向けたまま、片手で鼻と目を隠していた。路上に出ると、夜の途方もない冷気が鞭のように襲いかかってきた。アルトゥーロは駆けだした。風が針となってアルトゥーロの顔を刺し、新たに芽生えた馴染みのない想念が少年の体に散らばっていった。

家のポーチへとつづく歩道にたどりつき、窓に映る母親の影を目にしたとき、アルトゥーロの魂の緊張が緩んでいった。肌が波のように砕けるのを感じ、押し寄せる感情のために涙が溢れた。アルトゥーロから注がれた罪の意識が、アルトゥーロを水浸しにして、アルトゥーロを流し去った。扉を開けて家の空気を吸いこんだ。彼の家は暖かかった。深くて、濃くて、驚くべき熱だった。弟たちはすでに寝ていた。けれどマリアは窓際から動いていなかった。母の瞳がいちども開かずにいたことを、アルトゥーロは知っていた。数珠玉の作る終わりなき円環のまわりで、暗闇を歩む者の確信をもって、母の指はひたすら動きつづけていたに違いなかった。あぁ、マリアはなんと立派なのだ、彼の母は、マリアはなんと敬虔なのだ。おぉ、神よ、僕を殺してください。僕は汚い野良犬で、母さんは美で、そして僕は死ぬべきです。あぁ、マンマ、僕を見てよ、だって僕は一〇セントを盗んだんだ、マンマはずっと祈っていたんだ。あぁ、マンマ、その手で僕を殺してよ！

アルトゥーロは膝をつき、恐れと喜びと罪の意識に浸かりながら母親にしがみついた。アルトゥーロのむせび泣きが揺り椅子をぐいと引き、数珠玉がマリアの手のなかでじゃらりと鳴った。マリアは目を開けアルトゥーロに微笑みかけた。ほっそりとしたその指で、息子の髪を優しく丁寧に撫でてやった。そろそろ散髪をしなければと、マリアは心のなかでひとりごちた。アルトゥーロのむせび泣きを聞いているあいだ、母は愛撫を受けているように嬉しかった。息子の涙は数珠への愛着をマリアにもたらし、ロザリオと涙声がマリアのなかでひとつになった。

「マンマ」アルトゥーロは言葉を探した「僕、言わなきゃいけないことがあるんだ」

「いいのよ」マリアが言った「分かってるから」

これには彼も驚いた。分かっていたって、そんなばかな。アルトゥーロはあの一〇セントを、いつもどおりの完璧な手際でくすねていた。アルトゥーロは母をだまし、アウグストをだまし、誰もかれもをだましてやった。アルトゥーロは全員をだましたのだ。

「母さんはロザリオを唱えていただろ。祈禱の邪魔をしたくなかったんだ」アルトゥーロは嘘をついた「母さんのロザリオを、遮りたくなかったんだよ」

マリアは微笑んだ「いくら取ったのかしら？」

「一〇セント。ぜんぶ取ることだってできたんだよ。だけど一〇セントしか取らなかったんだ」

「分かってます」

アルトゥーロは腹を立てた「ねぇ、どうして知ってるんだよ？　僕が取るところを見てたの？」

「桶にお湯が入っているから」マリアが言った「お風呂に入ってきなさい」

アルトゥーロは立ち上がり、セーターを脱ぎはじめた。

「ねぇ、どうして分かったの？　見てたの？　見張ってたの？　ロザリオを唱えているあいだは、ずっと目をつぶってると思ってたのに」

「分からないわけないでしょう?」マリアが微笑んだ「あなたはいつもわたしの財布から一〇セントを持っていくもの。そんなことをするの、あなただけよ。いつだって分かります。だって、あなたの足音が教えてくれるから!」

アルトゥーロは靴を脱ぎ、それを蹴っ飛ばした。ようするに、彼の母親はくそ忌々しいほど頭の回る女だった。なら、次回は靴を脱ぎ素足で寝室に忍びこんでみてはどうだろう? よくよく計画を練りながら、アルトゥーロは洗濯桶のある台所へ裸で入っていった。

台所の床はびしょ濡れになり冷えきっていた。アルトゥーロはうんざりした。弟たちがそこで大暴れしたにちがいなかった。台所のあちこちに、二人の服が脱ぎ散らかされていた。洗濯桶のなかは石鹸の泡の浮かんだ灰色の水と、その水が滲みこんだ木片でいっぱいになっていた。フェデリーコの戦艦だった。

その夜はあまりに寒く、とても風呂に入れそうになかった。入った振りをしようと彼は決めた。盥にお湯を入れ、台所の鍵を閉ざし、「スカーレット・クライム」を取り出して「無益なる殺し」と題された一篇を読みはじめた。裸のままストーブの暖かな扉に腰かけ、盥のお湯で足先の冷えを和らげていた。しばらく雑誌を読みふけり、ほんとうに風呂に入ったときと同じくらいの時間が過ぎたと判断すると、彼は「スカーレット・クライム」を裏手のポーチに戻した。手のひらで丁寧に髪の毛を濡らし、肌が痛ましい桃色になるまで体をタオルで強くこすり、寒さに震えながら居間に駆けていった。ストーブの前にうずくまり、髪をタオルでごしごしと拭き、真冬に風呂に入るなんて大嫌いだとぶつぶつ言っている息子の姿を、マリアが眺めていた。寝室に向かうあいだ、自らのかくも見事な演技力に、アルトゥーロはすっかり満悦していた。マリアが微笑んだ。夜の闇に息子が姿を消そうとしたとき、彼の首まわりをぐるりと取りまく汚れが目に入った。まるで黒いシャツの襟のようで、ひどく目立っていた。けれどマリアはなにも言わなかった。たしかに今夜は、お風呂に入るには寒すぎるから。

ひとりになった。マリアは灯りを消し、祈禱をつづけた。ときおり、幻想のなかで屋敷の声を聞いた。ストーブがしゃくり上げ、石炭を入れてくれと懇願していた。家の前の道を、パイプを吹かした男性が通りすぎていった。マリアはその男性を見つめた。向こうからは、暗がりにいる彼女の姿は見えないと分かっていた。彼女はその男性をバンディーニ氏と較べてみた。男性はバンディーニ氏より背が高かった。ズヴェーヴォのきびきびした足どりとは、少しも似たところがなかった。寝室から、寝言を口にしているフェデリーコの声が聞こえた。それからアルトゥーロが、眠たそうにぶつぶつ言っていた「おい、黙れよ!」路上にまた、別の男性の姿が見えた。男性は太っていた。男の口から夜の冷えた空気へと、白い煙が立ち昇っていた。彼よりズヴェーヴォの方が、よほど見目が良かった。神のおかげで、ズヴェーヴォは肥満体ではなかった。けれど、こうしたことはなにもかも、余計なお喋りだった。思索を道に迷わせて祈禱を中断することは、主の神聖を穢す行為だった。マリアは瞼を固く閉ざし、祝福された聖処女の慈悲にすがるうえで必要とされる各項目を、頭のなかで確認していった。

マリアはズヴェーヴォ・バンディーニのために祈った。ズヴェーヴォが飲みすぎないようマリアは祈った。結婚する前にいちどあったように、彼が警察の厄介にならないようマリアは祈った。夫が口ッコ・サッコーネから遠ざかり、ロッコ・サッコーネが夫から遠ざかるようマリアは祈った。時の流れが速まり、雪が溶け、春が急ぎ足でコロラドに駆けつけ、ズヴェーヴォがまた仕事に戻れるようマリアは祈った。幸せなクリスマスとお金のためにマリアは祈った。アルトゥーロが一〇セントを盗むのをやめるようマリアは祈った。アウグストがいずれ司祭になるようマリアは祈った。フェデリーコが良い子になるようマリアは祈った。一家みんなの服のため、食料品店に支払う代金のため、死者の魂のため、生者の魂のため、世界のため、病める者や死にゆく者のため、貧しき者や富める者のため、勇気のため、前へ進む力のため、彼女がたどった間違った道にたいする赦しのため、マリアは祈った。

ドンナ・トスカーナの来訪が短くあるよう、その来訪が一家に苦しみをもたらさぬよう、そしてズヴェーヴォ・バンディーニとドンナがいつの日か平穏な関係を築くよう、マリアは長く熱のこもった祈りを捧げた。最後の祈りが成就される望みはないことを、マリアは知っていた。たとえ救世主の母が、ズヴェーヴォ・バンディーニとドンナ・トスカーナのあいだに一時的な休戦をもたらしたとしても、最終的な解決は天国にゆだねるよりほか手立てがなかった。聖処女にこの案件への配慮を願うことは、いつもマリアをまごつかせた。それはまるで、銀のブローチに月を嵌めてくれと所望するような、道理に外れた祈りだった。そもそも汚れなき御母はすでに、素晴らしい夫と、三人の立派な息子と、住み心地の良い家と、変わることのない健康と、神の慈悲にたいする信頼をマリアに授けてくださっていた。けれどズヴェーヴォとその義母のあいだの平穏は……そう、全能の主と祝福された聖処女マリアの寛大さをもってしても、それはあまりにも度が過ぎた要求だった。

日曜の昼過ぎ、ドンナ・トスカーナがやってきた。マリアと息子たちは台所にいた。ドンナの重みでたわんだポーチから苦悶の呻きが漏れるのを聞き、彼らはお祖母ちゃんの来訪を知った。マリアの喉に、ひやりと冷たいものが走った。ノックもせずにドンナは玄関の扉を開け、屋敷のなかをそっと覗きこんだ。彼女はイタリア語しか話さなかった。

「あいつは……あのアブルッツォの犬はいるのかい?」

マリアは台所から駆けてゆき、母の首に両腕を巻きつけた。ドンナ・トスカーナは巨大だった。夫が死んでからというもの、彼女はつねに黒の衣服を身につけていた。黒の絹のコートの下からは何枚ものペチコートが覗け、そのうちの四枚にはけばけばしい彩色がほどこされていた。ドンナのむくんだ足首は、甲状腺にできた腫瘍のようだった。およそ一二〇キロの体重がもたらす圧力のために、小さな靴は今にも破裂しそうだった。胸のなかには二つではなく、一ダースの乳房がぎゅうぎゅうに押しこまれているみたいだった。ドンナはピラミッドのごとき構築物で、その基底部には尻がなかった。肉のつきすぎた両腕は、真下ではなく斜めに角度をつけて垂れ下がっていた。腕の先に生える膨らんだ指たちは、ぶらぶら揺れるソーセージにそっくりだった。彼女には文字どおり首がなかった。ドンナが顔をよじらせると、肩と頭のあいだの肉が、溶けた蠟の憂愁をたたえつつどろりと垂れた。鼻は優雅でほっそりとしていたけれど、目は踏みつぶされた葡萄のようだった。ドンナが口を開くたび、入れ歯が勝手にお喋りを始めた。

マリアにコートを預けると、ドンナは部屋の真ん中に立って鼻をひくひくさせた。首の周りの脂肪に皺が寄った。なにか妙な臭いがすると、ドンナは娘と孫たちに伝えた。彼女によれば、それは明らかに不快な臭いだった。たいへんに不潔な臭いだ。少年たちは疑わしそうに臭いをかいだ。するとどうだろう。屋敷は突然、それまで彼らがけっして気づいたことのない臭いを漂わせはじめた。二年前までつづいていた腎臓の不調を、アウグストは思い起こした。二年が過ぎた今でもまだ、あの臭いは屋敷にこびりついているのだろうか？

「おばあちゃん、こんにちは」フェデリーコが言った。

「歯が黒いよ」ドンナが言った「今朝、ちゃんと歯を磨いたのかい？」

フェデリーコの顔から微笑みがさっと消えた。末っ子は手の甲で口を隠し、視線を床に落とした。彼は口を固く閉ざした。できるだけ早く洗面所に駆けこんで、鏡を見てこようと決心した。不思議なことに、あのときフェデリーコの口のなかには、黒い歯の味がいっぱいに広がっていた。

祖母はなおも鼻をひくひくさせていた。

「何なんだろうね、この嫌な臭いは？」ドンナはひとりごち、それから孫たちに話しかけた「思ったとおり、お前たちの父親は家にいないね」

少年たちはイタリア語を理解していた。バンディーニ氏とマリアがよくイタリア語で会話していたからだった。

「うん、お祖母ちゃん」アルトゥーロが言った「父さんは家にいないよ」

ドンナ・トスカーナは乳房の折り重なった部分に手を伸ばし、そこからがま口を引っぱりだした。がま口を開け、指先で一〇セント硬貨を一枚つかみとり、それを孫たちに見せびらかした。

「さて」ドンナは微笑んだ「わたしの三人の孫のうち、いちばん正直なのは誰だろうね？　その一人に、このディエチ・ソルディをあげるとしよう。一言で答えるんだよ。お前たちの父親は、酔っぱらってるのかい?」［「ディエチ」は数字の一〇、「ソルディ」は小銭のこと。ここでは一〇セント硬貨を指す］

「あぁ、マンマ・ミーア」マリアが言った「どうしてそんなことを訊くの?」［「マンマ・ミーア」は字義どおりには「わたしの母さん」の意。また、驚きや嘆きを表現する語としても用いられ、「うわぁ!」「そんな!」などに近いニュアンスを持つ。ここでは両方の意味が併せてこめられている］

マリアの方を見ようともしないで祖母は答えた「娘や、落ちつくんだよ。これは子供のためのお遊びなんだからね」

少年たちはおたがいの顔色を覗きこんでいた。三人とも黙っていた。父を裏切るのはやや気が引けた。ただし、とても気が引けたわけではなかった。祖母はおそろしくケチだった。けれど少年たちは、祖母のがま口にたくさんの一〇セントが入っていることを知っていた。父にまつわる情報をひとつ提供するたびに、そのなかの一枚が報奨として与えられるのだった。今回の質問はやり過ごし、次の質問——父にとってそれほど不都合でないもの——を待つべきだろうか? それとも、ひとつめの質問にきちんと答えるべきだろうか? ここで問題とされているのは、真実を語ることではなかった。たとえ父が酔っぱらっていなかったとしても関係なかった。一〇セントを獲得するためのただひとつの手段は、祖母のお気に召す回答を口にすることだった。

マリアは為すすべなく立ちつくしていた。蛇のように舌を巧みに使うドンナ・トスカーナは、子供たちの面前でいつでもマリアを叩きのめしてやることができた。マリアの幼年期や少女時代にまつわる、もはや本人さえ忘れかけているような挿話を、ドンナは自在に解き放った。母としての尊厳を損なうこれらの情報を、マリアは息子たちに聞かれたくなかった。少年たちは祖母の話の細部までしっかり覚えていて、マリアに口答えするさいの武器としていた。そのお手本を彼らに示すのが、ほかならぬドンナ・トスカーナだった。お祖母ちゃんが話してくれたおかげで、少年たちはたくさんのことを知っていた。マンマは勉強が苦手だった。黒人の子供たちとおままごとをして、マンマは手ひどいお仕置きを受けた。うだるように暑い一日、マンマは聖ドミニク教会でゲロを吐いた。アウグストと同じように、マンマはおねしょをしていた。けれどアウグストと違って、マンマは寝間着を自分で洗わされていた。マンマは家出をして、警察に連れ戻されたことがあった（ほんとうは家出したのではなく、道に迷っただけだった。けれどお祖母ちゃんは、あれはぜったいに家出だったと主張していた）。マンマについて、少年たちはほかにもいろいろ知っていた。小さいころ、マンマは家事を手伝うのが嫌いで、地下の物置に鍵をかけて一時間以上も立て籠もっていたことがあった。昔も今も、マンマはずっと料理が下手くそだった。息子たちが産まれるとき、マンマはハイエナのような悲鳴を上げた。マンマは愚かだった、さもなければ、ズヴェーヴォ・バンディーニのような悪党と結婚するはずがなかった……そしてマンマには自尊心が欠けていた、さもなければ、どうしていつもぼろ切れを身にまとっていられるのか説明がつかなかった。マンマは夫という名の犬に服従している弱虫だった。臆病者のマンマは、とうの昔にズヴェーヴォ・バンディーニを牢屋に入れてやるべきだった。少年たちはみんな知っていた。だからマリアは、母を敵にまわしてはいけなかった。第四の戒律を、胸にしっかり留めておくべきだった。母を敬い、息子たちの模範となるべきだった。そうすることで彼らもまた、マリアを敬うようになるはずだった。

「どうだい」祖母が繰り返した「あいつは酔っぱらってるのかい？」

長い沈黙。

やがてフェデリーコが口を開いた「うん、たぶんね。僕たちは知らないよ、お祖母ちゃん」

「マンマ・ミーア！」マリアが言った「ズヴェーヴォは酔っぱらったりしていません。仕事で外に出ているんです。あと何分もしないうちに戻ってきますから」

「お前たち、聞こえたかい？」ドンナが言った「物心がついたあとでも、お前たちの母親はトイレの水をぜったいに流さなかったんだよ。そして今度は、あのろくでなしの父親は酔っぱらってないと言い張るんだからね！　いいや、あいつは酔っぱらってる！　そうだろ、アルトゥーロ？　早くしな、そら、ディエチ・ソルディだよ！」

「知らないんだ、お祖母ちゃん。ほんとうだよ」

「はん！」ドンナは鼻を鳴らした「ばか親のばか息子ども！」

祖母は二、三枚の硬貨を足下に放り投げた。孫たちは未開人のごとくに硬貨へと飛びかかった。床の上で三人の少年が取っ組み合い、転げまわっていた。何本もの腕や足の塊がもぞもぞと動いている光景を、マリアはただただ見つめていた。ドンナ・トスカーナが嘆かわしそうに頭を振った。

「そこで笑うかい」ドンナが言った「子供たちが獣のようにおたがいを引っ掻き合って、それを母親が笑いながら受け入れるのかい。あぁ、ポーヴェラ・アメリカ！　あぁ、アメリカや！　あんたの息子たちは相手の喉を掻き切って、血に飢えた野獣のように死んでいくんだよ！」

「でも、マンマ・ミーア、この子たちは男の子だもの。これくらいなら怪我はしないわ」

「あぁ、ポーヴェラ・アメリカ！」ドンナが言った「哀れな、望みなきアメリカや！」

ドンナは屋敷の調査に取りかかった。マリアはあらかじめ準備していた。絨毯や床を掃き、家具から埃を払い、ストーブを磨いておいた。とはいえ埃払いの布も、雨漏りする天井の染みまではぬぐえないだろう。箒で掃いても、カーペットの擦り切れた部位がきれいになることはないだろう。石鹸と水を駆使したところで、いたるところに刻まれた子供たちの痕跡はびくともしないだろう。ドアノブのまわりの黒い染みや、あちらこちらに知らぬまに生じている油汚れ。壁に殴り書きされた少年たちの名前。いつも引き分けで終わる○×ゲームのでたらめな落書き。ドアの下の方に残るつま先の跡や、夜のあいだに口髭を生やしてしまったカレンダーの肖像写真。ほんの一〇分前にマリアがしまったばかりの靴の片割れ。一本きりの靴下。タオル。揺り椅子の上のパンとジャム。

マリアは何時間にもわたって働いた。何度も息子たちを注意した。これがその報いだった。ドンナ・トスカーナは部屋から部屋へと歩いてまわった。絶望のため、顔がかちこちに固まっていた。少年たちの部屋を覗いた。ベッドは丁寧に整えられ、まだ防虫剤のにおいのする青のベッドカバーがきっちりと敷かれていた。ドンナは隅々を眺めやった。アイロンがかけられたばかりのカーテン、箪笥の上できらめきを放っている鏡、ベッドの脇にきわめて正確な角度で置かれている安手の敷物、なにもかもが修道生活を思わせるほどの厳格さで整頓され、そして部屋の隅の椅子の下には……アルトゥーロの汚れたパンツが二枚、ぽつんと脱ぎ捨てられていた。それはあたかも、のこぎりで切断された少年の四肢のごとくに、その場に大の字で寝そべっていた。

老婆は両手を天に振り上げ、悲痛な調子で慨嘆した。

「望みなしだね」ドンナは言った「あぁ、娘や！　あぁ、アメリカや！」

「おかしいわね、どうしたのかしら?」マリアが言った「あの子たち、いつもはとっても気をつけてるのに」

マリアは下着を拾い上げ、大急ぎでエプロンの下に押しこんだ。二枚のパンツが姿を消したあとまるまる一分にわたって、ドンナ・トスカーナの冷たい眼差しがマリアに注がれていた。

「お前はもうだめになったね。だめになった無力な女だ」

午後もずっとそんな調子だった。情け容赦のない皮肉と冷笑で、ドンナ・トスカーナはマリアをひたすらに打ちのめした。少年たちは一〇セントを握りしめて菓子屋へと飛んでいった。一時間が過ぎても三人は家に帰らず、威厳をもって振る舞えないマリアの弱さをドンナが詰った。ようやく彼らが帰ってくると、チョコレートにまみれたフェデリーコの顔を目にして、ドンナはまたもや慨嘆した。少年たちが戻ってから一時間が過ぎたころ、孫たちがうるさすぎてかなわないとドンナは不平をこぼした。そこでマリアは、彼らを外に遊びに行かせた。三人がいなくなると、孫たちはこの雪のなか、インフルエンザにかかって死ぬだろうとドンナが予言した。マリアは紅茶を淹れた。ドンナはそれを飲むと舌打ちし、この茶は薄すぎると断定した。マリアは辛抱づよく耐え忍び、ストーブの上の時計を見つめた。二時間後の七時には、ドンナは帰宅するはずだった。時間は歩みをとめ、足を引きずり、苦しみのなかを這いつくばって進んでいた。

「具合が悪そうだね」ドンナが言った「その顔色はどうしたんだい?」

マリアは片手で髪を撫でつけた。

「わたしは元気よ」マリアが言った「わたしたち家族は、みんな健康よ」

「あいつはどこだい？」ドンナが言った「あの浮浪者は」

「ズヴェーヴォは働いてるわ、マンマ・ミーア。新しい仕事に取りかかっているの」

「日曜日にかい？」ドンナはせせら笑った「どうせプッターナ［イタリア語。「娼婦」の意］のところにいるんだろ」

「どうしてそんなことを言うの？　ズヴェーヴォはちゃんとした人なのよ」

「お前が結婚した男は、たちの悪いけだものだよ。とはいえ、あいつが結婚した女は頭が悪いから、悪事がすっぱ抜かれる心配もなさそうだ。あぁ、アメリカや！　腐りきったこの国でしか、こんな目に遭うこともないんだろうね」

マリアが夕食の準備をしているあいだ、ドンナは両の肘をテーブルにつき、手のひらで顎を支えながら坐っていた。夕食のメニューはスパゲッティと肉団子だった。ドンナはマリアに、スパゲッティを茹でる鍋を石鹸と水で丁寧に洗わせた。スパゲッティを保管している細長い箱を持ってくるようマリアに命じ、鼠にかじられた跡がないか丹念に確認した。この屋敷には冷蔵庫がなく、マリアは肉を裏手のポーチの戸棚に保管していた。それは肉団子用に丸く固められた挽き肉だった。

「ここに持ってきな」ドンナが言った。

マリアは肉をドンナの前に置いた。ドンナはそれを指先で味見した。「思ったとおりだ」ドンナが眉根を寄せた「腐ってるね」

「そんなはずないわ！」マリアが叫んだ「昨日の晩に買ってきたばかりなのよ」

「肉屋はいつでも、頭の悪い人間につけこむもんさ」ドンナが言った。

夕食は予定よりも三〇分遅れた。ドンナがマリアに、すでに洗ってある皿をもういちど洗って乾かすよう強要したからだった。少年たちが、すっかり腹を空かせて部屋に入ってきた。ドンナは孫に、手と顔を洗い、清潔なシャツを着てネクタイを締めてくるよう命じた。彼らは不満の声を上げ、アルトゥーロは大嫌いなネクタイを締めながら「老いぼれの淫売め」と呟いた。すべての用意が整ったとき、すでに夕食は冷めきっていた。とにもかくにも、少年たちはそれを食べた。老婆は物憂げに、目の前のスパゲッティを二、三本だけ口に入れた。スパゲッティもやはりドンナにはお気に召さず、彼女は皿をテーブルの隅へと押しやった。

「ひどい夕食だね」ドンナが言った「このスパゲッティ、糞《ふん》の味がするよ」

フェデリーコが笑った。

「僕、それでも好きだよ」

「なにか別のものを用意しましょうか、マンマ・ミーア?」

「いらないよ!」

夕食のあと、タクシー会社に電話をするため、ガソリンスタンドまでアルトゥーロが遣いにやられた。ドンナはタクシーに乗って去っていった。出発する前、バスの停留所までの運賃を二五セントから二〇セントに値下げさせるべく、タクシーの運転手と口論していた。祖母が去ったあと、アルトゥーロはシャツの下に枕を入れ、その周りにエプロンを巻きつけた。家のなかをよたよたと歩き、人を小ばかにしたように鼻をひくひくとさせた。誰も笑わなかった。みんな、どうでもよさそうにしていた。

第四章

バンディーニ氏も、お金も、食べ物も、家にはなにもなかった。もしバンディーニ氏が家にいたなら、こう言っただろう「つけにしとけ」

月曜の夕方だった。バンディーニ氏はまだ帰ってこなかった。そして、あぁ、食料品店のお勘定！それはマリアの頭にまとわりつき、けっして離れようとしなかった。疲れを知らぬ亡霊のように、その勘定は冬の日々を恐怖で満たした。

バンディーニ家の屋敷の隣に、クライクさんの食料品店があった。まだ結婚して間もないころ、バンディーニ氏はクライクさんの店で信用貸しの帳簿に登録した。はじめのうち、バンディーニ氏は「つけ」を期日どおりに支払っていた。やがて子供が成長し、彼らの食べる量が増えた。景気の悪い年がいつまでもつづいた。ふと気がつくと、一家の「つけ」は天文学的な数字に跳ね上がっていた。結婚してからというもの、ズヴェーヴォ・バンディーニをめぐる状況は年ごとに悪化していった。

金！　一五年の結婚生活のあいだに、バンディーニ氏は途方もない「つけ」を蓄積した。フェデリーコでさえ、父にはそれを支払う意図も機会もまったくないことを理解していた。

とはいえ、食料品店の「つけ」はつねにバンディーニ氏を煩わせてきた。クライクさんに一〇〇ドルの借りがあるとき、バンディーニ氏は五〇ドルを支払った（もし手許に金があれば）。二〇〇ドルの借りがあるとき、バンディーニ氏は七五ドルを支払った（もし手許に金があれば）。あらゆる借金にたいしてズヴェーヴォはこの方式で臨んだ。そこにはなんの秘密もなかった。隠された意図は一切なく、相手を騙して踏み倒そうなどという発想は皆無だった。いかなる予算を組もうとも、この問題を解決することはできなかった。どのように経済を回したところで、この状況を変化させることは叶わなかった。これはとても単純な話だった。要するにバンディーニ家は、ズヴェーヴォが稼ぐより多くの金を支出していた。ひたすらに幸運ばかりが積み重なってみてはじめて、この苦境から逃れる道が姿を現わすはずだった。夜逃げをしたり、バンディーニ氏の脳みそがパンクしたりせずにすんでいるのは、その幸運とやらをたえず待ちつづけているおかげだった。夜逃げするぞ、俺の脳みそはパンクするぞと、彼はいつもまわりを脅した。けれどけっきょく、そのどちらも実現にはいたらなかった。脅しとはどうやってするものなのか、マリアは知らなかった。脅しはマリアの気質とは無縁だった。

食料品店のクライクさんはひっきりなしに不平をこぼした。彼はバンディーニ氏をけっして信用していなかった。けれどバンディーニ家は食料品店のお隣に住んでおり、クライクはつねに一家を見張っていることができた。自分の貸した金は最終的に、すべてとは言わずとも、大部分は返ってくるだろうと彼は期待していた。さもなければ、これ以上「つけ」で品物を売るなど考えられなかった。彼はマリアに親しみと憐れみを抱いていた。それは零細企業の主が貧しい階層の人間にたいし示しがちな、冷ややかな慈悲だった。そして同時にクライクは、そうした階層に属す個々人への、冷淡で自己防衛的な無関心をも備えていた。無理もない、彼は彼で支払うべき「つけ」を抱えていたのだから！

バンディーニ氏の勘定があきれるほど高額となった今（その数字は冬がくるたびに一気に跳ね上がった）、クライクはマリアを非難し、侮辱さえするようになっていた。もちろん彼だって、マリア自身は子供のような純真さを備えた誠実な人物であると分かっていた。けれど、自分の店で次から次へと請求書の金額を上積みしていくマリアの行為を、黙って見過ごすわけにもいかなかった。これではまるで、マリアがこの店の主人のようではないか！　クライクがそこにいるのは食料品を売るためであって、無償で食べ物を分け与えるためではなかった。彼が取り扱っているものは商品であり、感情ではなかった。金を受け取るべきなのはクライクだった。彼はマリアに追加の「つけ」を容認しつづけた。いくら勘定を請求しても無駄だった。金を回収するまでマリアをしつこく詰りつづけるほか、クライクには手立てがなかった。そうでもしなければ、あの一家は永久に勘定を支払わないに違いなかった。

マリアは毎日、クライクさんと顔を合わせるための胆力を絞りだすべく、自らを懸命に駆りたてていた。クライクのたなごころでマリアが味わっている屈辱に、バンディーニ氏はなんの注意も払わなかった。

つけにしてください、クライクさん。つけにしてください。

昼過ぎから夕食の一時間前まで、マリアはずっと屋敷のなかをうろつきまわり、店までの旅程をこなすのにぜひとも必要とされる向こう見ずな霊感の訪れを待ち受けていた。窓際へ歩み寄り、両手をエプロンのポケットに差しいれた。片方の拳でロザリオを握った。マリアは待った。待つのは初めてのことではなかった。ほんの二日前の土曜日も、その前の日も、そのまた前の日々も、春も、夏も、冬も、今年も去年もその前の何年間も、マリアはいつも待っていた。ところが今や、マリアの勇気はたび重なる酷使のため深い眠りにつき、けっして目を覚まそうとしなかった。もうあの店に行くことはできなかった。もうあの男性とは顔を合わせられなかった。

窓の外には冬の青白い夕闇が広がっていた。道路の向こうにアルトゥーロの姿が見えた。近所の友人たちといっしょだった。彼らは空き地で雪合戦をしているところだった。マリアは玄関に行って扉を開けた。

「アルトゥーロ！」

マリアがアルトゥーロを呼んだのは、この息子が長男だからだった。戸口に立つ母の姿を少年は見やった。白い薄闇があたりを包んでいた。乳白色の雪を横切り、影が音もなく忍び寄ってきた。冷えびえと輝く街灯が、ひどく冷たい霞のなかに、冷たい光を振り撒いていた。一台の自動車が通りかかり、タイヤのチェーンから陰気な音をじゃらじゃらじゃらと響かせていた。

「アルトゥーロ！」

母がなぜ自分を呼ぶのか、アルトゥーロには分かっていた。うんざりして、彼は歯を食いしばった。母が自分を店に行かせようとしていることが、アルトゥーロには分かっていた。母は臆病者だった。頭のてっぺんからつま先まで臆病者だった。クライクのことが怖いから、息子に面倒事を押しつけようとしていた。このときの母の声には、食料品店を訪ねる時間に特有の揺らめきが潜んでいた。アルトゥーロは聞こえない振りをして母の声をやり過ごそうとした。けれど母は息子の名を呼びつづけた。アルトゥーロはもう少しで絶叫するところだった。ほかの少年たちはマリアの声が帯びる揺らめきに催眠術をかけられたようになり、雪玉を投げるのをやめてアルトゥーロを見つめた。まるで、頼むから返事をしてくれとアルトゥーロに請うているみたいだった。

アルトゥーロはもう一度だけ雪玉を投げた。雪玉は地面に落ちてぺしゃんこになった。それから雪のなかを重い足どりで進み、凍りついた車道を横切っていった。しだいに母の姿がはっきりとしてきた。日暮れ時の寒さのために、マリアの顎はがたがたと震えていた。ほっそりとした体を両腕で抱きすくめ、暖をとるために足踏みしつづけていた。

「どうかした?」アルトゥーロが言った。

「寒いわね」マリアが言った「中に入って。話があるの」

「なんだよ、母さん? 僕、急いでるんだけど」

「お店に行ってきてほしいのよ」

「店? やだね! どうして僕を行かせたいのか分かってるよ。母さんは請求書が怖いんだろ。とにかく、僕はやだよ。ぜったいに行かないからね」

「お願いよ」マリアが言った「あなたはもう大きいんだから、分かるでしょう。クライクさんがどんな人か、あなたはよく知ってるんだし」

もちろん彼は知っていた。彼はクライクが大嫌いだった。あのスカンクめ。クライクはいつもアルトゥーロに訊いてきた。父親は酒を飲んでいるか、それとも素面か。稼いだ金で父親はなにをしているのか。きみたちワップは、一文なしでどうやって生活しているんだ？　きみのお父さんは晩に家にいたためしがないが、これはどういうわけなんだ？　いったいあの男はなにをしているんだ？……ひょっとすると、隣に女をはべらせて金をばら撒いてるのか？　彼はクライクを知っていた。彼はクライクが大嫌いだった。

「アウグストに行かせればいいだろ？」アルトゥーロは言った「うんざりだよ、いつも僕ばかり押しつけられて。石炭と薪を買いにいってるのは誰だよ？　僕だろ？　いつもこうだよ。アウグストに頼みなよ」

「だけど、アウグストは嫌がるのよ。あの子は店に行くのが怖いの」

「はん。あの腰抜け。なにが怖いんだか、さっぱりだね。とにかく、僕は行かないから」

アルトゥーロは母に背を向け、少年たちのいる方へずんずん歩いていった。雪合戦が再会した。相手チームにボビー・クライクがいた。食料品店の息子だった。覚悟しろよ、この犬め。ポーチの上で、マリアがまたアルトゥーロの名前を呼んだ。アルトゥーロは答えなかった。母の声をかき消すほどに、アルトゥーロは強く叫んだ。あたりはもう真っ暗だった。クライクさんの店の窓が、闇夜のなかで煌々と輝いていた。アルトゥーロは凍りついた大地から石ころを蹴り起こし、雪玉のなかにその石を詰めた。だいたい一五メートル先で、クライク少年が木の背後に身を隠していた。体中の関節が痛むくらいに思いきり、アルトゥーロは雪玉を投げた。けれどそれは外れた。標的から三〇センチほど離れた場所に、雪玉は落下した。

マリアが店に入ってきたとき、クライクさんはまな板の上の肉の骨を、肉切り包丁で叩き切っているところだった。ドアがきしる音を聞いて視線を上げると、そこにはマリアの姿があった。古ぼけた黒のコートに身を包んだ、ちっぽけで頼りない姿だった。コートには毛皮の襟がついていた。かつてはふかふかだったその襟も、今ではほとんどの毛が抜け落ちてしまい、黒地の上に白い斑点が浮き出ていた。マリアの額はしなびた茶色の帽子に覆われ、その下には年老いた小さな少女の顔が見え隠れしていた。レーヨンのストッキングは色褪せて光沢を失い、今では黄ばんだなめし革のような色をしていた。マリアの細い骨と白い肌が、褐色のストッキングの下で強調されていた。履き古されたマリアの靴は、雪に湿り、時代遅れで、ストッキングの黄褐色がその惨状をなおも際立たせていた。マリアは自分がふだん買い物をしている馴染みの場所を、怯えながら、忍び足で、びくびくと、小さな子供のように歩いていた。クライクのまな板からできるかぎり遠く離れ、勘定台の前の壁際に佇んでいた。

この店に通いはじめて数年のあいだは、マリアはクライクさんに挨拶をしていた。ところが今では、そうした親しみの表現は彼を不愉快にさせるだけだろうと考えていた。だからマリアは、なにも言わずに店の隅に身を寄せて、店主の手が空くまでじっと待つことに決めていた。

客が誰であるか分かると、クライクさんは何事もなかったかのように仕事をつづけた。そしてマリアは、肉切り包丁を振り下ろすクライクを眺めながら微笑みを浮かべ、興味津々の見物客を演じていた。店主は中肉中背で、髪の毛がだいぶ薄くなっており、セルロイドのフレームの眼鏡をかけていた。

だいたい四十五歳くらいだった。片方の耳には太い鉛筆を、もう片方には煙草を挟んでいた。靴の爪先まで届く白いエプロンをかけ、いかにも肉屋らしい青の結び紐を腰に何重にも巻きつけていた。赤く血をしたたらせている尻肉の骨を、クライクさんは豪快に叩き切っていた。

マリアが言った「まぁ、ほんとうに、とってもおいしそう」

クライクはまな板の上でステーキ肉を何度も叩いた。四角い紙を筒から手早く切り取ると、秤の上にその紙を広げ、ステーキ肉をひょいと載せた。素早く柔らかな指先が、巧みに肉を包んでいった。この肉は一枚で二ドル近くはするものとマリアは見積もった。いったい誰がそんな高い肉を買うのか、マリアは想像をめぐらせた。おそらくはクライクの得意客のなかに、大学街に暮らす裕福なアメリカ婦人がいるのだろう。

尻肉の残りを掛け声とともに肩に載せると、クライクさんは冷蔵室に姿を消して扉を閉ざした。ずいぶんと長いあいだ冷蔵室にいたように思えた。やがて店の方に戻ってくると、マリアの顔を見て驚いたような素振りを見せた。クライクは喉を鳴らし、冷蔵室のドアをがちゃりと閉め、晩の用心のために南京錠をかけてから、奥の部屋に去っていった。

手を洗いに洗面所に行ったのだとマリアは思った。そう考えて、マリアはふと、家にはまだ「ゴールド・ダスト・クレンザー」があっただろうかと心配になった。すると突然、家のためにマリアが必要としているあらゆる品々が、彼女の記憶のなかに音を立てて押し寄せてきた。石鹸やマーガリンや肉やじゃがいもや、そのほかさまざまな品物が雪崩となってマリアを飲みこんだ。生き埋めにされた気分だった。あと一歩で気絶するところだった。

クライクは箒を持って戻ってきた。まな板のまわりを掃き、屑を払っていた。マリアは視線を上げて時計を眺めた。六時まであと一〇分。気の毒なクライクさん！　彼は見るからに疲れていた。世のあらゆる男たちと同じように、きっと彼も温かな食事に飢えているのだ。

クライクさんは掃除の手をとめ、その場で煙草に火をつけた。ズヴェーヴォは葉巻しか吸わなかった。けれどほとんどすべてのアメリカ男性は、葉巻ではなく煙草を吸った。クライクさんはマリアを眺め、煙草のけむりを吐きだし、ふたたび掃除に取りかかった。

マリアは言った「今年の冬は、とくに冷えますね」

ところがクライクは咳をした。聞こえなかったのだろうとマリアは思った。クライクはまたも奥の部屋に姿を消し、塵取りと段ボール箱を持って戻ってきた。ため息をつきながら体を曲げ、塵取りを使って屑を集め、それを段ボール箱のなかに捨てた。

「こんなに寒いと、いやになりますね」マリアが言った「わたしたちみんな、春を待っているんです。ズヴェーヴォなんか、とくに」

クライクはまた咳をした。その咳にマリアが気づいたころにはもう、段ボール箱を片づけるため、彼は店の裏手に向かって歩きだしていた。水道の水がじゃぶじゃぶと音を立てて流れていた。両手をエプロンで拭きながらクライクは戻ってきた。白くて立派なエプロンだった。レジスターの前に立ち、とても大きな音を鳴らして「終了」の表示を出した。一方の足からもう一方へと体重を移しながら、マリアは体の向きを変えた。大きな時計が針の音を刻んでいた。カチカチと奇妙な音を響かせる電気時計の一種だった。ちょうど六時だった。

クライクさんはレジから硬貨を掬いあげ、勘定台の上に広げた。筒から紙を切りとると、耳元の鉛筆に手を伸ばした。それから彼は体を傾け、その日の売り上げを計算した。店のなかのマリアにクライクさんが気づいていないということは有りえるだろうか？　店にやってきたマリアを、店の隅に立っているマリアを、彼はたしかに見ていたのに！　サーモン色の舌で鉛筆を湿らせ、クライクは数字を足し合わせはじめた。マリアは瞼を持ち上げて、陳列台に並べられた果物や野菜に目を走らせた。林檎、オレンジ、一ダース六〇セント。アスパラガス、一ポンド一五セント。あらあら、まあまあ。二ポンド二五セント。

「苺！」マリアは叫んだ「冬なのに！　クライクさん、これ、カリフォルニアの苺ですか？」

銀行の袋のなかに硬貨をすべてかき集めると、クライクは金庫の前に行ってしゃがみこみ、つまみを回して鍵を開けた。大きな時計が音を立てた。金庫が無事に閉ざされたとき、時間は六時一〇分になっていた。それからすぐに、クライクはまたしても店の裏手へ去っていった。

マリアにはもう、クライクと向き合う気力はなかった。辱められ、痛めつけられ、両足はくたびれ果てていた。膝の上で両手をぎゅっと握り、空になった箱に腰かけ、霜に覆われた正面の窓ガラスをぼんやりと見つめていた。クライクさんがエプロンを取りはずし、まな板の上にそれを放った。口から抜きとった煙草を床に投げ捨て、靴のかかとで念入りに火を消した。それからふたたび奥の部屋へ姿を消し、コートを身につけて戻ってきた。コートの襟を立てながら、ついにクライクさんはマリアに話しかけた。

「バンディーニさん、頼みますよ。わたしだって、一晩じゅう店のなかをうろついてるわけにゃいかないんですからね」

　クライクの声を耳にして、マリアの体はぐらりと揺れた。困惑を隠そうとしてマリアは微笑みを浮かべた。けれどその顔は紫色に染まり、眼差しは伏せられたままだった。喉元で両手がぱたぱたと震えていた。

「あぁ！」マリアが言った「わたし……クライクさんを待ってたんです！」

「なんですか、バンディーニさん。肩肉ですか？」

　店の隅に立ちつくしたまま、マリアは唇をすぼめた。心臓がすさまじい速さで鼓動していた。いったいなにを話したらいいのかさっぱり分からなかった。

　マリアは言った「えっと、その、欲しいのは……」

「さっさとしてください、バンディーニさん。頼みますよ。三〇分も前からここにいて、まだ決められないんですか？」

「えぇっと……」

「肩肉ですか？」

「クライクさん、肩肉はおいくらですか？」

「いつもどおりです。バンディーニさん、頼みますよ。あなた、何年も前からうちの肩肉を買ってるでしょう。同じですよ。いつも同じ値段ですよ」

「五〇セント分、お願いします」

「どうしてもっと早く言えないんですか？」クライクが言った「わたしはもう、肉はぜんぶ冷蔵室に戻しちまったんですがね」

「あぁ、ごめんなさい、クライクさん」

「今回は取ってきますよ。だけど次からはね、バンディーニさん、もしうちの品物が欲しいんなら、もっと早く来るようにしてください。頼みますよ。わたしにだって、今夜のうちに家に帰る権利があるんですからね」

クライクは肩肉の塊を持ってくると、立ったまま包丁を砥ぎはじめた。

「ところで」クライクが言った「ズヴェーヴォはここ最近どうしてます?」

バンディーニ氏と食料品店の主人が知り合ってからの一五年あまり、クライクさんはいつも彼のことを「ズヴェーヴォ」と呼んでいた。マリアにはクライクが、彼女の夫に怯えているように思えてならなかった。そう考えると、マリアは心ひそかにたいへん誇らしい気分になった。二人はバンディーニ氏について言葉を交わした。冬のコロラドでれんが積み工が見舞われる逆境をめぐり、マリアは変わり映えのしない話を繰り返した。

「昨日の晩、ズヴェーヴォを見ましたよ」クライクが言った「エッフィー・ヒルデガルドの家に入っていくところをね。彼女のこと知ってますか?」

いいや。マリアはその女性を知らなかった。

「しっかり見張っておくんですな」冗談めかしてクライクが言った「ズヴェーヴォから目を離したらいけません。エッフィー・ヒルデガルドはえらい金持ちですからね」

「それに未亡人だ」肉を置いた秤を見つめながら、クライクが言い添えた「路面電車の会社のオーナーですよ」

マリアはすぐ近くからクライクさんの顔を眺めていた。店主は肉を包み、縛り、マリアの手許まで勘定台の上を滑らせた。「この町のあちこちに不動産を持ってますしね。きれいなご婦人ですよ、バンディーニさん」

不動産？　マリアは安堵のため息をついた。

「あぁ、ズヴェーヴォは不動産関係にたくさんの知り合いがいるんです。たぶん、その方のためになにか仕事を請け負っているんじゃないかしら」

マリアが親指を噛んでいるので、店主はまた口を開いた。

「バンディーニさん、ほかにもなにか？」

マリアは残りの品を注文した。小麦粉、じゃが芋、石鹸、マーガリン、砂糖。「忘れるところでした！」マリアは言った「なにか果物も欲しかったんです。こちらの林檎、半ダースお願いします。うちの息子たち、果物が大好きなんです」

袋の口を乱暴に開け林檎を放りこんでいるあいだ、クライクさんは胸のうちで悪態をついていた。バンディーニ家のお勘定に果物を加えることは、どこか承服しがたいものがあった。貧しい人々がなぜ贅沢にふけろうとするのか、クライクには理解できなかった。肉と小麦粉、これは分かる。しかし、あきれるほどの借金を彼に負っていながら、この一家はどうして果物を食べようとするのだろう？

「頼みますよ」クライクさんは言った「どこかでこの〈つけ〉をとめてもらわないとね、バンディーニさん！　これ以上つづけるのはもうごめんです。お宅の帳簿には、九月から一セントも書きこんでないんですよ」

「夫に言っておきます！」後ずさりしながらマリアが言った「夫に言っておきます、クライクさん」

「はっ！　そいつは助かりますなぁ！」

マリアは品物をかき集めた。

「夫に言っておきます、クライクさん！　今夜のうちにも、言っておきます」

店から路上へと飛びだしたとき、マリアはどれほどの安らぎを覚えたことだろう！　マリアはもうへとへとだった。体の節々が痛かった。けれど、冷たい夜の空気を吸いながらマリアは微笑んでいた。あたかもそこに生命が宿っているかのように、品物の入った袋を愛おしげに抱きしめた。

クライクさんは間違っていた。ズヴェーヴォ・バンディーニは家庭を愛する男だった。そもそも、ズヴェーヴォが不動産を所有している婦人といっしょに話をしていたとして、なにかいけないことでもあるのだろうか？

第五章

自分が死んでも地獄に行くことはぜったいにないと、アルトゥーロ・バンディーニは確信していた。地獄への道を歩むのは大罪を犯した人物だけだった。もちろん、アルトゥーロはこれまでにたくさんの大罪を犯してきた。とりあえず彼はそう思っていた。けれど告解室がアルトゥーロを救った。アルトゥーロはいつも定められた期日より前に（つまりは死ぬ前に）告解に赴いた。思い出したときはかならず木に触れた［「木に触れる」とはアメリカに流布する魔除けの行為。復讐の女神のたたりを避けるために、木製の家具などに触れながら「knock on wood」と唱える］。彼はいつも定められた期日より前に（つまりは死ぬ前に）それを実行した。だからアルトゥーロは、自分が死んでも地獄に行くことはないと確信していた。根拠は二つ。告解室、ならびに、少年はたいへん足が速いという事実。

けれど、地獄と天国の中間に位置する煉獄が、アルトゥーロの頭を悩ませていた。天国に行くための必要条件にかんして、カテキズムの説明は明快だった。いかなる罪にも汚れていない、絶対的に清らかな魂を持っていること。わたしたちが臨終を迎えたさい、天国に登るほどには清らかでなく、地獄に落ちるほどには汚れていなかった場合、魂の行き先は中間地帯の煉獄だった。魂はそこでひたすらに焼かれ、汚れをことごとく洗い清めることになっていた。

煉獄にはひとつの慰めが用意されていた。つまり、煉獄の魂は遅かれ早かれ、かならず天国に行く決まりだった。けれどアルトゥーロはあるとき、自身の煉獄における滞在期間が七〇×百万×一兆×十億年におよぶだろうことを知ってしまった。そのあいだ、ひたすらに焼かれて焼かれて焼かれつづけるのかと思うと、最後には天国に行けると言われてもほとんど慰みを感じなかった。冷静な頭で考えるなら、百年だって相当の長さだった。それが一億五千万年ともなれば、もはや想像の範疇を完全に超越していた。

そう。自分が天国に直行することはぜったいにないと、アルトゥーロは確信していた。恐ろしくはあったけれど、煉獄での長期にわたる滞在を、認めないわけにはいかなかった。それにしても、煉獄における火の試練を和らげるため、地上の人間になにかできることはないのだろうか？　学校で配られたカテキズムには、この問いにたいする答えがちゃんと載っていた。

カテキズムによるならば、煉獄で過ごす恐るべき時間を短縮するには、善行、祈禱、断食と節制、ならびに免罪符の蓄積といった手段が有効だった。善行はアルトゥーロには不向きだった。アルトゥーロはいちども病人を訪ねたことがなかった。なぜなら彼には病人の知り合いがいなかったので。アルトゥーロはいちども裸の人間に服を着せてやったことがなかった。なぜなら彼は裸の人間に出くわしたことがなかったので。アルトゥーロはいちども死者を埋葬したことがなかった。なぜならそれは葬儀屋の仕事なので。アルトゥーロはいちども貧しい人々に施しを与えたことがなかった。なぜなら与えるべきものをなにも持っていなかったので。「施し」と聞くとアルトゥーロは一斤のパンのようなものを思い浮かべた。けれど彼には、どこでパンを見つけてきたらいいのかがそもそも分からなかった。アルトゥーロはいちども怪我人を救ったことがなかった。なぜなら（まぁ、彼にも理由はよく分からなかったけれど）それはなにか海岸沿いに暮らす人たちの、難破船から放りだされた船乗りを救出する仕事のように思えたので。アルトゥーロはいちども無学な人びとに教育を与えたことがなかった。なぜなら、早い話が、彼自身が無学だったので。そうでなければ、あの不愉快な学校にむりやり通わされる必要はないはずだった。アルトゥーロはいちども暗闇を照らしたことがなかった。なぜなら「暗闇を照らす」とはどういう作業なのかさっぱり分からない彼にとって、それはあまりに困難な仕事だったので。アルトゥーロはいちども重篤の貧者を慰めたことがなかった。なぜならそれは危なそうだったし、いずれにせよ彼の知人のなかに重篤の患者はいなかったので。だいいち、麻疹や天然痘にかかった人の家はたいていの場合、扉に隔離の印が貼られていた。

十戒にかんして言えば、アルトゥーロはそのほとんどすべてに背いた経験があった。とはいえ、彼の違反はいずれも大罪には相当しないと、アルトゥーロは確信していた。彼はときおり、兎の左後ろ脚を持ち歩くことがあった。兎の脚が幸運をもたらすというのは俗信であり、つまりは第一の戒律にたいする違反だった。けれどこれは大罪だろうか？　この問題がいつもアルトゥーロを悩ませてきた。大罪とは深刻な違反だった。小罪とは軽微な違反だった。野球をしているとき、アルトゥーロはたまに次の打者とバットを交差させることがあった。これは二塁打を放つための有効な手段と見なされていた。けれど、それは迷信であるとアルトゥーロは知っていた。ならばこれは罪か？　罪だとして、これは大罪か、それとも小罪か？　とある日曜、アルトゥーロはミサをすっぽかしたことがあった。ワールド・シリーズの中継を聴くためだった。なかでも、アスレチックスのジミー・フォックスの活躍はぜひとも聴かなければならなかった。少年にとってフォックスは神だった。試合のあとの帰り道、アルトゥーロはとつぜんに、自分が第一の戒律を犯したことに気がついた。「あなたには、わたしをおいてほかに神があってはならない」。少年はミサを欠席するという大罪を犯した、これはよろしい。しかし、ワールド・シリーズのあいだ全能なる主よりもジミー・フォックスを敬慕していたことは、はたして大罪に相当するだろうか？　アルトゥーロは告解に赴いた。すると事情はなおもいっそう複雑になった。アンドリュー神父は少年にこう言った「わが息子よ、もしきみがそれを大罪だと思うなら、それは大罪だよ」いやはや、ちくしょう！　はじめのうち、彼はそれを小罪に過ぎないと見なしていた。けれど、告解に先立つ三日間、この違反について熟慮した結果、アルトゥーロはそれを大罪と認識するようになっていた。彼はそれを神父に白状せざるをえなかった。

第二の戒律。これはあらためて考えてみるまでもなかった。なぜならアルトゥーロは一日あたり平均して四回は「くそ野郎、ガッデム」と言っていたから。なお、類似の表現（「この野郎、ガッデム」や「あの野郎、ガッデム」など）は「四回」のうちに含まれていなかった。そうしたわけで、毎週末に告解へ赴いたさいには、数字にかんし正確であろうとして益のない検討を重ねたすえに、けっきょくは大まかな見積もりの報告に甘んじていた。あたうかぎりの誠意をこめて、アルトゥーロは司祭にこう告白した「わたしは主の名を、六八回か七〇回、みだりに唱えました」第二の戒律に違反する大罪だけで、一週間に六八回。うひゃあ！　告解室に入る順番を待って教会の冷たい床に膝をつけているあいだ、彼はときおり心臓の動悸が速まり慌てふためくことがあった。このまま脈が停止して、胸のなかの重荷を吐きだすより先に死ぬのではないかという不安に駆られた。荒々しい胸の鼓動はアルトゥーロを憤激させた。動悸のために、告解室へは走るよりも歩いて（それもきわめてゆっくりと）向かうことの方が多かった。心臓に負担をかけ、その場に倒れこんでしまっては叶わなかった。

「あなたの父母を敬え」もちろん彼は父親と母親を敬っていた。もちろんだとも！　ところがそこにはひとつの落とし穴があった。カテキズムの補足によれば、あなたの父とあなたの母にたいする「不従順」は、いかなる場合においても「不敬」に相当するのだった。またしてもアルトゥーロは運に見放された。彼はたしかに母と父を敬っていた。けれど、二人にたいし従順であったことは滅多になかった。小罪か？　大罪か？　この分類はつねにアルトゥーロの悩みの種だった。この戒律にたいする罪の回数を思うと、アルトゥーロは心身に激しい疲弊を覚えた。一日のあらゆる時間を仔細に点検するならば、彼の罪は数百回にもおよぶはずだった。彼はとうとう、それらはすべて小罪にすぎず、地獄行きに相当するほど深刻な罪ではないという結論をくだした。とはいえ、たとえそうであるにせよ、この結論にはこれ以上の分析を加えぬよう、アルトゥーロは用心を怠らなかった。

アルトゥーロはいちども人を殺したことがなかった。そして長いあいだ、自分はけっして第五の戒律に背く罪は犯さないだろうと確信していた。ところがある日、カテキズムの授業で第五の戒律が取り上げられたさい、アルトゥーロは厄介な事実に直面した。彼の見たところ、実際にはこの戒律に背く罪を避けることは不可能だった。ここで問題となっているのは人殺しだけではなかった。第五の戒律にはその副産物として、残虐、傷害、闘争、そのほかあらゆる邪悪な行為にたいする禁忌が含まれていた。しかもそれは人間ばかりか、鳥や、獣や、昆虫のような生物が相手のときでも、変わらずに尊重されなければならなかった。

万事休す。アルトゥーロは蠅を殺すのが好きだった。鼠や鳥を殺すと大きな興奮を覚えた。アルトゥーロは喧嘩が大好きだった。庭の鶏たちが大嫌いだった。これまでの人生でたくさんの犬を飼い、たびたび彼らにつらく当たり、手厳しい仕打ちにおよんできた。それを言うなら、彼が殺したプレーリードッグや鳩や雉や野兎はどうなるのか？　ともかく、アルトゥーロの取るべき道はただひとつ、苦難のなかで最善を尽くすことだけだった。ところがさらに厄介な問題があった。じつは、人間を殺したり傷つけたりすることは、頭のなかで考えただけでも罪だった。命運は断たれた。どれほど努力をしようと関係なかった。アルトゥーロには、無残な死を迎えてほしいと願わずにいられない相手が何人もいた。たとえばシスター・メリー・コルタや、食料品店の主人クライクや、コロラド大学の一年生たちがそれに該当した。対抗試合を見物するため、アルトゥーロが友人たちと競技場に忍びこもうとすると、新入生どもは棒で彼らを打ちのめし、外へ追いはらってしまうのだった。たとえ現実には人を殺したことがなかったとしても、神から見れば少年は人殺しと変わりなかった。アルトゥーロはそれを理解していた。

第五の戒律に違反したある罪が、アルトゥーロの良心のうちでつねに泡立ち逆巻いていた。それは昨年の夏の出来事だった。彼はそのとき、カトリック学校の友人ポーリー・フッドといっしょにいた。二人の少年は生きた鼠を捕まえて、小さな十字架へ画鋲で磔にし、それをアリ塚の上に突き刺した。身の毛もよだつ、恐ろしい行為だった。アルトゥーロはけっしてそれを忘れられなかった。ところがさらに戦慄すべきことに、二人の少年がその悪事を働いたのは、聖金曜日に「十字架の道行きの祈禱」を唱えたすぐあとだった！　アルトゥーロは深く恥じ入りながらその罪を告白した。真の悔恨に苛まれ、それを語っているあいだはしくしくと泣いていた。煉獄での滞在期間を何年も積み上げたことは疑いようがなかった。少年はけっきょく、次の鼠を殺す勇気が湧くまで、ほとんど六ヶ月も待たなければならなかった。

「姦淫してはならない」言い換えれば「ローザ・ピネッリ、ジョーン・クロフォード、ノーマ・シアラー、クララ・ボウのことを考えてはならない」あぁ、くそ、あぁ、ローザ、あぁ、罪、罪、罪。それは四歳のときに始まった。けれどそれは罪ではなかった。なぜならそのころ、彼はまだなにも知らなかったから。四歳のころのとある一日、ハンモックに腰かけたときにそれは始まった。前へ後ろへ、少年は揺れ動いた。次の日も、プラムの木とリンゴの木のあいだに吊るされたハンモックに戻ってきた。前へ後ろへ、少年は揺れ動いた。

姦淫について、邪まな想念について、邪まな行動について、少年がなにを知っていたというのだろう？　いっさい、なにも。ハンモックに寝ているのは楽しかった。やがて少年は本を読むようになった。彼が触れた多くの書き物のうち、はじめに読んだのが十戒だった。八歳になり、はじめての告解を経験した。そして九歳になると、少年は十戒をみっちりと学ばされ、それらの意味するところを理解するにいたった。

姦淫。四年生のカテキズムの授業では、教師はそれについて話さなかった。シスター・メリー・アンナは姦淫の項を飛ばし、「あなたの父母を敬え」と「盗んではならない」の解説にほとんどの時間を費やした。このような事情もあって、今では本人でさえ思い出せないおぼろげな理由のために、姦淫とはなにやら銀行強盗に関係した行為であろうと彼はつねに考えていた。八歳から十歳までのあいだ、告解の前に良心を吟味するとき、「姦淫してはならない」については検討をしなかった。なぜなら、アルトゥーロは生まれてこのかた、いちども銀行強盗に手を染めたことがなかったので。

姦淫についてアルトゥーロに教えてくれたのは、アンドリュー神父でも修道女たちでもなく、アート・モンゴメリだった。彼はアラパホ通りと十二番通りの交差点にある「スタンダード・ステーション」の給油係だった。あの日からアルトゥーロの腰まわりでは、怒り狂った千もの雀蜂が巣のなかでぶんぶんと羽音を響かせるようになった。修道女たちはぜったいに姦淫について話さなかった。彼女たちはただ、邪まな想念、邪まな言葉、邪まな行動について話すばかりだった。あのカテキズムめ！少年の心が抱えるあらゆる秘密と、少年の胸に住まうあらゆる隠微な悦びを、カテキズムはすっかり見通していた。どれほど用心深く足音を忍ばせようとも、カテキズムの定める細則からは逃れられなかった。アルトゥーロはもう、映画を観にいくことさえできなかった。なぜなら彼は、ただ憧れのヒロインの姿を見るためだけに映画館に通っていたのだから。彼は「恋愛映画」が好きだった。階段で女の子のうしろを歩くのが好きだった。女の子の腕や、腿や、手や、足首や、靴やストッキングやドレスや、女の子の匂いや女の子の存在そのものが好きだった。十二歳になったころから、アルトゥーロが関心を注ぐものは二つしかなくなっていた。野球と女子。ただし彼は、女子を「女」と呼んでいた。彼はこの言葉の響きが好きだった。女、女、女。彼は何度もこの言葉を口にした。すると、秘密めいた感触が体のうちから湧きあがってきた。ミサのあいだでさえ、まわりを五〇人とも一〇〇人とも思える女たちに取りまかれ、うちに秘めた悦びに夢中になっていた。

そしてこれはすべて罪だった……なにもかもが、べとべとした邪まな感覚をともなっていた。ある種の言葉の響きでさえもが罪となった。あくび。おくび。ちくび。すべて罪だった。肉の。肉。緋色の。唇。すべて罪だった。「アヴェ・マリア」を唱えるときさえ、罪が忍び寄ってきた。アヴェ・マリア、恵みに満ちた方、主はあなたとともにおられます、あなたは女のうちで祝福され、ご胎内の御子イエスも祝福されています。言葉が雷となって彼を打った。「ご胎内」の御子。またひとつ罪が生まれてしまった。

土曜日の午後は毎週、姦淫の罪の重荷に押しつぶされながら、おぼつかない足取りで教会を訪れた。恐れが彼を教会へと駆り立てた。自分は死ぬのではないか、そして、終わりなき責め苦のなかで永遠に生きるのではないかとアルトゥーロは恐れていた。聴罪司祭に向かって嘘をつく勇気はなかった。恐れが彼の罪を根っこから引き抜いた。彼はすべてを速やかに告白した。自らの汚らわしさを吐きだして、清らかになるべく努めていた。わたしは悪い行為を犯しました、二つの悪い行為を犯しました、わたしは女の子の太もものことを考え、悪い場所で女の子に触れることを考えました、わたしは映画に行って悪いことを考えました、わたしは道を歩いていました、女の子が車から降りてきました、それは悪いことでした、わたしは悪い冗談を聞いて笑いました、わたしはたくさんの友だちといっしょに犬の交尾を眺めていました、そのときわたしは悪いことを言いました、それはわたしの罪でした、彼らはなにも言いませんでした、わたしがしました、すべてわたしがしました、わたしは悪い考えでもって彼らを笑わせました、わたしは雑誌から写真のページを切りとりました、その女性は裸でした、それは悪いことだとわたしは知っていました、それでもわたしはそれをしました。わたしはシスター・メリー・アグネスについて悪いことを考えました。それは悪いことでした。けれどわたしはそれを考えつづけました。芝生の上に横になっている女の子たちについてわたしは悪いことを考えました。そのなかのひとりのワンピースがめくれあがっていました。それは悪いことだと分かっていました。それでもわたしは見つづけました。けれどわたしは悔いています。それはわたしの過ちでした、すべてわたしの過ちでした、けれどわたしは悔いています、悔いています。

こうして彼は告解室をあとにした。懺悔の祈りを唱えるあいだ、歯を食いしばり、拳を握りしめ、首を強張らせながら、肉体と霊魂にたいし誓いを立てた〈これからわたしは、永久に清らかでありつづけます〉ようやく少年は甘やかさに満たされ、柔らかさに包まれ、涼やかさに静められ、愛おしさに迎えられた。教会を出た少年は夢のなかを歩いていた、そして夢のなかを少年は歩いていた。もし誰も彼のことを見ていなかったなら、少年は木にキスをしただろう、草の葉を口にしただろう、空に投げキッスを送っただろう、魔法にかけられた指で教会の壁の石を触っただろう。ココアと、三塁打と、叩き割られるのを待っている光り輝く窓ガラスのほかには、少年の心の平穏はなにものにも似ていなかった。この瞬間の恍惚は、眠りの直前に訪れる夢見心地にそっくりだった。

そう。アルトゥーロは地獄には行かないだろう。彼は足が速く、けっして告解に遅れなかった。けれど煉獄が彼を待っていた。永久なる至福へとまっすぐにつづく澄んだ道は、彼のために用意されたものではなかった。彼は天国にたどりつくため、険しい回り道を進むだろう。アルトゥーロがミサの侍者をつとめる理由のひとつが、ここにあった。地上でなんらかの敬神に励めば、煉獄での滞在期間は短くなる決まりだった。

ほかにも二つ、ミサの侍者をつとめる理由があった。第一に、アルトゥーロの絶え間ない抗議の叫びにもかかわらず、彼の母がそれを強要したから。第二に、毎年クリスマスの時季になると「聖名会」の女の子たちが、ミサの侍者のために豪勢なパーティーを開いてくれるからだった。


ローザ、愛してる。

ローザは大講堂で「聖名会」の女子たちといっしょにいた。ミサの侍者のパーティーのために、ツリーの飾りつけをしているところだった。アルトゥーロは扉の横にたたずんで、講堂に満ちわたるローザの軽やかな愛くるしさを目で堪能していた。ローザ。きみはアルミホイルとチョコレートバーだ。新しいフットボールの革の匂いだ。万国旗の飾られたゴールポストと満塁ホームランだ。僕だってイタリア人なんだよ、ローザ。見てごらん、僕ときみの瞳はよく似てるから。ローザ、愛してる。

シスター・メリー・エセルバートが通りかかった。

「ほら、ほら、こっちに来なさい、アルトゥーロ。うろちょろするんじゃありません」

シスターはミサの侍者の指導係だった。ひらひらとはためくシスターの黒いローブのあとにつづいて、アルトゥーロは小ぢんまりとした講堂に入っていった。学校の男子生徒の中から招集された七〇人の少年が、そこでシスターを待っていた。彼女は説教壇に登り、静かにするよう手を叩いた。

「さぁ、皆さん、自分の位置についてください」

ぜんぶで三五の組になり、少年たちは列を作った。背の小さい男子は前に、大きい男子は後ろに並んだ。アルトゥーロの隣にいるのは、「ファースト・ナショナル・バンク」の前で「デンバー・ポスト」紙を売っているワリー・オブライエンという少年だった。二人は前から二五列目、後ろから一〇列目だった。アルトゥーロはこの現実をひどく苦々しく思っていた。じつに、幼年学級から八年間にわたり、アルトゥーロとワリーは隣同士だった。二人は年ごとに列の後ろへと移動した。それでも、二人はけっして最後までたどりつけなかった。二人の身長はどうしても、最後尾の三列に届くにはいたらなかった。そこには背の高い少年たちが聳え立ち、よく気の利いた冗談を飛ばしていた。二人にとっては、この不愉快な学校で過ごすのもこれが最後の一年だった。けれどいまだに、六年生や七年生の鼻たれどもに囲まれて、いたたまれない思いを味わっていた。二人は恥じらいを隠すため、度を越して厚かましく居丈高に振る舞った。六年生のチビたちはそうした態度に圧倒され、二人の野蛮な生きざまに、恐れのこもった敬意をいやいやながら捧げていた。

とはいえ、ワリー・オブライエンは幸運だった。列の前方から彼を脅かしてくる弟が、ワリーにはいなかった。それにたいしアウグストとフェデリーコは、前の列からどんどん兄に近づいてきた。年をへるたび、弟たちを見つめるアルトゥーロの不安はいや増した。フェデリーコは今、前から一〇列目にいた。この末っ子が自分の列を追い越すことはありそうにないと考え、アルトゥーロはひとまず胸をなでおろしていた。神のおかげでアルトゥーロは、次の六月にはこの学校を卒業し、ミサの侍者のお勤めとも永遠におさらばする予定だった。

けれど真の脅威は、彼の眼の前の黄金の頭だった。次男アウグスト。すでにアウグストは、近い将来に迫った誇るべき大勝利をうすうす感じとっていた。列を作るよう号令がかかるといつでも、軽蔑のこもった薄ら笑いを浮かべながら、彼は兄の身長を目算するような素振りを見せた。じっさい、アウグストはすでにアルトゥーロより三ミリほど背が高かった。ところがアルトゥーロは、シスター・メリー・エセルバートが列の並びを点検するさい、ふだんは屈みがちの背中をここぞとばかりに直立させ、いつもシスターの目をごまかしていた。それは骨の折れる作業だった。アルトゥーロは首を伸ばし、つま先立ちし、踵を一センチ以上も床から浮かさなければならなかった。そのあいだも、シスター・メリー・エセルバートが目を逸らした隙に、アウグストにしたたかな膝蹴りを喰らわせて完全なる服従を強要していた。

この日はただの練習だったので、少年たちは祭服を身につけていなかった。シスター・メリー・エセルバートは侍者たちに、小ぶりな講堂から出て玄関の広間まで行くようにと指示を出した。その途中、大講堂の前を通りかかったさい、クリスマス・ツリーにきらきらと光る紙片を振り撒いているローザの姿を、アルトゥーロの視線がとらえた。彼はアウグストを蹴飛ばして、それからため息をついた。

少年たちは四階から一階まで行進し、庭を横切り教会の玄関へ向かった。聖水盤の水はかちこちに凍っていた。少年たちはいっせいに膝をついた。ワリー・オブライエンが眼の前の侍者の背中を指でぐりぐりと押していた。少年たちは二時間にわたり練習に励んだ。くぐもった声でラテン語の呼びかけに応えたり、膝をついたり、軍人めいた敬虔さで行進したりした。アド・デウム・クイー・ラエティフィカト・ユウェントゥーテム・メアム。

五時にようやく練習が終わった。少年たちはくたびれ果て、すっかり退屈していた。最後の点検のため、シスター・メリー・エセルバートは侍者に列を作らせた。アルトゥーロの爪先からは、もはや感覚が失われていた。少年の全体重に、ひたすら耐えつづけてきたせいだった。アルトゥーロはへとへとになり、踵を地面につけて立っていた。この束の間の不注意が、取り返しのつかない結果をもたらした。侍者たちの頭が形づくる緩やかな傾斜を、シスター・メリー・エセルバートの鋭敏な瞳が観察していた。アルトゥーロ・バンディーニの頭にたどりついたとき、シスターの視線がぴたりと止まった。シスターの胸のうちを読みとったアルトゥーロは、衰弱しきった爪先を空しくも奮い立たせた。遅かった、もう遅かった。シスターの指示にしたがい、アルトゥーロとアウグストは位置を入れ替えた。

アルトゥーロの新しい相方はウィルキンズという名前の四年生だった。セルロイドの眼鏡をかけた少年で、鼻くそをほじっていた。アルトゥーロの背後では、聖別されたアウグストが意気軒昂として立っていた。この弟は一言も口をきかずに、冷酷な笑みを唇に浮かべていた。かつての相方の後ろ姿を眺めながら、ワリー・オブライエンはがっくりとうなだれていた。というのも、成り上がりの六年生が自身の隣に押し入ってきたせいで、彼もまた誇りを傷つけられていたから。アルトゥーロにとっては、受け入れがたい出来事だった。彼は口の端からアウグストに囁きかけた。

「調子にのるなよ」彼は言った「外に出たら、思い知らせてやるからな」

練習のあと、アルトゥーロは弟を待っていた。二人は曲がり角で顔を合わせた。アウグストはすたすたと歩き去った。まるで兄の姿が見えていないかのようだった。アルトゥーロが歩を速めた。

「おい、ひょろなが、そんなに急いでどこ行くんだ?」

「べつに急いでないよ、ちび」

「いいや、急いでるね、ひょろなが。なぁ、顔に雪を擦りこんでやろうか?」

「遠慮しとくよ。いいからほっといてくれ、この……ちび」

「迷惑をかけるつもりはないんだよ、ひょろなが。俺はただ、お前といっしょに家に帰りたいだけなんだ」

「どうかごめんこうむりたいね」

「お前に手を出したりしないって、ひょろなが。俺がそんなことするわけないだろ?」

二人はメソジストの教会と「コロラド・ホテル」のあいだの小道にさしかかっていた。この小道さえ抜ければ、ホテルの窓からたくさんの客の視線にさらされ、アウグストは身の安全を確保できるはずだった。彼はいきなり駆けだした。するとアルトゥーロが彼のセーターをがっちりつかんだ。

「なぁ、ひょろなが、どうして急ぐんだよ?」

「指一本触れてみろ、警察を呼ぶからな」

「おい、そんなつもりじゃないんだって」

一台のクーペがゆっくりと、二人の前を通りすぎていった。アウグストはアルトゥーロの眼前で、急にあんぐりと口を開けた。弟の視線の先には、クーペに乗った一組の男女の姿があった。女性が運転し、男性は彼女の肩に手をまわしていた。

「見て!」

言われなくともアルトゥーロは見ていた。思わず笑いだしそうになった。それはじつに奇妙な眺めだった。エッフィー・ヒルデガルドが車を運転し、その隣にズヴェーヴォ・バンディーニが坐っていた。

少年たちはたがいに顔を見合わせた。だからマンマは、エッフィー・ヒルデガルドのことをあれこれと訊いてきたのか！　エッフィー・ヒルデガルドは美人かどうか。エッフィー・ヒルデガルドは「悪い」女かどうか。

アルトゥーロの口許がほころんだ。この状況に彼は喜びを感じていた。あの父親ときたら！　あのズヴェーヴォ・バンディーニときたら！　おいおい……おまけにエッフィー・ヒルデガルドは、あきれるほどの美人だもんな！

「僕たちに気づいたかな？」

アルトゥーロはにやりと笑った「いいや」

「ほんとうに？」

「肩に手をまわしてたな。見ただろ？」

アウグストは顔をしかめた。

「ひどいよ。ほかの女と出かけるなんて。第九の戒律はどうなるんだよ」

二人は小道に入った。それは家までの近道だった。いつの間にか日が暮れていた。夜が闇に沈もうとするなか、二人の足下では水たまりが凍りついていた。二人は並んで歩いていた。アルトゥーロは微笑んでいた。アウグストはふてくされていた。

「これは罪だよ。マンマは立派な母親なのに。これは罪だよ」

「おい、黙れよ」

二人は小道を出て、十二番通りへ折れ曲がった。商店街を賑わすクリスマスの買い物客にまぎれて、二人の距離は離れたり近づいたりした。けれどはぐれることはなく、たがいに相手を待ちながら、人混みを縫って進みつづけた。街灯に明かりがともった。

「母さんがかわいそうだ。エッフィー・ヒルデガルドなんかより、母さんのほうがいいのに」

「黙れって」

「これは罪だよ」

「お前になにが分かるんだよ？　黙ってろ」

「母さんがもっときれいな服さえ着てれば……」

「アウグスト、黙れ」

「これは大罪だよ」

「このばか。お前は子供なんだ。お前はなんにも知らないんだ」

「罪なら知ってる。母さんはあんなことしない」

ヒルデガルドの肩に置かれた、アルトゥーロの父の腕。あの腕のまわし方！　アルトゥーロはヒルデガルドを何回も見たことがあった。独立記念日に裁判所前の公園で催される少女たちのパレードを、ヒルデガルドは指揮していた。去年の夏、彼女が裁判所の正面階段に立っているところをアルトゥーロは見かけた。腕を振りながら合図を送り、大がかりなパレードのために少女たちを呼び集めていた。彼はヒルデガルドの歯を覚えていた。あの見事な歯を、あの赤い唇を、あのふくよかな体を覚えていた。木陰で涼んでいる友人たちのことは放っておいて、アルトゥーロは少女の集団に話しかけるヒルデガルドの姿を見つめていた。エッフィー・ヒルデガルド。おいおい、あの父親は何者なんだよ！

そしてアルトゥーロは父に似ていた。いつの日か、アルトゥーロとローザ・ピネッリは同じことをするだろう。ローザ、車に乗って田舎までドライブに行こう、ローザ。僕ときみで、田舎まで行こうよ、ローザ。きみが運転をして僕たちはキスをする、でも運転はきみがするんだよ、ローザ。

「町の人はみんなこのことを知ってるよ。ぜったい知ってるよ」アウグストが言った。

「知ってたらまずいのか？　お前もほかの連中といっしょだな。父さんが貧乏だから、父さんがイタリア人だから、それで納得いかないだけなんだろ」

「これは罪だよ」氷のようになった雪のかたまりを乱暴に蹴飛ばしながら、アウグストが言った「イタリア人だとか、貧乏だとか……どうだっていいよ。これは罪だよ」

「ばかだなお前は。この間抜け。お前はなんにも分かってない」

アウグストは返事をしなかった。二人は近道をするため、川にかけられたトレッスル橋を歩いていった。雪に埋もれた橋の縁に注意を払いながら、下を向いたまま一列になって進んだ。橋に敷かれた鉄道の枕木から枕木へ、つま先立ちで歩いていった。橋から一〇メートルくらい下で、川が凍りついていた。夜が静かに語りかけてきた。同じ夕闇の下、車に乗ってどこかへ行った男のことや、彼といっしょに車に乗っていた彼のものではない女のことを、夜が囁きかけてきた。線路の脇に広がる傾斜を二人は降りていった。それから、冬のあいだに自分たちがこしらえた獣道を進んだ。毎日のように学校へ行ったり帰ったりしているうちに、自然とできあがった小道だった。二人はアルヴィ家の牧草地を横切っていった。白く巨大な雪の壁が、小道の両脇で波打っていた。何ヶ月ものあいだ人の手に触れられないでいた雪のかたまりは、夜のとば口で深いきらめきを放っていた。家まではあと五〇〇メートルもなかった。アルヅィ家の牧草地の柵を越えれば、残り一区画の距離だった。この広大な牧草地こそ、彼らが人生の大部分を過ごしてきた場所だった。町のいちばんはずれに立ち並ぶ家々の裏庭から、この牧草地が広がっていた。片側には、凍りつき弱りはてたポプラの木々が並んでいた。時が息絶え歩みをとめる長い冬のあいだ、ポプラは喉を絞めつけられ息もできずにいた。もう一方には、もはや笑うことをやめた小川の姿があった。川べりに積もる雪の下には、白い砂地が広がっているはずだった。厚い一日、小川で泳いだあとその砂の上に寝ころがると、ぽかぽかに暖かくて最高に気持ち良かった。どの木にも思い出がきざまれていた。柵の柱のどれもこれもが夢を映し、すべての新しい春を実現するため夢を抱えこんでいた。山と積まれた石の向こう、背の高い二本のポプラのあいだに、彼らが飼ってきた犬たちとスージーの墓があった。スージーは猫で、犬が大嫌いだった。けれど今、彼女もまた犬たちの隣で安らっていた。プリンスは自動車に轢かれて死んだ。ジェリーは毒団子を食べた。闘犬パンチョは、最後の闘いを終えたあとにその場で息を引きとった。ここで彼らは蛇を殺し、鳥を撃ち、蛙を刺し、インディアンの頭皮を剥ぎ、銀行を襲い、戦争を終結させ、平和の祭典を催してきた。けれどあの夜、彼らの父はエッフィー・ヒルデガルドと車に乗り、白く静かに広がる牧草地は、家へとつづく奇妙な道を歩くための足場でしかなかった。

「僕はこれを母さんに話すよ」アウグストが言った。

アルトゥーロは弟の三歩先を歩いていた。彼はすぐさま振りかえった。「黙っとけ」彼は言った「母さんはもう、じゅうぶん苦労してるだろ」

「僕は話す。母さんに父さんを懲らしめてもらうんだ」

「言うなよ」

「これは第九の戒律への違反だよ。マンマは僕たちの母親なんだ。僕は言うよ」

アルトゥーロが両足を広げ行く手をふさいだ。アウグストは兄をよけて進もうとした。けれど小道の両脇には、雪が五〇センチ以上も降り積もっていた。アウグストはがっくりとうなだれ、嫌悪と苦悩に表情をゆがめた。弟の着るウールのハーフコートの折り返しに両手を伸ばし、アルトゥーロがアウグストにつかみかかった。

「このことは黙っとけ」

アウグストは体を揺すって兄の手から逃れた。

「どうしてだよ？　あの人は僕たちの父親だろ？　どうして父親があんなことするんだよ？」

「お前は母さんを悲しませたいのか？」

「悲しませるようなことしてるのは父さんだろ？」

「うるさい！　俺の質問に答えろよ。お前は母さんを悲しませたいのか？　この話を聞いたら、母さんはぜったいに悲しむぞ」

「悲しまないよ」

「もちろん悲しまないね……お前がそれを話さなければな」

「僕は話す」

アルトゥーロの手の甲がアウグストの額をしたたかに打った。

「話すなって言ってるんだよ！」

アウグストの唇はゼリーのように震えていた。

「話すよ」

「これが見えるか？　もし話したら、こいつを喰らわせるぞ」

どうしてアウグストは話したいんだ？　父さんがほかの女といっしょにいたらいけないのか？　母さんに話すことになんの意味がある？　しかもあれはただの女じゃない。あれはエッフィー・ヒルデガルドだ。この町でいちばん裕福な女たちのひとりだ。父さんにとってはじつにありがたい話だ。まったくもって素敵な話だ。ヒルデガルドは母さんほどに良くはない。それはそうだ。けど、それとこれとは話が別だ。

「好きにしなよ。殴れよ。僕は言うからな」

固く握られた拳がアウグストの頬をぐいと押した。アウグストは蔑むように顔を背けた。

「やれよ。殴れよ。僕は話す」

「言わないって約束しろ。でなきゃお前の顔をぶんなぐる」

「はっ。やれって。僕は言うから」

どうぞ殴れと言わんばかりに、アウグストは顎を前に突きだした。これがアルトゥーロを激昂させた。どうしてアウグストはこんなにも頭が悪く生まれついたんだ？　アルトゥーロは弟を殴りたくなかった。どうしてアウグストをこづきまわして、心から楽しんでいるときもたまにはあった。けれど今は違った。アルトゥーロは拳を開き、怒りをこめて弟の尻を叩いた。

「なぁ、考えてみろよ、アウグスト」彼は諭した「母さんに話したところでなんの意味もないって分からないのか？　お前は母さんが泣くところを見たいのか？　おまけにこの時季だぞ、クリスマスだぞ。話したら母さんは傷つくよ。どうしようもなく傷つくよ。お前は母さんを傷つけたくないよな、自分の母親を傷つけたくないよな、そうだろ？　自分の母親をどうしようもなく傷つけるようなことを、お前はわざわざ話したいのか？　それって罪だろ、違うか？」

アウグストの冷たい瞳は揺るぎのない確信に輝いていた。アルトゥーロの顔に白い蒸気をどっと吐きかけながら、アウグストは素っ気なく答えた「それじゃ父さんはどうなるんだよ？　たぶん今ごろ、父さんは罪を犯してるね。僕が思いつくかぎりじゃ最悪の罪だ」

アルトゥーロは歯ぎしりした。帽子を脱ぎ、雪に叩きつけた。両の拳をぎゅっと握り、弟に嘆願した。

「このばか野郎！　言わなくていいんだよ」

「僕は言うよ」

アルトゥーロの左の拳が、アウグストの頭の右側に直撃した。アウグストはよろよろと後ずさった。雪に足を取られてバランスを失い、仰向けにすっころんだ。アルトゥーロは弟に馬乗りになった。固くなった表層の下のふわふわとした雪のなかに、二人は埋もれた。両手でアウグストの喉をつかみ、指に強く力をこめた。

「おい、言うのか？」

弟の瞳は相も変わらず冷ややかだった。

ぴくりとも動かずにアウグストは横たわっていた。こんな弟を、アルトゥーロは見たことがなかった。どうしたらいい？　殴るか？　首をつかんでいる指の力はそのままに、死んだ犬たちが眠っている木々の方へ視線を移した。アルトゥーロは唇を噛んだ。拳を振りおろすに足りる怒りを、自身のうちにむなしく探しもとめた。

か細い声で彼は言った「頼む、アウグスト。言わないでくれ」

「言うよ」

だから彼は殴った。ほとんど同時に、弟の鼻から血が吹きだした。アルトゥーロはぞっとした。彼はアウグストにまたがり、アウグストの両腕を膝で押さえつけていた。彼はもう、アウグストの顔をまともに見ていられなかった。血と雪に覆われながら、アウグストは挑発するような笑みを浮かべた。笑顔の上を、赤い小川が勢いよく流れていた。

アルトゥーロは弟のかたわらで膝をついた。アルトゥーロは泣いていた。アウグストの胸に頭を押しつけ泣きじゃくっていた。雪のなかに手を突っこみながら、アルトゥーロは繰り返した「頼む、アウグスト。頼む！　俺が持ってるものをぜんぶやるよ。寝るときはお前がベッドの好きな側を選んでいいから。映画を観にいくための小遣いも、ぜんぶお前にやるよ」

アウグストは黙っていた。微笑んでいた。

またもや彼は激昂した。またもや彼は殴った。冷ややかな瞳めがけて後先も考えずに拳を見舞った。アルトゥーロはすぐに後悔した。雪の上に這いつくばり、沈黙したままだらりと寝そべる弟の顔を覗きこんだ。

ついに根負けし、アルトゥーロは立ち上がった。服から雪を払い、帽子を拾いあげ、少しでも暖まろうとして指をしゃぶった。アウグストはまだ横になっていた。鼻から血が溢れつづけていた。勝利をおさめたアウグストは、その場に死体のようになって手足を伸ばしていた。なおも鼻血を流しながら、雪のなかに埋葬され、冷たい瞳に晴れやかな勝利のきらめきを宿していた。

アルトゥーロはへとへとだった。彼はもう、どうでもよかった。

「もういいよ、アウグスト」

アウグストはまだ寝ていた。

「立てって、アウグスト」

差しのべられたアルトゥーロの手には触れようともせず、アウグストはよろよろと立ち上がった。雪のなかに静かに立ち、ハンカチで顔を拭き、金色の髪から雪の粉を振るい落とした。鼻血がとまるまで五分はかかった。二人は一言も口をきかなかった。アウグストは腫れた顔にそっと触れた。アルトゥーロは弟を見つめていた。

「もう平気か?」

返事はなかった。アウグストは小道を踏みしめ、家々の立ち並ぶ方へと歩きだした。アルトゥーロは弟についていった。恥ずかしくて、なにも言えなかった。恥ずかしかったし、望みもなかった。月明かりの下、アウグストが足を引きずって歩いていることに彼は気づいた。けれどそれは、ほんとうに引きずっているというよりも、足を悪くした人の物真似をしているみたいな歩き方だった。生まれてはじめて馬に乗った人物が、馬から降りたあとの痛みに耐えながらまごついているような足取りだった。アルトゥーロはその様子を近くからじっと観察した。この歩き方、前にもどこかで見たよな？ その足取りはアウグストにひどく馴染んでいた。やがて彼は思い出した。二年前まで、おねしょをしたあとの朝、アウグストは寝室から出てくるときいつもこうやって歩いていた。

「アウグスト」彼は言った「もし母さんに話したら、お前がベッドに小便してることとみんなにばらすぞ」

せせら笑いよりほかの反応を、アルトゥーロはとくに期待していなかった。ところが予想は裏切られた。アウグストは振り返り、アルトゥーロの顔をまっすぐに見つめた。真意を探ろうとする表情だった。さっきまで氷のように冷ややかだった瞳に、疑念の色がきざしていた。目の前に迫った勝利に五感が沸きたち、アルトゥーロはただちに畳みかけた。

「よし、決めた！」彼は叫んだ「みんなにばらすぞ。全世界にばらすぞ。学校の男子全員にばらすぞ。学校の男子全員のノートに書くぞ。顔を合わせた全員にばらすぞ。町じゅうに話しまくるぞ。アウグストはベッドに小便してるってみんなに話すぞ。みんなに話すぞ！」

「やめて！」アウグストの声が震えていた「やめてよ、アルトゥーロ！」

声をかぎりにアルトゥーロは叫んだ。

「さぁ、さぁ、コロラドはロックリンの皆さま、どうかお聞きください！ アウグスト・バンディーニはベッドに小便をしています！ アウグストくんは十二歳で、ベッドに小便をしています。みなさんはこんな話、聞いたことありますか？ ひゃー！ みなさん、お聞きください！」

「頼むよ、アルトゥーロ！　叫ばないでよ。言わないから。誓うよ、アルトゥーロ、僕は言わない。ひとことも言わないよ！　だからそんなふうに叫ばないで。僕はおねしょしてないんだ、アルトゥーロ。前はしてたよ、でも今はしてないんだ」

「母さんに言わないって、約束するか？」

アウグストは肩で息をしながら膝をつき、胸の前で十字を切った。死んでしまいたかった。

「よーし」アルトゥーロは言った「よし、よし」

アルトゥーロは手を貸して弟を立たせた。それから二人は家に帰った。

第六章

父の不在にも利点はある。これは疑いのようのない事実だった。もしバンディーニ氏が家にいたら、夕食のスクランブルエッグには玉葱が入っていただろう。もしバンディーニ氏が家にいたら、食パンの白い部分をほじりだして耳だけ食べることは許されなかっただろう。もしバンディーニ氏が家にいたら、あんなにもたくさんの砂糖は口にできなかっただろう。

それでもやはり、子供たちはバンディーニ氏の不在に胸を痛めていた。マリアはひどくぼんやりしていた。じゅうたん地のスリッパを履き、一日じゅう家のなかをゆっくりと歩きまわっていた。同じことを二度話さないと、マリアの耳には届かないこともあった。午後は紅茶を飲みながら椅子に腰かけ、ティーカップのなかを見つめていた。マリアは皿を洗わずに、放置していた。ある日の午後、信じられないような出来事が起こった。なんと、蝿が現われた。蝿！　真冬に！　蝿は天井の近くを舞っていた。体を動かすのがいやにしんどそうだった。まるで羽が凍りついてしまったみたいだった。

フェデリーコが椅子にのぼり、丸めた新聞紙で蝿を殺した。蝿は床に落ちた。少年たちは膝をつき、蝿をじっくりと眺めた。フェデリーコが蝿を指でつまんだ。マリアがフェデリーコの手から蝿を叩き落とした。流しに行って、石鹸と水で手を洗ってこいとマリアは命じた。フェデリーコは嫌がった。マリアはフェデリーコの髪の毛をつかみ、むりやりに彼を立たせた。

「言うことを聞け！」

三人は呆然とした。マンマはそれまで、いちども彼らに手を上げたことがなかった。いちども乱暴な言葉を使ったことがなかった。それから、マリアはまたもやぼんやりと虚ろになり、ティーカップの倦怠のなかへ沈んでいった。フェデリーコは手を洗い、濡れた手をタオルで拭いた。そして、驚くべき行動に出た。弟は精神に変調をきたしたに違いないと、アルトゥーロとアウグストは確信した。フェデリーコは身をかがめ、母の髪に深くキスをした。マリアはかろうじてそれに気がつき、うっすらと笑った。フェデリーコは床に膝をつき、マリアの腹のあたりに頭を載せた。マリアの指がフェデリーコの鼻と唇の線をなぞった。けれど、マリアの視界にフェデリーコがほとんど映っていないことを、子供たちは悟っていた。一言もなく彼女は立ち上がった。居間の窓際の揺り椅子へ歩いていく母の背中を、フェデリーコがしゅんとしながら見つめていた。マリアは椅子の上でぴくりとも動かぬまま、窓敷居の上に肩肘を置き、手であごを支え、ひとけのない冷えびえとした路上を眺めていた。

奇妙な日々だった。食器は洗われずに放置されていた。寝る時間になってもベッドが整えられていないことがあった。子供たちにとって、それは大した問題ではなかった。けれどそのベッドを見ると、居間の窓際にいる母のことを思わずにいられなかった。朝になっても、マリアはベッドのなかにいた。

学校に行く息子たちを見送るために起きてくることもなかった。少年たちは胸をざわつかせながら着替えをすませ、寝室のドアからそっと母親の様子を窺った。ロザリオを握りしめ、母は死体のように横たわっていた。ときおり、夜中のあいだに、台所の食器が洗われていた。少年たちはまたもや驚き、そしてがっかりした。彼らは朝、汚い台所を見るのを楽しみにしつつ目を覚ましていた。彼らにとって、それは見慣れない光景だった。きれいな台所から汚い台所への変化を、彼らは楽しんでいた。ところがどうだ、台所はふたたびきれいになり、オーブンのなかには三人の朝食があった。登校する前、少年たちは母親に声をかけにいった。マリアはただ、唇をわずかに動かしただけだった。

奇妙な日々だった。

アルトゥーロとアウグストは学校に向かって歩いていた。

「頼むぞ、アウグスト。約束のこと、忘れるなよ」

「ふん。言う必要ないよ。母さんはもう知ってるんだ」

「いいや、知らないね」

「じゃあ、どうしてあんなに様子がおかしいんだよ?」

「そうだろうって思ってるからだよ。でも、ほんとうに知ってるわけじゃない」

「同じことだろ」

「いいや、違うね」

奇妙な日々だった。クリスマスが近づいていた。町にはクリスマスツリーが溢れ、救世軍からやってきたサンタクロースがベルを鳴らしていた。プレゼントを買う時間は、クリスマスまであと三日しか残されていなかった。二人はショーウィンドーの前に立ち、飢えた瞳で貪るように商品を眺めた。ため息をつき、また歩きはじめた。兄弟は同じことを考えていた。今年はきっと、ろくでもないクリスマスになるだろう。もともとアルトゥーロはクリスマスが嫌いだった。なぜならアルトゥーロは、周りが彼にそれを思い出させないかぎり、自分が貧乏であることを忘れていられたから。クリスマスはいつも同じだった。いつも楽しくなかった。いつも、想像したこともないようなものを欲しがって、けっきょく貰えないままに終わった。いつも友だちに嘘をついた。貰えるはずのないものを、きっと貰えるだろうと言わなければならなかった。裕福な家の子供には、ちゃんとクリスマスの一日が用意されていた。彼らはいくらでもクリスマスの話ができた。そしてアルトゥーロは、それを信じるよりほか仕方なかった。

冬。それは更衣室で暖房にあたりながら、その場にぼんやり突っ立って嘘をつく季節だった。あぁ、春よ！　あぁ、バットの乾いた音よ、柔らかな手のひらに広がるボールの痛みよ！　冬。クリスマス。それは金持ちの子供のための季節だった。彼らは足首の上まである靴を履き、ふかふかのマフラーを巻き、毛皮に覆われた手袋をはめていた。けれどアルトゥーロは、たいして気に病んでいるわけでもなかった。彼の季節は春だった。ふくらはぎまである靴も、ご立派なマフラーも、グラウンドではじゃまなだけさ！　小ぎれいなネクタイを締めたところで、一塁に出られるわけじゃないだろう？　それでも彼は、ほかのみんなに嘘をついた。クリスマスにはなにを貰うの？　あぁ、新しい時計だよ、新しい上着だよ、たくさんのシャツとネクタイだよ、新しい自転車だよ、スポルディングの大リーグ公式球一ダースだよ。

でも、ローザは？

ローザ、愛してる。ローザには特別な流儀があった。ローザだって貧乏だった。炭鉱夫の娘だった。けれどローザのまわりには友だちが集まり、ローザの話に耳を傾けていた。貧乏でも関係なかった。アルトゥーロはローザを羨ましく思い、ローザを誇らしく思っていた。彼は自問した。ローザのまわりで話を聴いている連中は、はたして考えてみたことがあるだろうか？　アルトゥーロもまた、ローザ・ピネッリと同じようにイタリア人であるということを。

声をかけてよ、ローザ。いちどでいいからこっちを見てよ、ローザ、ここだよ、僕がきみを見ているここなんだよ。

アルトゥーロはローザにクリスマスプレゼントを用意しなければならなかった。アルトゥーロは町を歩き、ショーウィンドーをじっと見つめ、ローザのために宝石と夜会服を買いもとめた。どういたしまして、ローザ。ほら、きみのために買った指輪だよ。僕が指にはめてあげよう。これでよし。そんな、気にしなくていいんだよ、ローザ。パール・ストリートを歩いてたら、チェリーズ・ジュエリー・ショップの前を通りかかってさ。これはそこで買ったんだ。高かっただろって？　いやだなぁ、おい！　三〇〇ドルだよ、たったのね。僕はたくさんのお金を持ってるんだ、ローザ。僕の父さんの話、聞いてないかい？　僕たちはお金持ちなんだ。僕の父さんの伯父がイタリアにいてね。彼が僕たちに、すべてを遺してくれたんだよ。僕らは由緒正しい血統の末裔だったんだ。僕たちだって知らなかったんだよ。だけどけっきょく、僕の父さんはアブルッツォ公爵の又従兄だったと分かってさ。もとをたどれば、イタリア王まで行きつくってわけ。だけどそんなこと関係ない。僕はずっときみを愛してたんだ、ローザ、王家の血を引いてるからって、きみへの思いになにも変わりはないんだよ。

奇妙な日々だった。とある夕方、アルトゥーロはいつもより早く家に帰った。家はからっぽで、裏口の扉が大きく開け放してあった。アルトゥーロは母を呼んだ。どこからも返事はなかった。それから、ストーブの火が二つとも消えていることに気がついた。家のなかのすべての部屋をアルトゥーロは見てまわった。母親のコートと帽子は、夫婦の寝室に置いてあった。それじゃあ、母さんはどこにいるんだ？

アルトゥーロは裏庭に出ていってマリアを呼んだ。

「母さん！　ねぇ、母さん！　どこだよ？」

彼は家のなかに戻り、居間のストーブに火をつけた。この寒いのに、コートも帽子も身につけないで、母さんはどこに行ったんだ？　あの父親め、あのろくでなしめ！　台所につるされた父の帽子に向かって、アルトゥーロは拳を振りあげた。ばか野郎、どうして帰ってこないんだよ！　あんたのせいで母さんがどんな思いしてるか、見てみろよ！　とつぜんに夕闇が押し寄せ、アルトゥーロは怖くなった。この寒々しい家は母の匂いを、どこからともなく漂わせていた。アルトゥーロはどの部屋からもそれを嗅ぎとることができた。けれど、そこに母はいなかった。裏口の扉を開け、アルトゥーロはまた叫んだ。

「母さん！　ねぇ、母さん！　どこなの？」

ストーブの火が消えた。屋敷のなかにはもう石炭と薪がなかった。アルトゥーロは嬉しかった。屋敷を離れて石炭を取ってくる口実ができた。石炭を入れるバケツをつかみ、裏庭の小道を進んだ。

彼女は石炭小屋にいた。真っ暗な小屋の隅の方、モルタルをのせる「こて板」の上に、母は坐っていた。母の姿を目にしてアルトゥーロは飛びあがった。そこはあまりに暗く、母の顔はあまりに白かった。寒さに凍え、薄手のワンピース一枚でそこに腰かけ、アルトゥーロの顔を見つめ、ひとことも喋らずにいた。女の遺体のようになった母親が、小屋の隅で凍りついていた。残り少ない石炭が積んであるところからはやや離れた、小屋の片隅に坐っていた。そこはバンディーニ氏が、セメントや石灰など、れんが積み工の仕事道具を保管している場所だった。まだ目に残る、雪が照り返していた輝きを振り払うため、アルトゥーロは瞼をこすった。石炭のバケツを足下に放りだし、目を細め、するとしだいに彼女の姿がはっきりと見えてきた。少年の母親は石炭小屋の暗がりのなか、こて板の上に腰かけていた。母さんは狂ったのか？　手になにを持ってるんだ？

「マンマ！」彼は訊いた「ここでなにしてるんだよ？」

返事はなかった。けれどマリアの手は開かれ、そこに握られていたものを彼は目にした。「こて」だった。父親の、れんが積み工のこてだった。アルトゥーロの体と心に、怒りと憤りの嵐が吹き荒れた。石炭小屋の暗闇のなかで、父親のこてを握りしめている母親。それは侵犯だった。その小屋はアルトゥーロだけを迎えいれる内密の空間だった。母にここにいる権利はなかった。それはあたかも、彼がそこで少年の罪に耽っているところを、母に見られたようなものだった。まさしく、母が腰かけているその場所が、アルトゥーロの定位置だった。いま、そこには母がいた。記憶を呼び覚まされて彼は怒った。うんざりした。父のこてを握りながら、そこに腰かけている母。こんなことしてなんになる？　父さんの服をもてあそんだり、父さんの椅子を触ったり、どうして母さんはあちこちをうろつきまわって、父さんを思い出そうとするんだ？　あぁ、彼はその光景を何度も見てきた……食卓で、誰も坐っていない父の席を、母がじっと見つめていた。そして今、母はそこにいた。石炭小屋で父のこてを握りしめ、凍え死にそうになるのを気にも留めず、女の死体のようになっていた。アルトゥーロは怒りに駆られ、石炭のバケツを蹴飛ばし、そして泣いた。

「マンマ！」彼は訊いた「なにしてるんだよ！　どうしてここにいるの？　死んじゃうよ、マンマ！　凍っちゃうよ！」

マリアは立ち上がり、白い両手を前方に伸ばしながら、扉へよろよろと歩いていった。寒さに顔が固まっていた。アルトゥーロの眼の前を通りすぎ、夕暮れどきの薄闇へ歩を進めるあいだ、マリアの顔からはとめどなく血の気が引いていった。どれくらいのあいだ母がそこにいたのか、アルトゥーロには見当もつかなかった。たぶん、一時間くらい。たぶん、もっと長く。いずれにせよ、母があと一歩で凍死していたことだけは確かだった。マリアは夢うつつに歩いていた。まるでその場をはじめて訪れたかのごとくに、そこかしこに視線を漂わせていた。

アルトゥーロはバケツに石炭を詰めた。石灰とセメントの鼻をつくような臭いが、小屋のなかに充満していた。一本の垂木にバンディーニ氏のつなぎが引っかけてあった。アルトゥーロはつなぎをひっつかみ、真っ二つに引き裂いた。父がエッフィー・ヒルデガルドと出かけたって問題なかった。アルトゥーロはそれに大賛成だった。でも、どうして母さんがこんなに苦しまなくちゃいけないんだ？　どうして僕が母さんから、こんなに苦しめられなきゃいけないんだ？　彼は母親にも嫌気が差していた。母は愚かだった。自ら命を危険にさらし、残りの家族、彼とアウグストとフェデリーコのことは、少しも気にかけていなかった。みんな愚かだった。家族全員のうち、いささかなりとも分別を備えているのはアルトゥーロだけだった。

アルトゥーロが家に戻ってきたとき、マリアはベッドのなかにいた。たくさんの服を着こみ、上掛けの下で震えながら横たわっていた。少年は母を眺め、苛立ちのあまり顔をしかめた。これ、自業自得だよな。どうしてあんなやり方で死のうとしたんだ？　それでも彼は、母に思いやりを示すべきだと思った。

「マンマ、もう大丈夫？」

「ほっといて」母の震える唇が言った「お願い、ひとりにさせて、アルトゥーロ」

「湯たんぽ持ってこようか？」

マリアは返事をしなかった。横目でちらりと、激しい怒りをこめて、マリアは息子に一瞥をくれた。これは憎しみの眼差しだ。アルトゥーロはそう思った。まるで、視界から永久に消え去ってくれとアルトゥーロに頼んでいるみたいだった。これまでの出来事すべてに、アルトゥーロが関与しているとでも言いたげだった。おいおい、僕の母親はどこまでおかしな女なんだ。いくらなんでも、深刻に考えすぎだろ。

彼は足音を忍ばせて寝室から出ていった。母に怯えていたのではなかった。むしろ、自分がいることで母に悪い影響を与えることの方が心配だった。アウグストとフェデリーコが帰ってくると、マリアは起き上がり夕食を用意した。ポーチド・エッグ、トースト、フライド・ポテト、そしてめいめいに林檎をひとつ。マリアは自分の食事には手をつけなかった。食事のあと、少年たちはいつもの場所に母を見つけた。居間の窓辺で、真っ白な街路を眺めていた。揺り椅子にロザリオが触れ、ちゃらちゃらと音を立てていた。

奇妙な日々だった。ただ息をして、生きているだけの夕方だった。少年たちはストーブのまわりに坐り、なにかが起きるのを待っていた。フェデリーコが揺り椅子まで這ってゆき、マリアの膝に片手を載せた。マリアは祈りに沈んだまま、夢遊病者のように頭を振った。それはフェデリーコにたいする無言の警告だった。じゃまをするな、わたしに触れるな、わたしのことは放っておけ。

翌朝、マリアは以前の彼女に戻っていた。朝食のあいだは優しい微笑みを絶やさなかった。卵は「マンマ風」に調理されていた。白身の薄い膜が黄身を柔らかく包みこんでいる、特別な一皿だった。あの朝のマリアの姿を、どうか見てもらえたなら！　髪はしっかり櫛で梳かされ、大きな瞳が美しくきらめいていた。フェデリーコがコーヒーカップに、スプーンで三杯も砂糖を流し入れると、マリアは厳格なお母さんを気取りながら末っ子を諌めた。

「そんなふうにしてはだめよ、フェデリーコ！　わたしに貸しなさい」

マリアはフェデリーコのカップの中身を流しに空けた。

「甘いコーヒーが欲しいなら、わたしが作ってあげるから」マリアはコーヒーカップの代わりに砂糖壺を、フェデリーコのソーサーの上に置いた。壺には半分くらい砂糖が入っていた。マリアはそこに、コーヒーをなみなみと注ぎ入れた。アウグストでさえそれを見て笑った。もっとも、アウグストはそこに罪を見出さずにはいられなかった。浪費の罪。

フェデリーコはおそるおそるコーヒーを啜った。

「おいしい！」彼は言った「これにクリームがのってたら最高だね」

喉を押さえながらマリアは笑った。幸せそうな母の姿に、子供たちも嬉しくなった。ところが母は笑いつづけた。椅子を引き、背中を丸めて笑いつづけた。おかしがっているのではなかった。とてもそうは見えなかった。三人は悲痛な面持ちで母を見つめた。マリアの笑いはとまらなかった。母を眼差す息子たちの真っ白な顔でさえ、その笑いをとめられなかった。母の目が涙でいっぱいになり、顔が紫色に染まっていった。そんな母を息子たちが眺めていた。マリアは立ち上がり、片手で口を押さえ、足をよろめかせながら流しの方に歩いていった。喉がごろごろと鳴るまでコップの水をがぶ飲みし、じきに胃が水でいっぱいになると、こけつまろびつ寝室へと駆けてゆき、ベッドの上に身を投げた。まだ笑っていた。

やがてマリアは静かになった。

子供たちはテーブルから離れ、ベッドの上の母親の様子を窺った。マリアの体は硬直していた。両眼はまるで、人形に縫いつけられたボタンの瞳のようだった。冷えきった空気のなかへ、ぜぇぜぇと息をしている口から、漏斗のかたちをした蒸気が立ち昇っていた。

「お前たちは学校に行け」アルトゥーロが言った「俺が家に残るから」

二人が家を出たあと、アルトゥーロは母の枕元へ赴いた。

「母さん、なにか持ってこようか？」

「向こうに行って、アルトゥーロ。ひとりにさせて」

「具合が悪いの？　ヘイスティングズ先生を呼ぼうか？」

「やめて。ひとりにさせて。向こうに行って。学校に行きなさい。遅刻するわ」

「父さんを探してこようか?」

「よしなさい!」

ふいに、これこそ自分の為すべきことだとアルトゥーロは確信した。

「行ってくる」彼は言った「今からすぐに、探してくるよ」アルトゥーロはコートを取りに走った。

「アルトゥーロ!」

マリアは猫のようにベッドから跳ね起きた。衣類だんすの前で片腕をセーターの袖に通していたとき、すさまじい速さで駆けよってくる母の姿を目の当たりにして、アルトゥーロは思わず息をのんだ。

「お父さんのところに行ってはいけません! 言うことを聞くのよ……ぜったいによしなさい!」前かがみになり、ぴったりと顔を近づけてきた。母の唇から飛び散る暖かな唾が、アルトゥーロの頬にかかった。アルトゥーロは部屋の隅に後ずさりし、マリアに背中を向けた。母が恐ろしかった。母の顔を見ることさえ恐ろしかった。アルトゥーロを驚嘆させるほどの力でマリアは息子の肩をつかみ、無理やり彼を振り返らせた。

「あの人を見たのね、そうなんでしょ? あの女といっしょにいたのね」

「女ってなんだよ?」アルトゥーロは身をよじらせ、セーターのなかでもぞもぞ動いた。マリアはアルトゥーロの両手をセーターから引っぱり出し、ふたたび彼の肩につかみかかった。マリアの指の爪が、肩の肉に喰いこんできた。

「アルトゥーロ、わたしを見なさい! あの人に会ったんでしょ、そうなのね?」

「会ってないよ」

ここで彼は微笑んだ。母を苦しめようとしたのではなかった。アルトゥーロが笑ったのは、上手に嘘をつきおおせたと思いこんだからだった。けれど笑うのが早すぎた。マリアは口を閉ざし、敗北に打ちのめされ、ふと表情をゆるめた。マリアは弱々しく笑った。息子がその知らせからマリアを護ろうとしたことが憎らしく、けれどまた、どこか嬉しくもあった。

「分かったわ」マリアが言った「分かったわ」

「なにも分かってないよ。母さんは頭がおかしくなったんだよ」

「いつ、あの人に会ったの、アルトゥーロ？」

「会ってないって言ってるだろ」

マリアは背筋を伸ばし、真っ直ぐに立った。

「学校に行きなさい、アルトゥーロ。わたしは平気だから。わたしはひとりで大丈夫」

それでも彼は家に残った。屋敷のなかをうろつきまわり、ストーブの火の世話をして、ときおり母の部屋を覗いた。母は相変わらず横になっていた。どんよりした瞳で天井を見つめ、指のあいだでロザリオを鳴らしていた。マリアはもう、学校に行けと言ってこなかった。だからアルトゥーロは、自分も少しは役に立っている、自分がいることで母は慰められていると感じていた。やがて、アルトゥーロは床板の下の隠し場所から「ホラー・クライムズ」を取りだした。台所の椅子に腰をかけ、ストーブのなかの太い薪に両足を乗せながら、少年は雑誌に読みふけった。

母がかわいかったら良かったのに、きれいだったら良かったのにと、アルトゥーロはいつも恨めしく思っていた。その願いは今や強迫観念となって、「ホラー・クライムズ」のページを貫きとおし、ベッドに横たわり苦悶に喘いでいる女のなかで具象化しはじめていた。彼は雑誌を脇に置いて、椅子に坐ったまま唇を噛みしめた。一六年前、母は美しかった。彼は若いときの母の写真を見たことがあった。あぁ、あの写真！　学校から家に帰り、苦労と心痛にやつれた美しくない母の姿を見かけると、彼はちょくちょく長持ちを開けにいき、そこに収められた写真を眺めた。つばの広い帽子をかぶった、大きな瞳の少女が写っていた。微笑んだ口許からは、ひどくたくさんの、ひどく小さな歯が覗けていた。トスカーナお祖母ちゃんの家の裏庭で、一人の美しい少女が、林檎の木の下にたたずんでいた。あぁ、マンマ、あのころのきみにキスがしたいよ！　あぁ、マンマ、どうしてきみは変わってしまったの？

アルトゥーロは急にあの写真をまた見たくなった。彼は雑誌を隠し、台所と隣り合った誰もいない部屋の戸を開けた。母の長持ちはそこに置かれていた。彼は内側から扉に鍵をかけた。おやおや、なんだってそんなことするんだ？　アルトゥーロは鍵を開けた。部屋は冷蔵庫のようだった。長持ちが置かれている窓辺まで彼は歩いていった。それから扉に取って返し、また鍵をかけた。なんとなく、これはいけないことのように思えた。けれど、なぜ？　母親の写真を見るだけで、どうして身を切るような罪悪感を覚えなけりゃならないんだ？　うーん、それなら、じつはこの少女は母親じゃないってことにしておこう。ふだんからそう思ってるもんな。今日だってそう思っておけばいいだろう？

「もっと良い家に引っこす」ときまで母が大切に保管している幾重ものリネンやカーテンの層の下、リボンの下、かつてアルトゥーロや弟たちが着ていた赤ん坊用の衣類の下に、彼はその写真を見つけた。お、おぉ……！　アルトゥーロは写真を持ち上げ、少女の愛くるしい顔立ちを讃嘆の面持ちでじっと見つめた。彼女こそ、まだ二十歳にもならないこの少女こそ、彼がつねに夢見ていた母親だった。少女の瞳が彼のそれによく似ていることに、アルトゥーロは気づいていた。遠い寝室で横たわっている萎れた女は、眼の前の少女とはなんの関係もなかった。やせこけた顔に苦労の跡をきざみ、ひょろながく骨ばった腕を持つあの女は、この少女とは別の誰かだった。あのころの彼女を知りたかった。すべてをはじめから覚えていたかった。あの美しき胎で過ごした日々を感じたかった。はじめからなにも忘れずに生きたかった。ところが現実には、彼はあのころのことをいっさい覚えておらず、マリアはつねに今のマリアだった。くたびれはて、いつも苦悩にさいなまれていた。大きな瞳はかつてとは別物になり、唇にはかつてのような張りがなかった。あまりに長いあいだ泣きすぎてきたせいだと言われたら、そのとおり信じてしまいそうだった。アルトゥーロは指で少女の顔の輪郭をなぞり、彼女にキスをし、ため息をつき、けっして手の届かない過去を思って悲嘆に暮れた。

写真をもとに戻すとき、長持ちの隅に置かれたある品物が、アルトゥーロの眼にとまった。それは紫のビロードに覆われた小さな宝石箱だった。彼はいちどもそれを見たことがなかった。その存在に彼はひどく驚かされた。これまでに何回も長持ちのなかを漁ってきたのに、どうして気づかなかったのだろう？　ばね錠を押すと、小さな紫色の箱が開いた。アルトゥーロは中を覗いた。金の鎖につながれた黒いカメオが、絹の寝床にうずくまっていた。絹布の下に敷かれたカードのくすんだ文字から、アルトゥーロはカメオの来歴を知った〈マリアへ。一年目の結婚記念日に。ズヴェーヴォ〉

小箱をポケットに滑りこませ長持ちを閉じるあいだ、アルトゥーロの心臓は激しく鼓動していた。

ローザ、メリー・クリスマス。つまらないものだけど、これ。僕が買ったんだ、ローザ。長いこと、これを買うために貯金してたんだ。きみのために、ローザ。メリー・クリスマス。

翌朝の八時、学校の玄関にある飲料水が湧き出る噴水の隣で、アルトゥーロはローザを待ちかまえていた。クリスマス休暇の前の、最後の登校日だった。ローザはいつも朝早くに登校することを、アルトゥーロは知っていた。一方の彼は、学校までの最後の二区画を必死に走り、始業ベルとともに学校に滑りこむのがつねだった。修道女たちはすれ違いざま、アルトゥーロを疑わしそうに見つめてくるに違いなかった。たとえ、顔には優しい微笑みを浮かべ、メリー・クリスマスと祝いの挨拶を口にしようとも。彼はコートの右ポケットに、ローザへのプレゼントの心地良い重みを感じていた。

八時十五分ごろ、生徒たちが到着しはじめた。もちろん女子たちだった。けれどローザはいなかった。壁にかけられた電気時計を彼は見つめた。八時半。ローザはまだやってこなかった。彼は機嫌を損ね顔をしかめた。学校でまるまる三〇分も過ごしてしまった。なんのために？　なんの意味もなく。ガラスの瞳をもう片方の瞳よりもきらきらと輝かせているシスター・シーリアが、宿坊の階段を舞い降りてきた。いつも遅刻するアルトゥーロが玄関で片足立ちしているのを見て、シスターは腕時計に視線を落とした。

「そんなばかな！　わたしの時計、とまってるのかしら？」

シスターは壁にかかった電気時計を確認した。

「アルトゥーロ、昨日は家に帰らなかったの？」

「そんなわけないでしょ、シスター・シーリア」

「つまり、今朝は自発的に、三〇分早く学校に来たということ？」

「勉強しに来たんです。僕、代数が遅れちゃってるから」

シスターは疑るように微笑んだ「明日からクリスマス休暇なのに？」

「そうですけど」

けれどアルトゥーロも、それはばかげた話だと分かっていた。

「メリー・クリスマス、アルトゥーロ」

「メリー・クリスマス、シスター・シーリア」

九時まであと二〇分。ローザは来ない。みんなからじろじろ見られている気がした。彼の二人の弟まで、まるでアルトゥーロが学校を間違えたかのように、町そのものを間違えたかのように、呆気にとられて凝視してきた。

「嘘だろ！　なんで？」

「失せろ、このガキ」きんきんに冷えた水を飲むために、アルトゥーロは身をかがめた。

八時五〇分、玄関の大きな扉をローザが開けた。ローザがそこにいた。赤い帽子、ラクダの毛のコート、ジッパーのついたオーバーシューズ、ローザの顔、ローザの体ぜんたいが、冬の朝の冷たい炎を身にまとって光り輝いていた。ローザはどんどんと近づいてきた。何冊もの教科書を愛おしげに抱えながら、しとやかに両腕を揺らしていた。友だちに挨拶するため、今はここ、次はあそこと頷き返し、ローザの笑顔が音楽となって学校の玄関に満ちわたった。ローザが、「聖名会」の会長が、みんなから愛されている人気者が近づいてくる。ゴム製のオーバーシューズが喜びにひらひらと舞っていた。まるで靴までが彼女を愛しているみたいだった。

アルトゥーロは宝石箱を固く握りしめた。とつぜん、血が激流となって彼の喉を駆けめぐった。軽やかに滑らかに踊るローザの瞳が、ほんのいっとき、懊悩のあまり恍惚となった少年の顔に焦点を合わせた。アルトゥーロは口を開いた。興奮を飲みくだそうとして、目玉が外に飛びだしていた。

言葉が出てこなかった。

「ローザ……僕は……これ……」

ローザの眼差しは彼を通りすぎていった。クラスメートがローザに追いつき、二人いっしょに去っていくうちに、ローザのしかめ面は笑顔に変わった。声を弾ませお喋りしつつ、少女たちは更衣室のなかへ姿を消した。アルトゥーロの胸はぺしゃんこになった。ちくしょう！　彼は身をかがめ冷たい水をがぶ飲みした。ちくしょう！　アルトゥーロは水を吐きだした、そんなもの飲みたくもなかった、口がすっかりしびれていた。ちくしょう！

アルトゥーロは午前の時間を、ローザに手紙を書き、それを破り捨てることに費やした。シスター・シーリアは生徒たちに、ヘンリー・ヴァン・ダイクの『もうひとりの賢者』を読ませていた。アルトゥーロはうんざりしながら坐っていた。雑誌で見かけた気の利いた文句の数々に、彼は心の調律を合わせようとしていた。

ところがローザが朗読する番になると、上手にきびきびと読みすすめる彼女の声に、アルトゥーロは崇敬の念をもって耳を傾けた。こうしてはじめて、ヴァン・ダイクのたわ言が意味を獲得した。それは罪だと彼には分かっていた。けれど、幼子イエスの生誕の物語やら、エジプトへの逃避やら、まぐさおけの中の赤ん坊の描写やらに、アルトゥーロはなんの敬意も払っていなかった。とはいえ、それはやはり罪深い考えだった。

昼休み、アルトゥーロはローザのあとをつけた。けれどローザがひとりでいることはけっしてなかった。いつも友だちといっしょだった。ローザはいちど、彼女を取りまく一群の女子たちの肩ごしに、アルトゥーロの姿をつと見つめた。まるで尾行されていることに気がついているみたいだった。アルトゥーロはあきらめ、そして恥じ入り、そらぞらしく胸を反りかえし玄関を歩いていった。ベルが鳴り、午後の授業がはじまった。シスター・シーリアが処女懐胎の神秘について話しているあいだ、アルトゥーロはローザ宛てに何通もの手紙を書き、破り捨て、また別の手紙を書いた。いまや少年は、面と向かってプレゼントを渡す任務は自分には荷が重すぎると悟っていた。誰かに代わりを頼まなければならなかった。ようやく満足のいく手紙が書きあがった。

親愛なるローザ

素敵なクリスマスになりますように

きみの……誰か分かるかい？

彼の筆跡であることが分かったら、ローザはプレゼントを受けとらないだろう。そう考えるとアルトゥーロは気がふさいだ。涙ぐましいほどの努力を注ぎ、彼は手紙を左手で書きなおした。下手くそ

刊行案内

No. 58

（本案内の価格表示は全て本体価格て
ご検討の際には税を加えてお考え下さ

ご注文はなるべくお近くの書店にお願い致し
小社への直接ご注文の場合は、著者名・書名
数および住所・氏名・電話番号をご明記の上
体価格に税を加えてお送りください。
郵便振替　00130-4-653627 です。
（電話での宅配も承ります）
（年齢枠を超えて柔軟な感受性に訴える
「８歳から８０歳までの子どものための」
読み物にはタイトルに＊を添えました。ご検
際に、お役立てください）
ISBN コードは 13 桁に対応しております。
総合図書目

未知谷
Publisher Michitani

〒 101-0064　東京都千代田区神田猿楽町 2-5-9
Tel. 03-5281-3751　Fax. 03-5281-3752
http://www.michitani.com

リルケの往復書簡集二種完結

「詩人」「女性」からリルケ宛の手紙は本邦初訳

若き詩人への手紙

若き詩人F・X・カプスからの手紙11通を含む

ライナー・マリア・リルケ、フランツ・クサーファー・カプス著
／エーリッヒ・ウングラウプ編／安家達也訳

208頁 2000円
978-4-89642-664-9

若き女性への手紙

若き女性リザ・ハイゼからの手紙16通を含む

ライナー・マリア・リルケ、リザ・ハイゼ 著 ／ 安家達也 訳

176頁 2000円
978-4-89642-722-6

8歳から80歳までの

岩田道夫の世界

子どものためのメルヘン

岩田道夫作品集 ミクロコスモス ＊

フルカラー A4判並製 256頁 7273円
978-4-89642-685-4

「彼は天才だよ、作品が残る。生きた証も人柄も全てそこにある。
画家はそれでいいんだ。」（佐藤さとる氏による追悼の言葉）

波のない海＊

192頁 1900円
978-4-89642-651-9

長靴を穿いたテーブル＊

走れテーブル！　全37篇＋ぷねうま画廊ペン画8頁添

200頁 2000円
978-4-89642-641-0

音楽の町のレとミとラ＊

ソーレの町でレとミとラが活躍するシュールな20篇。挿絵36点。

144頁 1500円
978-4-89642-632-8

ファおじさん物語 春と夏＊

978-4-89642-603-8 192頁 1800円

ファおじさん物語 秋と冬＊

978-4-89642-604-5 224頁 2000円

らあらあらあ 雲の教室 ＊

シュールなエスプリが冴える！　連作掌篇集　全45篇

廊下に出ている椅子は校長先生なの？　苦手なはずの英語しか喋れない？　空から成績の悪い答案で出来た紙飛行機が攻めてくる！　給食のおばさんの鼻歌がいろんな音に繋がって、教室では皆が「らあらあらあ」と笑い出し……

192頁 2000円
978-4-89642-611-3

ふくふくふくシリーズ　フルカラー64頁　各1000円

ふくふくふく **水たまり＊** 978-4-89642-595-6

ふくふくふく **影の散歩＊** 978-4-89642-596-3

ふくふくふく **不思議の犬＊** 978-4-89642-597-0

ふくふく　犬くん　きみは一体何なんだい？　ボクは　ほんとはきっと　風かなにかだと思うよ

イーム・ノームと森の仲間たち＊

128頁 1500円　978-4-89642-584-0

イーム・ノームはすぐれた友だちのザザ・ラパンと恥ずかしがり屋のミーメ嬢、そして森の仲間たちと毎日楽しく暮らしています。イームはなにしろ忘れっぽいので　お話しできるのはここに書き記した9つの物語だけです。「友を愛し、善良であれ」という言葉を作者は大切にしていました。読者のみなさんもこの物語をきっと楽しんでくださることと思います。

長篇小説の愉しみ

↑20世紀前半 ポーランド ワルシャワ

モスカット一族

アイザック・バシェヴィス・シンガー著
大崎ふみ子訳

NYのイディッシュ語新聞に三年連載。作者曰く、「一つの時代を再現す
ることが目的だった」……分割支配下ポーランドの伝統的ユダヤ文化圏
を四世代百余人を登場させて十全に語る。近代化によって崩壊していく、
二千年に及ぶ歴史を持つユダヤ社会と人々の生活、そこに始まった第二次
世界大戦、その日々を赤裸々に描いた傑作長篇。

872頁 6000円
978-4-89642-717-2

↑19世紀 ポーランド ワルシャワ　＊第69回読売文学賞、第4回日本翻訳大賞受賞

人形　ポーランド文学古典叢書第7巻

ボレスワフ・プルス著
関口時正訳

19世紀ワルシャワ、商人ヴォクルスキの、斜陽貴族の娘イザベラ嬢への恋心を中心
に話は進む…とはいえ、著者はジャーナリストとしても知られ、作中にはワルシャ
ワの都市改造、衛生や貧困などの社会問題、ユダヤ人のこと、伝統と近代化、男女
平等、宗教論、科学論、文明論、比較文化論といったさまざまな議論が、そして
多様な登場人物が繰り広げるパノラマに目も眩まんばかり。日本語訳で25ヶ国目、
ポーランドでは国民的文学でもあり、世界の名作『人形』がついに日本へ。

1248頁 6000円
978-4-89642-707-3

↑20世紀前半 ロシア

ドクトル・ジヴァゴ

ボリース・パステルナーク著
工藤正廣訳

これで神から遺言された義務を果たし得たのです》
1905年鉄道スト、1917年二月革命に始まる労働者蜂起、ボリシェヴィキ
政権、スターリン独裁、大粛清――激動のロシア革命期を知識人として奇
跡的に生き抜き、ロシア大地と人々各々の生活を描き切った、何度でも読
みたくなる傑作スペクタクル！

A5判 752頁 8000円
978-4-89642-403-4

哲学的思考方法を身につける

現代の古典カント

ヘルベルト・シュネーデルバッハ著／長倉誠一訳

1私は何を知ることができるか／2私は何を為すべきか／3私は何を希望
することが許されるのか／4人間とは何か。カントはなぜこのような発想
を得たか、彼の死後、現在に至るまでどう受容されてきたか、綿密かつ詳
細かつ明晰な思索と説明に同伴するとはじめの4つの問いへの応答が明ら
かになる。申し分ない稀有なカント哲学の入門的決定版！

256頁 3000円
978-4-89642-713-4

子どものためのカント

ザロモ・フリートレンダー著／長倉誠一訳

本書では、カントが使った専門用語はほとんど使われていない。たとえば、
「超越論的」という形容詞は全く登場しない。「カテゴリー」も「統覚」も
ない。だがカント哲学への導入としては過不足のない立派なものである。
……具体的に全体のイメージまで提示している。（「訳者あとがき」より）

176頁 1800円
978-4-89642-228-3

単独者と憂愁　キルケゴールの思想

セーレン・オービュイ・キルケゴール著／飯島宗享編・訳・解説

先行する解説と、主要著作からの絶妙な引用によってキルケゴール思想の
全体像が明らかになる。自身の言葉によって構成される彼の哲学の分かり
易い要約であり、実存思想の本質を端的に学びたい初学者にも最適。

272頁 2500円
978-4-89642-392-1

実存思想

飯島宗享著

日々の経験のなかで決して〈わたし〉を手放さず、果たして人間とは何だ
ろうかと考える、実存思想のエッセンス。キルケゴールに寄り添い考え続
けた日本人哲学者の名著（『論考・人間になること』三一書房、1983）旧
稿「主体性としての実存思想」を加えて復刊。

240頁 2500円
978-4-89642-691-5

郵 便 は が き

料金受取人払郵便

神田局
承認

1686

差出有効期限
平成28年10月
19日まで

101-8791

504

東京都千代田区
猿楽町2-5-9
青野ビル

㈱**未知谷**行

ふりがな ご芳名 E-mail	年齢 男
ご住所 〒 Tel. - -	
ご職業	ご購読新聞・雑誌

愛読者カード

ご購読ありがとうございます。誠にお手数とは存じますが、アンケートにご協力下さい。貴方様の貴重なご意見ご感想を賜わり、今後の出版活動の資料として活用させて頂きます。

書の書名

買い上げ書店名

書の刊行をどのようにしてお知りになりましたか？

店で見て　　広告を見て　　書評を見て　　知人の紹介　　その他

書についてのご感想をお聞かせ下さい。

希望の方には新刊書のご案内をさせて頂きます。　　要　　不要

欄（ご注文も承ります）

な字を奔放に殴り書きした。しかし、プレゼントを誰に託すべきか？ まわりのクラスメートたちの顔をアルトゥーロは丹念に観察した。誰ひとり、秘密を守れそうなやつは見当たらなかった。二本の指を掲げて彼は問題を解決した。クリスマスの季節に限定の気味が悪いほどの慈しみをこめて、シスター・シーリアは彼に頷き、教室から出ていくことを許可した。彼は更衣室を目指し、廊下を忍び足で歩いていった。

ローザのコートはすぐに見つかった。それは彼にとってお馴染みのコートだった。アルトゥーロはこれまでにも、似たような機会を利用して、コートに触ったり匂いを嗅いだりしていたのだった。小箱に手紙を忍ばせてから、コートのポケットにプレゼントを滑りこませた。彼はコートを抱きしめ、その芳香を吸いこんだ。小さな子供用の手袋がひと組、わきのポケットに入れられていた。それはだいぶ使いこまれ、小さな指先にいくつか穴があいていた。

あぁ、うはぁぁあー！ なんてかわいい、なんて小さな穴なんだ。彼は穴に優しくキスをした。指先にあいた愛すべき小さな穴よ。甘くとろける小さな穴よ。泣いたらだめだ、かわいらしく小さな穴よ、しっかりしろ、ローザの指を暖かくしてやれよ、小さくて愛くるしいローザの指を。

アルトゥーロは教室に戻った。端の通路を歩いて自分の席に戻り、できるかぎりローザから遠く視線を逸らした。ローザに見抜かれたり、ちょっとでも疑いを抱かれたりすることを避けるためだった。

終業ベルが鳴ると、アルトゥーロはまっさきに玄関の大きな扉から飛びだし、学校の前の通りを駆けていった。今夜にはローザの反応が分かるだろう、なぜって今夜は、ミサの侍者のための「聖名パーティー」が開かれるから。帰り道、アルトゥーロは目を見開いて父の姿を探しつづけた。もっとも、いくら注意を払ったところで益はなかった。ほんとうは、ミサの侍者の練習のために、アルトゥーロは学校に残らなければいけなかった。けれど弟のアウグストがうしろに立ち、みすぼらしい四年生の小エビ野郎が隣の相方になってからというもの、アルトゥーロはもはやその務めに耐えられなくなっていた。

家についた。クリスマスツリーを見つけて、アルトゥーロは腰を抜かした。小さな唐檜《とうひ》のツリーが、居間の窓辺の片隅に立っていた。ツリーを見つけて驚いている息子に少しも関心を示さぬまま、母は台所で紅茶を啜っていた。

「誰だか分からないわ」母が言った「トラックに乗った男の人よ」

「マンマ、どんな男だよ?」

「男の人よ」

「どんなトラックだよ?」

「ただのトラックよ」

「トラックの中でなんて言ってた?」

「知らないわ。ぜんぜん気にしていなかったから」

母はあきらかに嘘をついていた。一家の窮状を殉教者のごとくに受け入れる母の態度を、アルトゥーロは心から憎んでいた。マリアはツリーをその男の面に投げ返してやるべきだった。なにがチャリティーだ! 僕ら一家をなんだと思ってるんだ……貧乏人か? お隣に暮らすブレッドソー家が怪しいと彼はにらんだ。ブレッドソー夫人は息子のダニーとフィリップに、バンディーニ少年と遊ぶことを禁じていた。その理由はアルトゥーロが①イタリア人であるため、②カトリックであるため、③ハロウィンのたびにブレッドソー家の正面ポーチに生ごみをぶちまけていく悪がき集団の頭領であるためだった。そうだよ、ブレッドソーは去年の感謝祭の日、お菓子の詰まった箱をダニーに持ってこさせたよな。そんなもの僕たちには必要ないのに。あのときだって父さんが、いらないから持って帰れとダニーに言ったじゃないか？

「救世軍のトラックだった？」

「知らないわ」

「その男、軍隊の帽子をかぶってた？」

「覚えてないわ」

「救世軍だよ、そうでしょ？　ブレッドソーが連中を呼んだんだ、ぜったいにそうだ」

「だったらどうなの？」母の声が歯のあいだから漏れだしてきた「あなたの父親にこのツリーを見せてやりたいわ。あの人にツリーを見せて、自分がわたしたちになにをしたのか分からせてやりたいわ。ご近所の人たちまで知っているのよ。あぁ、情けない、情けない」

「近所のやつらなんかくそくらえだ」

挑みかかるように両手の拳を握りしめ、アルトゥーロはツリーの方へ歩いていった。「近所のやつらなんかくそくらえだ」ツリーの背丈はアルトゥーロと同じくらいで、一五〇センチ以上はあった。ちくちくと葉を尖らすツリーにアルトゥーロは猛然と襲いかかり、幹から枝を引きちぎった。木は柔らかくしなやかで、そう簡単にはへこたれなかった。幹を曲げ、ひびを入れても、真っ二つにへし折ることはできなかった。心ゆくまでぼろぼろにしてやったあと、正面の庭に積もった雪のなかに、アルトゥーロはツリーを放り投げた。母親はひとことも文句を言わなかった。ふさぎこんだ暗い瞳で、ひたすらティーカップのなかを覗きこんでいた。

「ブレッドソーの家のやつら、しっかり見とけよ」彼は言った「これであいつらも思い知るさ」

「主はあの人を罰するわ」マリアが言った「きっとあの人は報いを受けるわ」

けれどアルトゥーロはローザのことを考えていた。ミサの侍者のパーティーになにを着ていこうかと思案していた。アルトゥーロとアウグストと彼らの父親は、お気に入りのグレーのネクタイをめぐってしょっちゅう口論を交わした。バンディーニ氏は、そのネクタイは子供が身につけるにはあまりに大人びていると主張した。それにたいして彼とアウグストは、そのネクタイは大人の男が巻くにはあまりに若作りにすぎるとやり返した。それでも、そのネクタイはどういうわけか、いつだって「父さんのネクタイ」と呼ばれていた。良き父親としての風格を備え、正面にはかすかにワインの染みがあり、トスカネッリの葉巻の匂いをほのかに漂わせていた。アルトゥーロはこのネクタイが大好きだった。アウグストが使ったすぐあとにそれを締めなければならないとき、アルトゥーロはかならず腹を立てた。父の不思議な感触が、なぜだか消え失せてしまっているからだった。彼は父のハンカチも好きだった。父は数枚のハンカチを持っていて、それらはアルトゥーロのものよりずっと大きかった。母が何度もくりかえし洗い、アイロンをかけてきたために、父のハンカチには手にしっとりと馴染む柔らかさがあった。そのハンカチに触れていると、母と父のおぼろげな感覚が指に伝わってきた。それは父のネクタイとは違った。ネクタイはすっかり父そのものだった。父のハンカチを使っていると、父と母の手触りがいちどきに、ほんのりと流れこんできた。まるで一枚の絵画に描かれた二つの肖像のように、ひとつの物質を形づくる二つの素材のごとくに。

アルトゥーロは長いこと、子供部屋の鏡の前に立ちながらローザに話しかけていた。彼女から感謝の言葉を受けとる場面をリハーサルしていた。贈り物はひとりでに彼の愛を明るみに出したに違いないと、今やアルトゥーロは確信を抱いていた。朝方ローザを見つめていたときの彼の表情、昼休みにローザのあとをつけていたときの彼の態度。ローザはかならず、こうした伏線を宝石に結びつけるだろう。アルトゥーロは幸せだった。自らの思いをさらけ出したかった。彼はローザの言葉を想像した、アルトゥーロ、あのプレゼントをくれたのはあなたでしょ？　わたし、ずっと分かってたよ。鏡の前に立ちながら彼は答えた、あぁ、いやぁ、ローザ、きみも知ってるだろ？　男ってのは、彼女にクリスマスプレゼントを贈りたがる生き物なんだよ。

四時半ごろに弟たちが帰ってきたとき、アルトゥーロはすでに着替えをすませていた。彼は揃いのスーツを持っていなかった。けれどマリアはいつだって、きれいにアイロンのかけられた「新しい」ズボンと「新しい」ジャケットを息子のために用意していた。それはアルトゥーロに似合っていなかった。とはいえ、綾織のブルーのズボンと濃いグレーのジャケットは、それなりに立派ではあった。

「新しい」服への着替えをすませたアルトゥーロは、苦渋と焦燥の見本そのものだった。少年は揺り椅子に腰かけて、膝の上で両手を組んでいた。「新しい」服を着たからには、アルトゥーロに残された選択肢はひとつしかなかった。出かける時刻ぎりぎりまで、ひたすら坐って待ちつづけること。アルトゥーロはこの時間が大の苦手だった。パーティーが始まるまで、あと四時間は待たなければならなかった。けれど、今夜だけは少なくとも卵を食べずにすむと思えば、彼はいくらか救われた気持ちになった。

正面の庭に転がっているめちゃくちゃになったクリスマスツリーを目にして、アウグストとフェデリーコが雨あられと質問を浴びせかけてくると、アルトゥーロは「新しい」服をなおいっそう窮屈に感じた。夜はよく晴れて気温も上がりそうだったから、グレーのジャケットの上に着るセーターは、二枚でなく一枚だけにしておいた。こうしてアルトゥーロはパーティーへ出かけた。どんよりした家から離れられて嬉しかった。

アルトゥーロの歩む道は、黒と白に支配された暗がりの世界のなかを伸びていた。前へ前へと進むあいだ、すぐそこに迫った勝利を思い、アルトゥーロは晴れやかな喜びに浸っていた。今夜のローザが浮かべる微笑み、彼のプレゼントを首に巻きながら大講堂でミサの侍者を待つローザ、彼のための、彼のためだけのローザの微笑み。

おぉ、なんという夜！

アルトゥーロは歩きながらひとりごちた。山上の薄い空気を吸いこみ、自らの手中にある栄光のなかでよろめいていた。僕のローザ、僕のためのローザ、ほかの誰のものでもないローザ。ただひとつ、少年をうっすらと戸惑わせているものがあった。それは空腹だった。けれどからっぽになった胃のなかには、喜びが堰を切ったように雪崩れこんでいた。ミサの侍者のための饗宴。彼はこれまでの人生で七度にわたり、そのパーティーに出席してきた。それは極上の食の祭典だった。すべてがありありと眼前に浮かんできた。フライドチキンと七面鳥に埋めつくされた巨大な皿、ほかほかのロールパン、スイートポテート、クランベリーソース、アルトゥーロがぺろりと平らげるだろう山盛りのチョコレートアイス。そのすべての向こうにローザがいた、首にカメオをぶらさげていた、それは彼からのプレゼントだった。アルトゥーロが腹いっぱいにご馳走をつめこんでいると、ローザは微笑み、明るく輝く黒い瞳と、食べてしまいたいほどにおいしそうな真っ白の歯をアルトゥーロに見せてくれた。

なんという夜！　アルトゥーロはしゃがみこんで白い雪をすくいとった。口に含んだ雪が溶け、冷たい水が喉を流れおちていった。彼はそれを何回も繰り返した。甘い雪を飲みこんで、喉に広がる冷たい感覚を楽しんでいた。

冷えきった水をからっぽの胃に流しこむと、体の奥深く、腸のあたりから、かすかにごろごろという音が鳴り、次第にそれが心臓のほうへとせり上がってきた。彼はトレッスル橋を渡っているところだった。橋のちょうど真ん中に差しかかったとき、目に映る光景すべてが、とつぜんに暗闇のなかへ吸いこまれた。足もとの地面がどこかへ消えた。肺から呼気がすさまじい勢いで吐きだされた。気がつくと、彼はその場に仰向けになって倒れていた。いきなり力が抜けてくずおれたらしかった。胸の奥で心臓が暴れまわっていた。アルトゥーロは両手で胸を押さえた。恐れが少年を捉えていた。彼は死の間際にあった。哀れにも、彼はこれから死のうとしていた！　橋全体が、アルトゥーロの心臓の鼓動のために激しく揺れているようだった。

ところが、五秒、一〇秒、二〇秒と過ぎてもまだ、アルトゥーロは生きていた。あの瞬間の恐怖が、彼の心臓のなかでなおも燃えさかっていた。なにが起きた？　どうして倒れた？　アルトゥーロは起きあがり、恐れに身を震わせて急ぎ足で橋を渡った。彼はなにをした？　それは彼の心臓だった。心臓がいちど鼓動を止め、それからふたたび動きだしたことを、アルトゥーロは確かに感じとっていた……けれど、なぜ？

メアー・クルパー、メアー・クルパー、メアー・マクスィマー・クルパー！　謎めいた宇宙がアルトゥーロのまわりをぼんやりと包みこんだ。アルトゥーロは鉄道の上でひとりきりだった。通行人でごった返している街道へと彼は急いだ。そこまで行けばひとりにはならないはずだった。彼は走り、すると体に鋭い短剣を刺されたような痛みを覚えた。これは神の警告だった。彼の罪を知っているということを、神はそのようにして知らせたのだ。アルトゥーロよ、盗人よ、母親のカメオをくすねたこそ泥よ、十戒への反逆者よ。泥棒よ、泥棒よ、神から見放された浮浪児よ、魂の書物に黒い印を刻んだ地獄の子供よ。

さっきのあれはまた起こるだろう。今か、今から五分後か、一〇分後か。アヴェ・マリア、恵みに満ちた方、わたしは後悔しています。彼はもう、走らずに歩いていた。ただしきびきびと、ほとんど走るようにして、心臓に過度の負担を与えはしないかと怯えながら。ローザよ、さようなら、愛の思いよ、さようなら。さようなら、さようなら、そして悲嘆と悔恨よ、こんにちは。

あぁ、神の叡智よ！　あぁ、主はどれほど優しいのか、主は少年をひとおもいに殺そうとはせず、彼にもういちどチャンスを与えたのだ。

見てくれ！　歩く僕の姿をどうか見てくれ。僕は息をしている。僕は生きている。僕は神に向かって歩いている。僕の魂は真っ黒だ。神が僕の魂を清めるだろう。神は僕に親切なんだ。僕の足は大地に触れているぞ、いち・に、いち・に。アンドリュー神父を呼ぼう。僕は神父にすべてを話そう。

告解室の壁についた呼び鈴を彼は鳴らした。五分後、教会のわきの扉からアンドリュー神父が現われた。頭が半分ほど禿げあがった長身の司祭は、眼の前の光景にひどく驚かされた。クリスマスの装飾がなされた教会に、ひとつきりの魂がぽつんとたたずんでいた。しかもその魂とは少年だった。瞳をかたく閉ざし、顎をこわばらせ、早口に祈禱を唱えていた。司祭は微笑み、口から爪楊枝を取りだした。床に膝をつき、それから告解室へ歩いていった。アルトゥーロは目を開けた。すると神父が、美しい黒に染まったそよ風のように近づいてきた。彼は神父のうちに慰めを見出し、黒の長衣のなかに暖かさを感じとった。

「アルトゥーロ、こんな時間にどうしたんだい?」耳に心地良く響く声で囁きかけると、神父はアルトゥーロの肩に手を置いた。神に触れられたようだった。神父の手の下でアルトゥーロの苦悩は砕け散った。体の奥深く、アルトゥーロの内側を一〇〇〇万マイル進んだあたりで、芽吹いたばかりの平穏がおぼろげに身を揺すっていた。

「告解をしたいんです、神父さま」

「もちろんだとも、アルトゥーロ」

肩にかけたストラを整え、神父は告解室のなかに入った。アルトゥーロはそのあとにつづき、告解者の小部屋に膝をついた。木製の仕切りが少年を司祭から隔てていた。あらかじめ定められた儀式をすませたあと、アルトゥーロは語りはじめた「昨日のことです、神父さま、僕は母親の長持ちを覗きました。そこで僕は金の鎖のついたカメオを見つけました。僕はそれを盗みました、神父さま。僕はそれをポケットのなかに入れました。それは僕のものではありませんでした、それは母親のものでした。僕の父が母に贈ったものでした。それはぜったいに高いものでした、それでも僕は盗みました。僕は今日それを学校の女子に渡しました。僕はクリスマスプレゼントに盗んだものを渡しました」

「それは高価なものだったんだね？」司祭が尋ねた。

「僕にはそう見えました」アルトゥーロが答えた。

「アルトゥーロ、いくらぐらいに思えたかな？」

「すごく高そうでした、神父さま。僕はほんとうに反省しています、神父さま。僕は死ぬまで、二度となにも盗みません」

「アルトゥーロ、よく聞きなさい」司祭が言った「お母さんのところに行って、カメオを盗んだことをお母さんに話すと約束できるなら、わたしはきみを免罪しよう。わたしに話したのとまったく同じように、お母さんにも話すんだよ。そしてもうひとつ。もしお母さんにとってそれがとても大切なものので、返してほしいと望むようなら、きみはそれを女の子から返してもらって、あらためてお母さんに渡すことを約束するんだ。それができないようなら、きみは別のカメオを買って、お母さんにプレゼントしなければいけないね。アルトゥーロ、これで公平だろう？　きみは公明正大な取り引きをしたと、神も同意してくださるはずだ」

「返してもらうようにします。きっとそうします」

アルトゥーロがうやうやしく頭を下げると、司祭はラテン語で許しの言葉を唱えた。それで終わりだった。案ずるより産むがやすし。告解室を出た彼は教会の床にひざまずき、両手で胸を強く押さえた。心臓が晴れやかに鼓動していた。彼は救われた。なにはともあれ世界は美しかった。苦境を逃れた快さに耽りつつ、彼は長いあいだ床にひざまずいていた。少年と神は仲良しだった。神はじつにさばけたやつだった。とはいえ彼は危険を冒す気はなかった。時計の針が八時を打つまで、まだ二時間あった。アルトゥーロはそのあいだずっと、彼の知っているあらゆる祈禱を唱えつづけた。すべての祈りが美しい響きをともなっていた。司祭との約束は果たされたも同然だった。彼は今夜、パーティーのあとで母親にほんとうのことを話すだろう。彼がマリアのカメオを盗み、それをローザにプレゼントしたことを話すだろう。はじめのうち、マリアは声を荒げるだろう。けれど長くはつづかない。彼は母の性格を知っていた。母をどうあしらうべきか、彼は知っていた。

アルトゥーロは校庭を横切って、大講堂につづく階段を昇った。広間で最初に顔を合わせた相手は、ローザだった。ローザはまっすぐにアルトゥーロの方に歩いてきた。

「二人で話せる?」ローザが言った。

「もちろん、ローザ」

アルトゥーロはローザのあとについて階段を降りた。怯えていた。今からなにか恐ろしいことが起こる気がした。ローザは階段の下で、アルトゥーロが玄関の扉を開けるのを待っていた。ぴくりとも表情を変えなかった。らくだの毛のコートにしっかり身を包んでいた。

「俺、腹へってるんだけど」彼は言った。

「そうなの?」ローザの声は冷たかった。蔑むような調子だった。

二人は扉の外の階段近く、コンクリートの床の裾のあたりに立っていた。ローザが手を差しだした。

「これ」ローザが言った「わたし、欲しくないから」

カメオだった。

「盗んだものはもらえない」ローザが言った「たぶんあなたは盗んできたんだって、お母さんが言ってた」

「違うよ！」彼は嘘をついた「盗んでないよ！」

「返す」ローザは言った「わたし、欲しくないから」

アルトゥーロはカメオをポケットに入れた。一言もなく、ローザは校舎のなかに戻っていこうとした。

「なぁ、ローザ！」

ドアの前でローザは振りかえり、優しく微笑んだ。

「盗んだらだめだよ、アルトゥーロ」

「盗んでない！」彼はローザに飛びかかり、ドアの前にいる彼女を引きずっていき、力をこめて突きとばした。ローザはたまらず後ずさった。バランスを取ろうとして、むなしく腕を振りまわしたあと、コンクリートの床の端から雪のなかへ転げ落ちた。雪に体を打ちつけたとき、ローザは大きく口をあけて悲鳴をあげた。

「俺は泥棒じゃない」ローザを見下ろしながら、アルトゥーロが言った。

アルトゥーロは歩道へと飛び降りて、わき目も振らずに走り去った。曲がり角までやってくると、アルトゥーロは少しのあいだカメオを見つめ、通りに面した二階建ての家の屋根の上に、それを力いっぱい放り投げた。それから、彼はまた歩きはじめた。侍者のパーティーなんてくそくらえだ。アルトゥーロはもう、なにも食べる気がしなかった。

第七章

クリスマス・イヴ。ズヴェーヴォ・バンディーニはわが家を目指していた。新しい靴を履き、むっつりとした表情を浮かべ、胸にやましさを抱えていた。バンディーニ氏よ、立派な靴じゃないか。いったいどこで見つけてきたんだ？　お前には関係ない。彼のポケットには金が入っていた。彼は金を握りしめた。バンディーニ氏よ、どこでその金を手に入れた？　ポーカーだ。俺は十日間、ポーカーしてたんだ。

それはそれは！

けれどこれは彼の事情だ。そしてもし、妻がこの話を信じなかったとして、だからどうした？　黒い靴で雪を蹴散らしながらバンディーニ氏は前に進んだ。真新しい鋭利な踵が、雪を叩き切っていた。

みんな、バンディーニ氏を待ちかまえていた。どういうわけか皆がみな、もうすぐバンディーニ氏が帰ってくると分かっていた。屋敷そのものが、彼の帰宅を予感していた。準備は万端。窓辺のマリアは、すさまじい勢いでロザリオの祈りを唱えていた。なにかに急きたてられているみたいだった。あとわずかしか時間はない。彼が帰ってくるまでに、ひとつでも多くの祈りを捧げなければ。

メリー・クリスマス。子供たちはプレゼントの包みを開けた。三人ともひとつずつプレゼントを受けとった。トスカーナお祖母ちゃんから届いたパジャマだった。彼らはパジャマを身につけ、方々に腰を下ろし、それから……待った。なにを？　宙ぶらりんの状態は心地良かった。なにかが起きようとしていた。青と緑のパジャマだった。ほかになにもすることがなかったから、彼らはとりあえずパジャマを着た。けれどなにかが起きようとしていた。それはじつに愉快な時間だった。もうすぐ父が帰ってくると考えながら、それについてはなにも話さず、静かにじっと待ちつづけた。

案の定、フェデリーコが台なしにした。

「今夜はきっと、お父さん帰ってくるね」

魔法が解けた。誰もが胸のうちで考えていたことだった。静かに、ひとりで。フェデリーコは口を開いたことを後悔し、どうして誰も返事をしてくれないのだろうと訝しんだ。

ポーチに足音が響いた。男だろうと女だろうと、地球上の誰であろうとポーチの階段に足は乗せられる。けれど、あんな音を響かせられる人物はひとりしかいなかった。三人はマリアを見つめた。彼女は息をとめ、あと一回、大急ぎで祈禱を唱えた。玄関の扉が開き、彼がなかに入ってきた。彼は注意深く扉を閉めた。まるで、扉を閉める技法の探求にこれまでの全生涯を費やしてきたかのような閉め方だった。

「よお」

ビー玉を盗んでいるところを見つかった少年ではない。靴をぼろぼろにしてお仕置きされた犬ではない。彼はズヴェーヴォ・バンディーニ、ひとりの妻と三人の息子がいる大の男だった。

「マンマはどこだ?」まっすぐにマリアを見つめながらズヴェーヴォが言った。真面目な質問ができることを証明したがっている酔っ払いみたいだった。マリアは居間の隅にいた。そこにいるとあらかじめ分かっていた。ついさっき、窓に浮かぶマリアの影を通りから確認し、ぞくりと身を震わせたばかりだったから。

「あぁ、そこにいたのか」

お前が憎い。マリアは思った。わたしの指で目玉を裂いて、お前をめくらにしてやりたいよ。けだものめ、お前はわたしを傷つけた、お前を傷つけるまでわたしに安息は訪れないんだ。

新しい靴を履いたお父さん。ズヴェーヴォが歩くたび、靴はきゅっ、きゅっと音を立てた。たくさんの小さな鼠が、靴のなかを走りまわっているようだった。彼は部屋を横切って洗面所に向かった。妙な感じだった。いつもどおりの父さんが、また家に戻ってきた。

お前なんか死ねばいい。もう二度とわたしに触れるな。お前が憎い、あぁ、お前はなんてことをしてくれた、わたしの夫よ、わたしはお前が心底憎いよ。

居間に戻ってきたズヴェーヴォは、妻に背を向けて部屋の真ん中に立った。ポケットから金を取りだし、息子たちに言った「店が閉まる前に、みんなで町に買い物に行こう。お前たちと、俺と、マンマと、みんなで出かけて、全員分のクリスマスプレゼントを買ってくるんだ」

「僕、自転車が欲しい!」これはフェデリーコ。

「よーし、お前には自転車を買ってやる！」

アルトゥーロは欲しいものが思いつかなかった。同じく、アウグストも。自らの為した悪がバンディーニ氏を内側から苛んでいた。けれど彼は笑いを浮かべ、家族みんなのプレゼントを見つけに行こうと張り切っていた。ものすごいクリスマスになるぞ。今までにない、最高のクリスマスだ。

あいつの腕に抱かれたほかの女の姿がわたしには見える、あいつの服からその女のにおいがする。女の唇があいつの顔を這いずりまわり、女の両手があいつの胸をまさぐったんだ。吐き気がするね、この手で息の根をとめてやりたいよ。

「さて、マンマにはなにを買ってやればいいかな？」

ズヴェーヴォはうしろを振りかえりマリアと向き合った。紙幣を扇のかたちに広げ、そこに視線を落とした。

「見ろよこの金！　ぜんぶマンマにあげた方がいいかもな、どうだ？　これはぜんぶ、父さんがカードで勝って稼いだんだ。父さんにカードをやらせりゃ、これくらいはわけないんだよ」

ズヴェーヴォは視線を上げマリアを見つめた。彼女は両手で椅子の肘掛けを固く握りしめていた。今にも飛びかかってきそうな面相だった。マリアを恐れている自分にズヴェーヴォは気がついた。可笑しみではなく恐れのために、彼は笑った。自らの為した悪が彼の勇気を怯ませていた。扇形の紙幣をズヴェーヴォは突きだした。五ドルに一〇ドル、はては一〇〇ドル札さえあった。これから罰を受ける囚人のように、彼はその顔に卑屈な笑みを貼りつけていた。身をかがめ、マリアの前に紙幣を差しだし、かつての言葉を、二人の言葉を、彼と彼女の二人のあいだでしか通じない言語を取りもどそうとあがいていた。マリアは怖気を震いながら椅子にしがみついていた。夫の顔に、罪という名の蛇がぞっとするような傷を負わせていた。その醜い相貌に尻ごみせぬよう、マリアは必死だった。どこまでも滑稽なへつらいの表情を取り繕って、ますます彼が背を丸め、マリアの髪からほんの数センチのところまで近づくと、もはやマリアはこらえきれず、あらゆる自制をかなぐり捨て、彼女自身も驚嘆したほど唐突に、十本の長い指を、力の漲る十本の長い指を彼の眼に突きたて、引き裂き、悲鳴とともに後ずさる彼の顔からは何本もの血の筋が溢れ、ぼたぼたと流れ落ちる赤い雫がシャツの前身頃や、彼の首や、シャツのカラーを染めていった。もちろんそれはバンディーニ氏の眼だった、なんてこった、俺の眼が、俺の眼が！　バンディーニ氏は後ずさり、壁にもたれかかって両手で眼を覆った。痛みのあまり顔が湯気を立てていた。眼から手を離すのが怖かった、盲目になったのではないかと思うと恐ろしかった。

「マリア」バンディーニ氏は泣きじゃくった「なんてこった、お前、なんてことしてくれた？」

眼は見えた。赤いカーテンをとおして、ぼんやりと視界が開けてきた。彼は足をよろめかせた。

「あぁ、マリア、なんてことしてくれた？　なんてことしてくれた？」

部屋のなかをズヴェーヴォはふらふらとめぐり歩いた。息子たちの泣き声が聞こえた。アルトゥーロが小さな声でつぶやいていた「うわっ……」ぐるぐるぐるぐる、ズヴェーヴォは部屋をうろつきまわった。瞳が血と涙で溢れかえっていた。

「ジェズ・クリスト、俺はどうなっちまったんだ？」

ズヴェーヴォの足下には緑色の紙幣が散らばっていた。新しい靴を履いた足がよろよろと札を踏みこえ、踏みつけ、黒光りするつま先に小さな赤い雫が降りかかった。前へ後ろへ歩を進め、うめきを上げ、手探りで玄関までの道すじを捜した。冷たい夜へ、雪のなかへ、白い塊がどっさりと積もるあたりへズヴェーヴォはさまよい出た。そのあいだも、ずっとうめき声をあげていた。大きな手で雪を水のようにすくい、火照る顔にぎゅっと押しつけた。白い雪が繰りかえし赤に染まり、彼の手から大地へとこぼれ落ちていった。家のなかでは新しいパジャマを着た三人の息子が石になったように固まっていた。玄関の扉は開け放たれたままだった。空から降ってきたリネンで顔を拭いているズヴェーヴォ・バンディーニの姿は、部屋の真ん中に吊るされた灯りのせいでよく見えなかった。椅子にはマリアが坐っていた。彼女はぴくりとも動かぬまま、部屋じゅうに散らばった血と金を見つめていた。

ばか女。アルトゥーロは思った。地獄に堕ちろ、このばか女。

アルトゥーロは泣いていた。父が味わった屈辱を思うと胸が苦しかった。少年の父、いつだって頼もしく力強かったあの男。その彼が目の前で、まごつき、傷つき、涙を流していた。けっして泣いたことのない、けっしてまごついたことのないあの父が。アルトゥーロは父親の隣にいたかった。靴を履き、大急ぎで外へ飛びだした。バンディーニ氏はそこにうずくまり、息を詰まらせ、体を震わせていた。けれど、せわしい息遣いの合間に聞こえてくる言葉を聞いて、アルトゥーロの心は軽くなった。父の怒りを、父の罵りをアルトゥーロは聞いた。復讐を誓う父の声を聞いてアルトゥーロはぞくぞくした。殺してやる、くそ、殺してやる。どうやらズヴェーヴォは自分を取りもどしつつあった。すでに雪が出血をとめていた。彼は息を切らしながら立ち上がり、血まみれの服や、緋色の染みが飛び散った両手をじっと見つめた。

「借りは返すぞ」ズヴェーヴォが言った「サングエ・デッラ・マドンナ！　忘れやしないぞ、ぜったいにな〔「サングエ・デッラ・マドンナ」はイタリア語。直訳すると「聖母の血」の意だが、ここでは「くそ！」「ちくしょう！」に近い悪罵〕」

「父さん……」

「なんだ？」

「なんでもない」

「なら家に戻れ。頭のいかれたお前たちの母親のところに戻れ」

それで終わりだった。ズヴェーヴォは歩道まで雪をかき分けて進み、通りを大股で歩いていった。夜空を見上げ去っていく父の姿を、少年は眺めていた。それが父の歩き方だった。とはいえ今夜は、その確固たる意志にもかかわらず、父は足をふらつかせていた。そして……ほんの数メートル歩いただけで、父は立ちどまり振りかえった。「お前たち子供は、楽しいクリスマスを過ごすんだ。あの金を持って街に出かけろ。欲しいものを買ってこい」

ズヴェーヴォはまた歩きはじめた。顎を突きだし、冷たい空気のなかを蛇行し、ひとまずは血のとまった深い傷の痛みをこらえていた。

少年は家に戻った。床の上に金は見当たらなかった。フェデリーコの姿が目に入った。痛ましくむせび泣く末の弟が、五ドル紙幣の切れ端を差しだしてきた。なにが起きたのかアルトゥーロは悟った。彼はストーブの蓋を開けた。焼かれた紙の黒い燃えさしが、かすかに煙を立ち昇らせていた。ストーブの蓋を閉め、床を隅々まで眺めまわした。渇いた血の染みのほかは、なんの痕跡もなかった。憎悪をこめて彼は母を見つめた。マリアは身じろぎもせずに坐っていた。瞳を動かしさえしなかった。けれど口だけは開いたり閉まったりしていた。なぜならマリアは、ロザリオの祈りを再開していたので。

「メリー・クリスマス！」皮肉たっぷりにアルトゥーロが言った。

フェデリーコがわっと泣いた。アウグストは動揺のあまり口がきけずにいた。

うーん、ほんとうに、メリー・クリスマス。あぁ、父さん、あの女をやっつけてよ！　僕と父さんでやってしまおうよ。だって僕は父さんがどんな思いをしたか分かってるから。だって僕にも同じことが起こったから。だけど父さん、父さんは僕と同じようにすべきだった。僕のようにあの女を叩きのめすべきだった。そしたらきっと気持ち良かったのに。だって父さん、父さんは僕を殺そうとしてるんだよ、顔から血を流してひとり歩きまわってる父さんが、僕を殺そうとしてるんだよ。

彼は外に出てポーチに腰かけた。夜が父に満たされていた。雪の上の赤い染みを彼は眺めた。そこはバンディーニ氏がのたうちまわり、顔に雪をこすりつけるためうずくまっていたあたりだった。あれは父さんの血だ、あれは僕の血だ。彼はポーチから降りて、赤い染みがきれいに消えるまで雪を蹴りとばした。これは誰も見ちゃいけないんだ。誰も、ぜったいに。それから彼は家のなかに戻った。

母はさっきと同じ場所にいた。あぁ、少年はどれほどこの母親が憎かったことか！　アルトゥーロはマリアの手からロザリオを乱暴にひったくり、それをばらばらにしてしまった。母はそんな息子を、殉教者のような面持ちで見つめていた。外に出ていくアルトゥーロのあとを追うためマリアは立ち上がった。息子の手にはばらばらになったロザリオの玉が握られていた。彼はそれを、まるで種でも撒くかのように、雪のなかへ思いきり放り投げた。マリアはアルトゥーロの脇を通りすぎ、雪のなかへ歩みを進めた。

眼の前で繰り広げられた光景に、アルトゥーロは肝をつぶした。母が四つんばいになって、真っ白な大地をのそのそと這っていた。マリアはぼんやり周囲に視線を泳がせた。杯のかたちにした手で雪をすくい、まずはここ、次はあそこと、ロザリオの玉を見つけだしていった。アルトゥーロは嫌悪を覚えた。マリアが触れていたのはほかでもない、さっき父親の血が雪を赤色に染めたあたりだった。

地獄に堕ちろよ。母のことは放っておいて、アルトゥーロは庭を去った。父に会いたかった。服を着替え、通りを歩いていった。メリー・クリスマス。町はいたるところ緑と白に飾りつけられていた。ストーブにくべられた一〇〇ドル札……けれどアルトゥーロに、弟たちに、いったいなんの関係がある？　清らかな、やましいところのない生を送りたいなら、どうぞ好きにすればいい。けれどなぜ、少年たちまで苦しまなければならないのか？　アルトゥーロの母は神を抱えすぎだった。

どこへ行こう？　それは彼にも分からなかった。ただ、家で母の近くにいるのはごめんだった。父の気持ちはよく分かった。男にはそういうことも必要だから。なにも手に入れないで生きていくのは、いくらなんでもつまらない。もしアルトゥーロが、マリアとエッフィー・ヒルデガルドのどちらかを選べるなら、そりゃあエッフィーを選ぶだろう。イタリア女が中年を迎えると、足は細くなるわ腰まわりの容積は増すわ胸は垂れるわで、かつての輝きをすっかり失ってしまうのが常だった。アルトゥーロは四十歳になったローザ・ピネッリを想像しようとした。ローザの足はマリアのそれのように細くなるだろう。ローザの胃はぽっこりと膨らむだろう。けれど彼にはそれが想像できなかった。だってローザは、あんなにもかわいいから！　むしろローザには死んでほしいと彼は思った。病がローザを蝕みついには葬儀が営まれる光景をアルトゥーロは思い描いた。そうなったら嬉しいだろうなぁ。

死の床につくローザの枕元にアルトゥーロは立つだろう。ローザは熱っぽい指でアルトゥーロの手を弱々しく握り、もうすぐわたしは死ぬのよと告げるだろう。するとアルトゥーロは答えるだろう、ローザ、かわいそうに。これがきみの定めなんだ、だけど僕はずっときみを覚えているよ。それから葬式、すすり泣き、そして地中に埋められるローザ。けれどアルトゥーロは冷めた態度を崩すことなく、静かにその場に立ちつくし、大いなる夢を胸に抱いて小さく笑いを浮かべるだろう。数年後のヤンキー・スタジアム。観衆の声援が轟きわたるなか、アルトゥーロはひとりの少女を、かつて死の床にありながら彼の手を握りしめ許しを請うたあの少女を思いだすだろう。ほんのつかのま思い出に浸ってから、アルトゥーロは観客席の女性たちの方を振りかえり、こくりと頷いてみせるだろう。アルトゥーロのファンの女性のなかには、イタリア女はひとりもいないだろう。何ダースもいる女性たちは、みんなブロンドで、背が高くて、ニコニコ笑っていて、エッフィー・ヒルデガルドにそっくりで、そんなにたくさんいるのにイタリア女はひとりもいないだろう。

だから父さん、あの女をやっつけてよ！　なぁ、僕は父さんの味方だって。いつの日か、僕も同じことをするんだよ。いつの日か、スタジアムでエッフィーみたいな恋人といっしょに過ごすんだよ。その女は僕の顔を引っ掻いたりしないんだ、僕をちっぽけな泥棒と呼んだりしないんだ。

それにしても。ローザが死のうとしていないなんて、どうして分かる？　もちろんローザは死のうとしてる、どんな人間だって一分一秒ごとに墓場に近づいているもんな。しかしよくよく考えてみよう。おいおい、嘘だろ、ローザはほんとうに死のうとしてるぞ！　彼の友人のジョー・タナーは去年どんな目に遭った？　自転車に乗っていたところを轢かれて死んだ。ある日あいつは生きていた、次の日あいつは死んでいた。それにネリー・フレージャーはどうなる？　あいつの靴のなかには小さな石ころが入っていた。あいつはそれを取り除けなかった。そうして血のなかを毒がめぐり、あっというまに死んでしまい、学校のみんなで葬式に参列した。

あのおぞましい逢瀬のあと、ローザが車に轢かれて死んでいないとどうして分かる？　機会はあるさ。雷に打たれて死んでいないとどうして分かる？　よくあるじゃないか、そういうこと。なぜそれがローザの身に起きてはいけないんだ？　もちろん彼は、ローザに死んでほしいなんて少しも思っていなかった。誠心誠意、わが十字架に誓って、そんなこと望んでいなかった。けれど、それでもやっぱり機会はあった。かわいそうなローザ、あんなにも若く、かわいくて……そして死んだ。

アルトゥーロは繁華街をぶらぶらとうろついた。あたりを行き交うのは、荷物を抱えて家路を急ぐ人ばかりだった。「ウィルクス・ハードウェア・カンパニー」の前で立ちどまり、スポーツ用具が飾ってあるショーウィンドーをじっと見つめた。雪が降りはじめた。彼は山を眺めた。黒い雲が山肌に染みをつけていた。奇妙な感覚が彼を捉えた。ローザ・ピネッリが、死んだ。ローザは死んだ。アルトゥーロは確信した。確かめるには、パール通りを南に三区画、一二番通りを東に二区画歩いていくだけでいい。行ってみよう、ピネッリ家の玄関には、きっと弔いの花輪が掲げられている。その確信はあまりに深く、彼は家の方角へただちに一歩を踏みだした。ローザが死んだ。彼は予言者だった、人知を超えた事柄を理解する力を天から授かっていた。こうしてついに、それは起こった。彼が望んだことは現実になる、ローザは遠いところへ行ってしまった。

やぁ、やぁ、不思議な世界よ。眼差しを空に向けると、地球へと降りおちる幾百万もの雪の粉が視界に飛びこんできた。ローザ・ピネッリの最期。アルトゥーロは大きな声で、架空の聴衆に話しかけた。わたしは「ウィルクス・ハードウェア」の前に立っていました、すると唐突に予感を覚えたのです。そこでわたしは彼女の家に向かいました、えぇ、そうです、扉には花輪が飾ってありました。ローザはほんとうに良い子でした。もちろん、彼女の亡骸と顔を合わせるのは、ひどくつらいことでした。アルトゥーロは急いでいた。予感が弱まりつつあった。彼はいっそう歩を速めた。予感が持ちこたえるよう加速した。彼は泣いていた。あぁ、ローザ、たのむ死なないでくれ、ローザ。僕がそこに着くまで生きていて！　もうすぐ着くよ、ローザ、わが愛。チャーター便でヤンキー・スタジアムから直行してきたんだ。裁判所の芝生の真上に着陸させたものだから、僕を見るために集まっていた三〇〇人もの野次馬を危うく殺してしまうところだったよ。だけど僕はやり遂げたよ、ローザ。僕はここだよ、僕はここにいる、きみの枕元にいる、間に合ったのさ、医者が言うにはきみはもう大丈夫らしい、だから僕は行くよ、もう二度と会うこともないだろうね。ヤンキースに戻らなきゃ、ローザ。フロリダだよ、ローザ。春季キャンプだよ、ローザ。ヤンキースだって僕が必要なんだ。けれど僕がどこにいるのか、きみには分かるんだよ、ローザ、ただ新聞を読むだけで、きみにはそれが分かるんだよ。

ピネッリ家の玄関の扉には弔いの花輪は掲げられていなかった。彼がそこに見たものとは？　恐怖のあまり、アルトゥーロは息を飲んだ。雪に遮られた視界が開けるまでじっと待った。そこに飾ってあるのは、クリスマスの花輪だった。彼は嬉しかった。吹雪のなかへ全速力で駆けだした。もちろん嬉しかったさ！　人が死ぬところを見たいやつがどこにいる？　けれど彼は嬉しくなかった、少しも嬉しくなかった。彼はヤンキースのスターではなかった。チャーター便で来たのではなかった。フロリダに行く予定はなかった。それはコロラドのロックリンで過ごすクリスマス・イブだった。悪魔のように雪が吹き荒れ、父親はエッフィー・ヒルデガルドという名前の女と暮らしていた。父の顔は母の指に引き裂かれ、今ごろ母は祈りを唱えているに違いなく、弟たちは泣きじゃくり、居間のストーブのなかの燃えさしはかつて一〇〇ドル札だった。

メリー・クリスマス、アルトゥーロ！

第八章

ロックリンの西のはずれへとつづく、細く曲がりくねった一本道は、降りしきる雪に埋もれて息も絶えだえの様子だった。雪が激しく吹き荒れていた。道はやがて上り坂となり、西に進むにつれて傾斜が増していった。坂を超えた先には山が見えた。雪め！　雪が世界を窒息させていた。行く手には青白い虚空と、くねくねと伸びる細長い小道が見えるばかりだった。油断のならない道だった。発育不全の松の木を迂回した先、いたるところによじれや窪みが隠れていた。背丈の低い松の木々は物欲しげに白い腕を伸ばし、すぐそばの小道をつかまえようとしていた。

マリア、お前はズヴェーヴォ・バンディーニになにをした？　俺の顔になにをした？

怒り肩の男が足をよろめかせつつ歩いていた。腕と背中が雪に覆われていた。急な坂に差しかかった。彼は大胆に足を踏みだした。深く積もった雪に足を取られながら、かちこちに凍った地面を苦労して進んでいった。

バンディーニ氏よ、どこへ行く？

ついさっき、さかのぼること四五分足らず、彼はこの道を急ぎ足で歩いていた。神もはっきり認めるとおり、二度とこの道を戻るまいと固く心に誓っていた。四五分……まだ一時間さえたっていなかった。けれど事態は急転し、忘れようと決めていたこの道を、彼はまた引き返していた。

マリア、なんてことしてくれた？

血に染まったハンカチがズヴェーヴォ・バンディーニの顔を覆い、冬の憤怒がズヴェーヴォ・バンディーニの全身を覆っていた。ヒルデガルド未亡人のもとへ引き返すため、険しい坂道をよじ登っていた。這うように前へと進み、雪の粉に向かって話しかけていた。そう、雪に向かって語るのだ、バンディーニ氏よ。かじかんだ手を振りまわし、雪へと語りかけるのだ。バンディーニ氏はむせび泣いた。大の男が、四十二歳の大人が、めそめそと泣いていた。なぜならこの日はクリスマス・イブで、彼は罪へと立ち返りつつあり、けれどほんとうは、彼の子供たちの隣で過ごしたかったから。

マリア、なんてことしてくれた？

こういうわけなんだ、マリア。十日前、お前の母親が手紙を書いてよこした。俺は頭にきて家を出た。俺はあの女には我慢ならない。あの女が家に来るなら、俺は家にはいられない。だから俺は家を出た。苦労の種が山ほどあるんだ、マリア。息子ども。屋敷。雪。今夜の雪を見てみろ、マリア。こんな天気でれんがを積めるか？　俺は苦しかった。そこへお前の母親の手紙だ。だから俺は考えた。町に出て何杯か引っかけてこようと俺は決めた。なぜって俺は、苦労の種ばかり抱えてるんだからな。なぜって俺は、三人もの息子を抱えてるんだからな。

あぁ、マリア。

彼は町中に出てインペリアル・プールホールを覗いた。そこには友人のロッコ・サッコーネがいた。自分の部屋に行こうとロッコは彼を誘った。俺の部屋で酒を飲み、葉巻を吸い、語り合おうじゃないか。彼とロッコは幼なじみだった。寒い一日、葉巻の煙でいっぱいになった部屋のなか、二人の男はウィスキーを飲みながら語らっていた。もうすぐクリスマスだ。軽く飲もうや。ハッピー・クリスマス、ズヴェーヴォ。グラーツィエ、ロッコ。ハッピー・クリスマス。

ロッコは友人の顔をまじまじと眺め、なにかあったかと彼に尋ねた。だからバンディーニ氏は説明した。金がないのさ、ロッコ、そしてガキどもにクリスマスだ。おまけに俺の姑ときたら……くたばりやがれ、くそ。ロッコもやはり貧しかった。けれどバンディーニ氏ほどには貧しくなかった。そこで彼は友人に一〇ドルを差しだした。バンディーニ氏に、その金を受けとることなどできただろうか？ この友人からはすでにたくさんの金を借りていた。これ以上はもう、借りをつくるわけにはいかなかった。いいんだ、ロッコ。俺はお前の酒を飲ませてもらってる。それだけでじゅうぶんだ。では、われらの懐かしき日々に、アッラ・サリューテ！［イタリア語。「乾杯」の意］

一杯を空にするとまた一杯、足元にスチーム暖房の置かれた部屋で、二人はグラスを傾けつづけた。そこはロッコが暮らしているホテルだった。ドアの向こうで呼び鈴が鳴った。一回。そしてまた一回。それは電話の報せだった。ロッコは飛びあがり、電話が置いてある受け付けへ駆けていった。しばらくしてからロッコが戻ってきた。その顔は喜びに和んでいた。ホテルにはロッコ宛てにたくさんの電話がかかってきた。というのも、彼は「ロックリン・ヘラルド」に次のような広告を載せていたから。

ロッコ・サッコーネ。れんが積み工、石工。あらゆる修理承ります。コンクリート仕事歓迎。
お電話はＲ・Ｍ・ホテルまで。

こういうわけなんだ、マリア。ヒルデガルドという名前の女がロッコに電話をかけてきて、自宅の暖炉の調子が悪いとロッコに伝えたんだ。ロッコさん、すぐにうちまで来て、修理していただけますか？

バンディーニ氏の友、ロッコ。

「お前が行け、ズヴェーヴォ」ロッコは言った「クリスマスの前に、いくらか小銭を稼げるだろ」

これが発端だった。ロッコの仕事道具が入った袋を背中にしょって、ズヴェーヴォはホテルをあとにした。町を横切り、西のはずれを目指して進んだ。彼はまさしくこの道を、十日前の夕方に歩いていた。まさしくこの坂道を彼は登った。ちょうどそこの木の下にシマリスが佇み、通りすぎるズヴェーヴォの姿を眺めていた。暖炉の修理にたいする数ドルの報酬。たぶん、三時間かそこらの仕事だろう。二、三ドルってとこだ。

未亡人のヒルデガルド？　彼女がどこの誰なのか、もちろんズヴェーヴォは知っていた。このロックリンに、ヒルデガルドを知らないものなどいるだろうか？　住民の数はせいぜい一万人。そしてその女性は、町のほとんどの土地を所有していた。ここに暮らす一万人のなかに、ヒルデガルドを知らないやつなどいるだろうか？　たとえ面識がなかろうとも、彼女とすれ違えば誰だって挨拶くらいは送ってみせた。ヒルデガルドとはそういう女だった。

まさしくこの道だった。十日前のことだった。肩には少量のセメントと、三〇キロはある石工の仕事道具を背負っていた。ヒルデガルド邸を目にするのは、そのときが初めてだった。立派な石造りの館として、ロックリンでは有名な屋敷だった。そこに着いたのは夕方だった。石造りの白い屋敷が、背の高い松の木々のあいだにたたずんでいた。それはまるで、ズヴェーヴォの見る夢がそのまま現実になったような光景だった。ズヴェーヴォはひどく惹きつけられた。懐に余裕さえあれば、いつの日か自分もこんな土地を持ってみたかった。長いあいだその場に立ちつくし、ずっと屋敷を眺めていた。この館を建てる仕事に、自分も参加できたらよかったのにと彼は思った。それは石工にとって大きな喜びに違いなかった。白くて細長いあの石を、この手で操ってみたかった。それは石工の手許にあってはふんわりと柔らかく、それでもなお、ひとつの文明より長持ちするほどに頑強な石たちだった。

かかる屋敷の白い扉へ近づいて、よく磨かれた、狐の頭のかたちをした真鍮のノッカーに手を伸ばすとき、男はなにを考えるものだろうか?

間違ってたよ、マリア。

未亡人が扉を開けるそのときまで、ズヴェーヴォは彼女と言葉を交わしたことはなかった。その女はズヴェーヴォよりも背が高かった。大柄のふくよかな女だった。やぁ、なんて美人だ。マリアには似ていなかった。けれどなんにしたって、美人ではあった。髪は黒く、瞳は青く、見るからに金を持っていそうな女だった。

仕事道具の入った袋が、ズヴェーヴォの素性を明かしていた。

それじゃ、あなたがれんが積み工のロッコ・サッコーネさんね。ごきげんいかが？

いや、俺はロッコの友人です。ロッコは体調を崩してるもんで。

暖炉を直していただけるなら、どなたでもかまいませんわ。お入りになって、バンディーニさん、暖炉はあちらです。こうして彼は屋敷に入った。片手に帽子を、もう片手に仕事道具の袋をぶら下げていた。見事な屋敷だった。床にはインディアン柄の絨毯が敷かれ、天上には大ぶりの梁が渡してあり、木造部分は明るい黄色のラッカーで仕上げてあった。屋敷全体で二万ドル、あるいは三万ドルかかっていてもおかしくなかった。

男には、妻に言えないことがある。その美しい部屋を横切るあいだにズヴェーヴォを覆いつくした身の縮むような思い。穴があき雪に濡れた靴が、黄色く輝く床をつかまえ損ねて足をよろめかせたときの決まり悪さ。はたしてマリアに理解できるだろうか？　その魅力的な女性が、ふとズヴェーヴォに憐れみを抱いたことを、はたしてマリアに話せるだろうか？　そう。たとえ彼女に背を向けていたとはいえ、彼はたしかに感じていた。ズヴェーヴォが、そわそわと落ち着かないズヴェーヴォの態度が、未亡人の心に束の間の当惑を呼び起こしていたことを。

「この床、とっても滑るでしょう？」

未亡人は笑った「わたしなんか、しょっちゅう転んでしまって」

けれどそれは、ズヴェーヴォの狼狽を覆い隠すための助け船だった。ズヴェーヴォの気持ちを軽くするための、ちょっとした心遣いだった。

暖炉の不具合はさして深刻でもなかった。煙道の内側のれんがのなかに、はめこみの緩くなっているものが二つ三つあるだけで、一時間もあれば済む仕事だった。けれど職人には抜け目のない手管があり、未亡人は裕福だった。点検を終えて暖炉から身を離したズヴェーヴォは、材料費も含めて合計一五ドルの仕事になると彼女に告げた。未亡人に異論はなかった。あとあとになってからズヴェーヴォは、胸が塞がるような思いにとらわれた。未亡人があんなにも気前が良かったのは、俺の履いている靴のせいか。暖炉を調べるためにズヴェーヴォが床に膝をついているあいだ、未亡人は壊れた靴底をその目で見ていた。ズヴェーヴォの全身を眺めまわす未亡人の視線や、憐れみに満ちたその微笑みには、冬を素肌で受けとめているズヴェーヴォにたいする同情が宿っていた。そんなこと、マリアに話せるわけがなかった。

お坐りになって、バンディーニさん。

ズヴェーヴォが勧められたのは、なまめかしいほどに心地よさそうな読書用の椅子だった。未亡人の世界からやってきた椅子だった。ズヴェーヴォはそれに腰かけ足を伸ばし、明るい部屋を見まわした。本や古い家具でいっぱいだったけれど、どの調度品も小ぎれいに並べられていた。教育という奢侈のなかに、教育ある女が安らっていた。彼女はソファーに坐っていた。混じりけのない絹がふくよかな両足を包んでいた。きょろきょろとさまようズヴェーヴォの視線の先で、未亡人が豊かな足を組み直すたびに、絹のこすれ合う柔らかな音があたりに響いた。坐って話しましょうとヒルデガルドは言った。ズヴェーヴォは恐縮して口もきけなかった。未亡人がなにを言っても、ふんふんと満足げに鼻を鳴らすばかりだった。豊かで確かな言葉たちが、豪奢な喉の奥深くから流れだしていた。ズヴェーヴォは未亡人についてあれこれと考えをめぐらした。ズヴェーヴォの眼差しは、傷ひとつない未亡人の世界への好奇心でいっぱいだった。ひどく滑らかで、ひどくまぶしかった。まるで、彼女の見事な足の贅沢な丸みを包みこんでいる、豊かな絹のような世界だった。

未亡人がなにを話したかマリアが聞いたら、きっとあいつはせせら笑うだろう。ズヴェーヴォの喉はかちこちに強ばっていた。不可思議な光景を前にして、息を吸うこともままならなかった。そこに彼女が、裕福なヒルデガルド婦人が、一万ドルか、ひょっとしたら二万ドルの財産を持つ女が、ほんの一メートル先に坐っていた。体を傾けさえすれば、この手で触れられるほどに近かった。

それじゃ、あなたはイタリア人なのね？　素晴らしいわ。去年イタリアを旅行してきたばかりなの。美しかった。あなたはご自身が受け継いだ遺産を心から誇るべきよ。西洋文明の揺籃の地はイタリアであること、ご存知？　カンポ・サントを、サン・ピエトロ大聖堂を、ミケランジェロの絵画を、紺碧の地中海をご覧になって？　リヴィエラの海岸は？

いいや。ズヴェーヴォはなにひとつ見たことがなかった。彼は飾り気のない言葉で、自分はアブルッツォの出身であり、北へはついぞ行かず、ローマを訪れた経験さえないことを未亡人に告げた。彼は少年のころから苛酷な労働に従事してきた。ほかのことをする時間など彼にはなかった。

アブルッツォ！　未亡人はなんでも知っていた。ならもちろん、ダンヌンツィオの作品はお読みになったでしょう？　彼もやっぱり、アブルッツォの出身ですものね。

いいや。ズヴェーヴォはダンヌンツィオを読んでいなかった。名前は聞いたことがあった。けれどその本は読んでいなかった。そりゃあ、郷里から生まれた立派な作家だということは知っていた。ズヴェーヴォはありがたかった。ダンヌンツィオに感謝した。二人のあいだに、ようやくなにがしかの接点が生まれた。けれど残念なことに、その話題についてズヴェーヴォには、これ以上なにも言うべきことがなかった。まるまる一分ものあいだ、未亡人はズヴェーヴォを見つめていた。表情に欠けた青い瞳が、ズヴェーヴォの口許にじっと眼差しを注いでいた。彼はいたたまれなくなって顔を背けた。部屋を横切るどっしりとした梁や、フリルのついたカーテンや、いたるところに丁寧に散りばめられた装飾用の小間物のあいだに、ズヴェーヴォは視線を泳がせた。

親切な女だったよ、マリア。よく気のつく女だった。俺に救いの手を差しのべて、会話の糸口を与えてくれた。レンガを積むお仕事はお好き？　ご家族はいらっしゃるの？　子供が三人？　素敵ね、わたしも子供が欲しかったわ。奥様もイタリア人？　ロックリンに暮らしはじめて長いのかしら？　天気。未亡人が天気に触れた。よしきた。ズヴェーヴォは口を開き、天気のもたらす受苦にかんして思いつくまま言葉を並べた。ほとんどすすり泣くようにして、自らの窮状を、陽の当たらない寒い日々にたいする激しい憎悪を訴えてみせた。ズヴェーヴォの吐きだす苦い直情に恐れをなし、未亡人は腕時計に視線を落とした。明日の朝に戻ってきて、暖炉の仕事を始めてほしいと彼女は告げた。帽子を手に提げ扉の前に立ち、ズヴェーヴォは未亡人の別れの挨拶を待っていた。

「帽子をおかぶりになって、バンディーニさん」彼女は微笑んだ「風邪をひいてしまうわ」ズヴェーヴォはにっと笑った。腋の下と首筋に脂汗をかいていた。帽子を頭にぐっと押しつけ、どぎまぎとうろたえ、そのまま一言も口をきかなかった。

その夜はロッコの部屋に泊まった。隣にいたのはロッコなんだ、マリア、未亡人じゃない。翌日、建材の販売業者で耐熱性のれんがを購入してから、ズヴェーヴォは暖炉を修理するため未亡人の屋敷に戻った。絨毯の上にキャンバス地を広げ、バケツのなかでモルタルをこねた。はめこみが緩くなった煙道の内側のれんがを取り除け、そこに新しいれんがをはめた。この仕事に丸一日を費やそうと決めたズヴェーヴォは、れんがをすべて取り除いてしまった。ほんとうなら、一時間ほどで終えられるはずの作業だった。二つか三つのれんがを取り替えればじゅうぶんだった。ところが実際には、昼になっても仕事は半分しか終わっていなかった。やがて未亡人が現われた。甘く香るいくつもの部屋のなかのひとつから、足音も立てずに近づいてきた。またもや喉がぴんと張った。またもや彼は笑うことしかできなくなった。修理は順調に進んでいるかしら？　ズヴェーヴォの仕事ぶりはじつに入念だった。ズヴェーヴォが積んだれんがの表面には、モルタルの汚れはいっさい付着していなかった。キャンバス地さえ汚れておらず、古いれんがは隅の方に几帳面に重ねられていた。未亡人はそれに気がつき、ズヴェーヴォは嬉しくなった。暖炉のなかの新しいれんがをよく見ようとして、未亡人が身をかがめた。滑らかな布地に包まれた未亡人の臀部は、床に近づくにつれますますふっくらと丸みを帯びた。けれどそれも、ズヴェーヴォの情欲を呼び覚ましはしなかった。そうなんだ、マリア。未亡人のハイヒールも、薄手のブラウスも、黒い髪から漂うほのかな香りも、道ならぬ不義の思いをズヴェーヴォに抱かせはしなかった。前の日と同じように、ズヴェーヴォはただただ、驚嘆と好奇の眼差しでもって未亡人を見つめていた。一万か、ひょっとしたら二万ドルも、この女が銀行にためこんでいるのか。

昼食を取るために町まで出かけるというズヴェーヴォの言葉を、未亡人は頑として受け入れなかった。彼女はそれを聞くなり、この家に残って客人としてもてなされるよう、ズヴェーヴォに強く要請した。ズヴェーヴォの瞳は、冷たく青い未亡人の瞳をまっすぐに見ていられなかった。彼は頭を下げ、つま先でキャンバス地をいじくり、どうか勘弁してほしいと頼みこんだ。ヒルデガルド未亡人と昼食をとるだって？　ヒルデガルドと同じテーブルで、向かいに腰かけるこの女を眺めながら食い物を口に入れるだって？　辞退の意志を伝えるあいだ、ズヴェーヴォはほとんど窒息しそうだった。

「いや、いやいや。頼みます、ヒルデガルドさん、ありがとうございます。ほんとうに、ありがたい話ですが。お願いですから、やめてください。いやいや、ありがとう」

けれど彼は残った。未亡人の気分を害しては適わなかった。笑いながらモルタルのこびりついた手を持ち上げ、手を洗わせてもらえるだろうかと未亡人に尋ねた。そこで彼女はズヴェーヴォを、白くて染みひとつない大きな洗面所へと案内した。それは宝石箱のような部屋だった。輝きを放つ黄色いタイル、黄色の洗面台、縦に長い窓にかけられたラベンダー色の薄地のカーテン、鏡のついた化粧台に置かれた花瓶とそこに活けられた紫の花、黄色い取っ手のついた香水の瓶、黄色い櫛とブラシのセット。今すぐに、ズヴェーヴォはどこかへ逃げ出したかった。目の前に裸のヒルデガルド婦人が立っていたとしても、あれほどまで面喰らうことはなかっただろう。ズヴェーヴォの汚れた手は、その空間にふさわしくなかった。いつも家でしているように、台所の流しで手を洗いたかった。けれど未亡人の気安い態度が、ズヴェーヴォを勇気づけた。そこで彼は恐るおそるなかに入った。忍び足で歩を進め、身がよじれるほどのためらいを覚えながら洗面台の前に立った。指の跡をつけてしまうのが怖くて、ズヴェーヴォは肘で蛇口をまわした。良い匂いのする緑の石鹸を使うなど思いもよらなかった。水だけで懸命に手を洗った。洗い終わると、シャツの裾で手を拭いた。壁にかけられた柔らかそうな緑のタオルには目もくれなかった。この経験がズヴェーヴォを怯えさせた。昼食の席では、いったいなにが起こるのだろう？　洗面所をあとにする前、彼はその場にひざまずき、床に飛んだ一粒か二粒の水滴をシャツの袖でごしごしと拭いた。

昼食の献立は、レタスの葉と、パイナップルと、カッテージ・チーズだった。ふだん未亡人が朝食をとっているテーブルに腰かけ、膝にピンク色のナプキンを敷いたズヴェーヴォは、これはなにかの冗談だろうかと疑りながら昼食を口に運んでいた。俺はからかわれているのか？　けれど彼女も、同じものをじつに旨そうに、ひどく喜ばしげに食べているのだった。もしもマリアがこんな食い物を出そうものなら、ズヴェーヴォはそれを窓から放りだしたに違いなかった。やがて未亡人は、ほっそりとした中国製のカップに茶を淹れて持ってきた。ソーサーには、ズヴェーヴォの親指ほどの大きさもない、二枚の白いクッキーが並べられていた。茶とクッキー。ディアーヴォロ！　ズヴェーヴォはいつだって、茶とは女々しく柔弱な飲み物であると断じていた。甘いものは滅多に口にしなかった。けれど未亡人は、愛想の良い微笑みを口許に浮かべつつ、二本の指でクッキーをつまみぽりぽりと上品に味わっていた。ズヴェーヴォはそのかたわらで、苦い薬でも飲み下すようにして、二枚のクッキーを口のなかへ放りこんだ。

菓子を平らげカップの中身を飲みほしたズヴェーヴォは、未亡人が二枚目のクッキーを食べ終えるよりずっと前から、椅子の後ろ脚にぎぃぎぃと体重をもたせかけていた。かくも珍妙なる来訪者を前にして、胃がごろごろと抗議の声を上げていた。二人は昼食のあいだ、一言も喋らずにいた。自分たちのあいだには話すべきことなどなにもないのだと、ズヴェーヴォは思い知った。未亡人は何度か笑みを浮かべた。一度はティー・カップ越しに微笑みを送ってよこした。その笑みを見て、ズヴェーヴォはまごついた。悲しかった。裕福な暮らしは自分には合わないのだと、彼は結論づけた。家にいれば、目玉焼きと厚切りのパンが食べられたはずだった。それをワインで、ごくりごくりと流しこめたはずだった。

食事を終えると、未亡人は真紅の唇をナプキンの角でそっとぬぐい、まだなにか食べるかとズヴェーヴォに問いかけた。思わず〈なにがあるんだ？〉と訊き返しそうになった。けれどズヴェーヴォは胃を叩き、膨らませ、それをさすった。

「やぁ、けっこうですよ、ヒルデガルドさん。もう満腹です。耳の穴まで満杯です」

未亡人は微笑んだ。節くれ立った赤い拳をベルトに重ね、ズヴェーヴォは椅子の背もたれに体重を預けていた。歯の隙間から音を立てて息をしていた。葉巻が吸いたくて仕方なかった。

良い女だったよ、マリア。俺が望んでいることを、なんでも見抜いちまうんだ。

「煙草をお吸いになるかしら？」テーブルの引き出しから煙草の箱を取りだしつつ、彼女は尋ねた。ズヴェーヴォはシャツのポケットから、トスカネッリの葉巻のゆがんだ吸いさしを抜きとった。端を噛みきり床に吐きすて、マッチで火をつけ煙をふかした。食器を手許に集めるあいだ、未亡人はズヴェーヴォに、どうかテーブルでのんびりくつろいでいるようにと言い聞かせた。未亡人の口の端で煙草がふらふらと揺れていた。葉巻のおかげでズヴェーヴォの緊張は和らいだ。腕組みしながら、さっきまでよりもあけすけに彼女を見つめた。すべすべした尻や柔らかそうな白い腕を、ズヴェーヴォはじっくり眺めた。それでも彼の頭のなかは清らかだった。不埒な欲望などほんの少しも抱かなかった。

未亡人は裕福な女で、ズヴェーヴォはその近くにいて、彼女のキッチンの椅子に腰かけていた。この近さがズヴェーヴォには嬉しかった。神もはっきり認めるとおり、それ以上でもそれ以下でもなかった。

葉巻を吸い終えると、ズヴェーヴォは仕事に戻った。四時半には作業は終わった。仕事道具を片づけて、未亡人が部屋に戻ってくるのを待った。午後のあいだずっと、ズヴェーヴォは屋敷のどこかに彼女の気配を感じていた。しばらく待ったあと、ズヴェーヴォはやかましく咳ばらいして、「こて」をわざと床に落とし、節をつけて歌をうたった「やぁ、終わったぞ、さぁ、ぜんぶ片づいた、ぜんぶ終わった、ぜんぶ終わった」騒動を聞きつけた未亡人が、ようやくズヴェーヴォのいる部屋までやってきた。手に一冊の本を持ち、読書鏡をかけていた。ズヴェーヴォはその場で代金が支払われることを期待していた。ところが未亡人は、腰をおろしてゆっくりしてくれと勧めてきた。ズヴェーヴォは驚いた。彼女はズヴェーヴォが終えた仕事に、一瞥をくれようとさえしなかった。

「バンディーニさん、あなたは素晴らしい職人です。素晴らしいわ。わたし、ほんとうに満足しました」

マリアが聞いたら鼻で笑うだろう。けれど、この言葉はもう少しで、ズヴェーヴォの瞳から涙を溢れさせるところだった。「腕によりをかけましたよ、ヒルデガルドさん。俺にできる最高の仕事をしました」

ところが未亡人は、支払いを済まそうという素振りをいっかな見せなかった。またこれだ、青と白の混じり合った、この瞳だ。未亡人のきっぱりとした称讃を聞いて、ズヴェーヴォは暖炉に視線を移した。未亡人の眼差しはズヴェーヴォに注がれたままだった。催眠にでもかけられたかのように、ぼんやりとズヴェーヴォを凝視していた。なにか別の景色を見ながら、幻想の世界をさまよっているみたいだった。ズヴェーヴォは暖炉に歩みより、暖炉の飾りに目を走らせた。まるで飾りの角度を測定しようと試みているかのごとくに、計算に没頭している風な様子で唇をすぼめていた。いい加減ばかばかしくなってくると、ズヴェーヴォは深々とした椅子に戻り、もういちどそこに腰かけた。未亡人の眼差しは機械的にズヴェーヴォの姿を追いつづけた。彼はなにか喋りたかった。けれど、いったいなにを話せというのか？

ついに未亡人が沈黙を破った。もうひとつ、お願いしたい仕事があります。わたしが町中に持っている、ウィンザー通り沿いの屋敷の仕事です。そこにも、具合の悪い暖炉があるんです。明日そこに行って、暖炉の調子を確認してきていただけるかしら？　席を立って部屋を横切り、窓辺の書き物机まで赴くと、未亡人は紙にその屋敷の住所を書き記した。彼女はズヴェーヴォに背中を向けて、前かがみに腰を折っていた。丸い尻が艶やかに咲きこぼれていた。その場にマリアが居合わせたら、ズヴェーヴォの目玉をえぐりだし、眼窩に唾をはきかけたことだろう。けれどズヴェーヴォに、後ろ暗いところはなにもなかった。あのときはたしかに、いかなる悪も彼の眼差しを曇らせていなかった。いかなる情欲も彼の心には潜んでいなかった。

ズヴェーヴォはその夜、暗闇のなかロッコ・サッコーネの隣で横になっていた。高らかに響く友の鼾が、彼の眠りを妨げていた。ただし、ズヴェーヴォ・バンディーニが眠れずにいる理由はもうひとつあった。それはすなわち、明日の約束だった。彼は暗闇のなかで満足げに鼻を鳴らした。マンナッジャ〔イタリア語。「ちくしょう」「いやはや」に近い間投詞〕、もちろん彼は間抜けではなかった。じゅうぶんに聡明だった。自分がヒルデガルド未亡人に強い印象を残したことを、ズヴェーヴォはちゃんと理解していた。彼女はズヴェーヴォを憐れんだのかもしれない。新しい依頼も、ズヴェーヴォには仕事が必要だろうという心遣いに過ぎないのかもしれない。しかし、どんな事情であろうとも、ズヴェーヴォの手腕が評価されたことだけは確かだった。未亡人は彼を素晴らしい職人と呼び、新たな仕事でもって彼の働きに報いたのだから。

　冬め、好きなだけ風を吹かせるがいい！　すべてを凍らせるまで下がれ、気温よ！　降り積もる雪が町を生き埋めにしようと、構うものか！　もはやズヴェーヴォはどうでもよかった。明日には仕事が待っていた。そのあとだって、仕事はきっとあるだろう。ズヴェーヴォはヒルデガルド未亡人のお気に入りだった。彼の手腕を未亡人は高く評価してくれた。未亡人の金とズヴェーヴォの手腕が揃えば、冬を笑いのめしてやれるだけの仕事が見つかるはずだった。

　翌朝の七時、ズヴェーヴォはウィンザー通りの屋敷に足を踏みいれた。家には誰も住んでいなかった。軽く押しただけで、玄関の扉はすぐに開いた。家具はひとつも見当たらなかった。剥き出しの壁があるばかりだった。暖炉には、なんの問題もないように思えた。それは未亡人の邸宅にあったような洗練された暖炉ではなかった。とはいえ、しかるべき職人が丁寧に作ったものであることは間違いなかった。モルタルにひびは入っていなかったし、れんがをハンマーで叩けばしっかりした音が返ってきた。いったいどこがいけないんだ？　屋敷の裏手にある小屋で薪を見つけ、ズヴェーヴォはそれを暖炉で燃やした。炎は勢いよく煙道に吸いこまれ、熱が部屋に満ちていった。なにひとつ問題はなかった。

午前八時、彼はふたたび未亡人のもとを訪れた。扉を開けた彼女は、寝間着のうえに青いガウンをはおっていた。さわやかな笑みとともに、彼女はズヴェーヴォに朝の挨拶を送った。バンディーニさん！ そんな寒いところに立っていてはいけないわ。お入りになって、すぐにコーヒーを用意しますから！ 不満の言葉は喉元で息絶えてしまった。濡れた靴から雪を蹴り落とし、キッチンの方へさらさらと流れていく青いガウンのあとを追いかけた。彼は流しの前に立ち、熱いコーヒーを啜った。コーヒーを冷ますために息を吹きかけた拍子に、カップの中身がソーサーにこぼれた。未亡人の肩から下には目をやらなかった。そんなことはできなかった。マリアはけっして信じないだろう。むっつりとなにも喋らず、彼はその場に男として立っていた。

ウィンザー通りの屋敷の暖炉にはなんの問題も見つからなかったと、ズヴェーヴォは未亡人に伝えた。前の日に必要以上の仕事をしていただけに、自分の正直さがなおのこと嬉しかった。未亡人は驚いたようだった。ウィンザー通りの屋敷の暖炉が不具合を抱えていることを、彼女は確信していた。着替えるから待っていてほしいと、未亡人はズヴェーヴォに告げた。彼女の車でズヴェーヴォをもういちどウィンザー通りまで連れてゆき、どこが問題なのか教えようという考えだった。未亡人はふと、ズヴェーヴォの濡れた足下に視線を落とした。

「バンディーニさん、あなた、靴は九インチをお履きかしら？」

血が顔面を駆けめぐり、ズヴェーヴォはコーヒー・カップの上でむせ返った。彼女はすぐに謝った。わたしの人生に巣食う、とんでもない悪癖なんです。靴のサイズを人に尋ねることが、強迫観念になってしまって。自分を相手に勝負する、推理ゲームのようなものです。どうか許していただけますか？

この出来事はズヴェーヴォをひどく動揺させた。恥じらいを隠すため、彼は慌てて椅子に坐った。テーブルの下に足を差しいれ、濡れた靴を視界から追いはらった。ところが未亡人は、微笑みを絶やさずになおもこだわりつづけた。わたしの推理、当たりました？　サイズは九インチで正解ですか？

「仰るとおりですよ、ヒルデガルドさん」

未亡人の着替えを待つあいだズヴェーヴォ・バンディーニは、自分がこの世に足がかりをつかみつつあることを感じていた。銀行員のヘルマーも、あらゆる債権者どもも、これからは覚悟しとけよ。このバンディーニにも、ついに有力な後ろ盾ができたんだからな。

けれど、あの日のことをなにか隠し立てする必要などあるだろうか？　いいや。ズヴェーヴォはあの一日を誇りに思っていた。未亡人の車に乗って、彼女の隣に坐り、パール通りをくだって町の中心部へと向かった。ハンドルを握る未亡人は、アザラシの毛皮のコートに身を包んでいた。彼女と打ち解けてお喋りしているズヴェーヴォの姿をマリアや息子たちが目にしたら、きっと父を誇らしく感じただろう。得意げにあごを持ちあげ、〈ほら、僕たちの父さんだ！〉とまわりに叫んでやったらいい。ところがマリアは、ズヴェーヴォの顔の肉をずたずたにした。

ウィンザー通りのがらんどうの屋敷で、いったいなにが起きたというのか？　ズヴェーヴォは未亡人をからっぽの部屋につれこみ、彼女を犯したのか？　彼女にキスをしたのか？　なら、あの家に行ってみたらいいさ、マリア。冷えびえとした部屋に話しかけてみろ。部屋の隅の蜘蛛の巣を掬いあげて訊いてみろ。剥きだしの床に、霜に覆われた窓ガラスに訊いてみろ。ズヴェーヴォ・バンディーニが過ちを犯したかどうか、そいつらに訊いてみろ。

未亡人は暖炉の前に立っていた。

「どうです」ズヴェーヴォが言った「俺がつけた火はまだ燃えてますよ。どこも問題ありません。こいつはしっかり働きます」

未亡人は納得していなかった。

この黒い汚れ。彼女が言った。暖炉のなか、見映えが悪いわ。きれいに、新品のようにしてもらえないかしら。長いお付き合いの見込めそうな方に、この屋敷をお貸しする予定なの。だから、すべて申し分なく準備しておきたくて。

けれどズヴェーヴォは名誉ある男だった。この女性をペテンにかける気はさらさらなかった。

「どんな暖炉だって黒ずみますよ、ヒルデガルドさん。煙のせいです。暖炉はみんなこうなるんです。これぱっかりは、どうしようもありませんよ」

いいえ。これじゃみっともないわ。

ズヴェーヴォは塩酸を使うよう彼女に勧めた。塩酸と水があればきれいにできる。刷毛を使って暖炉の表面を塩酸で覆えばいい。これで黒ずみは消えてなくなる。二時間もあれば終わる仕事だった。

二時間？　冗談はおやめになって。だめよ、バンディーニさん。れんがをすべて取り除けて、新しいものを入れてくださいな。度の過ぎる浪費に、ズヴェーヴォは頭を振った。

「それじゃ一日あっても終わりません、もう半日はかかりますよ、ヒルデガルドさん。材料費も含めれば、ぜんぶで二五ドルの仕事だ」

未亡人がコートを体に引き寄せた。冷えきった部屋のなかで身を震わせていた。

「お値段のことは気になさらないで、バンディーニさん」彼女は言った「これは必要な仕事なんです。ここにお迎えする方々のためなら、どんな出費も惜しくありません」

これ以上、ズヴェーヴォになにが言えただろう？　やっとの思いで仕事を見つけ、けっきょくそれを断ることを、マリアは彼に期待しているのか？　ズヴェーヴォは道理をわきまえた男として振る舞った。より多くの金を稼ぐ機会に出会えて嬉しかった。未亡人は車にズヴェーヴォを乗せ、建材売り場まで送っていった。

「あの屋敷は寒すぎますわ」彼女は言った「なにか暖房を用意しないと」

素っ気ない言葉をあれこれと組み合わせて、ズヴェーヴォは彼女に答えた。仕事があれば、熱がある。体を動かす自由があれば、それでじゅうぶん。体のなかを流れる血は、しっかりと暖かいから。けれど未亡人の心遣いは、彼女の隣に坐るズヴェーヴォの心を暖め、息を詰まらせた。あたりに漂う未亡人の香りが、ズヴェーヴォの身を苛んでいた。彼女の皮膚や衣服からズヴェーヴォの鼻孔へと、芳香がたえず押しよせてきた。手袋をはめた未亡人の手がハンドルをぐいと回すと、車は「ゲージ・ランバー・カンパニー」の正面に滑りこんでいった。

バンディーニ氏が車から降り、未亡人に別れの挨拶を告げているとき、ゲージ老人は窓辺に立っていた。未亡人の愛想のない微笑みにズヴェーヴォはどきりとし、膝から力が抜けそうになった。気を取りなおし、いばりくさったごろつきのように、胸を反りかえしながら店のなかに入っていった。我が物顔でぴしゃりと乱暴に扉を閉め、葉巻を取りだし、勘定台の表面でマッチを擦ると、思案深げに葉巻をくゆらせ、ゲージ老人の顔に思いきり煙を吐きかけてやった。老人は目をしばたかせた。バンディーニ氏の野蛮な視線に頭蓋を射抜かれ、老人は思わず目を背けた。バンディーニ氏は満悦して鼻を鳴らした。彼は「ゲージ・ランバー・カンパニー」に借金をしていたのではなかったか？　なら、ゲージ老人に現実を分からせてやれ。彼が見た光景を思い出させてやれ。バンディーニ氏が権力者の隣にいるところを、老人はその目で見ていたのだ。耐熱性のれんが一〇〇個、セメント一袋、それに一立法ヤードの砂をズヴェーヴォは注文した。品物はすべてウィンザー通りの住所に届けるように指示を出した。

「急ぐんだぞ」去りぎわに彼は言った「あと二〇分もしたら、仕事を始めるからな」

ウィンザー通りの屋敷まで、顎を突きだしふんぞり返って歩いていった。トスカネッリから立ち昇る青い濃厚な煙が、ズヴェーヴォの肩ごしをふわふわと漂っていた。ゲージ老人の顔に浮かんだ、折檻を受けた犬ころみたいな表情を、マリアに見せてやりたかった。バンディーニ氏の注文を大急ぎで書き記すときの、あの卑屈な態度ときたら。

からっぽの屋敷にズヴェーヴォがたどりつくと、ちょうど建材が運びこまれているところだった。「ゲージ・ランバー・カンパニー」のトラックが、屋敷の正面の歩道に向けてバックしていた。ズヴェーヴォはコートを脱ぎ、すぐさま仕事に取りかかった。こいつは小さな傑作になるぞ。ズヴェーヴォは誓いを立てた。コロラドでも最高のれんが仕事だ。五〇年先も、一〇〇年先も、二〇〇年先も、この暖炉はびくともせずに立っているんだ。ズヴェーヴォ・バンディーニの仕事には、妥協の入りこむ余地なんてないんだからな。

彼は歌いながら作業を進めた。春の歌だった。「帰れソレントへ」。からっぽの屋敷に歌声が響きわたった。ズヴェーヴォの歌声と、ハンマーの鳴らす乾いた音と、「こて」の響かす軽やかな音が、寒々しい部屋をいっぱいに満たした。さぁ、お祭りだ。時間は足早に過ぎ去っていった。ズヴェーヴォの体から溢れだす熱が部屋を暖め、窓ガラスは喜びの涙を流して霜を溶かしさった。おかげでガラスの向こうの通りが見えるようになった。

歩道の縁にトラックが停まった。バンディーニ氏は仕事の手をとめ、緑色のウールのコートを着た運転手が、きらきら輝く物体を屋敷の方に運んでくる姿をじっと眺めた。「ワトソン・ハードウェア・カンパニー」の赤いトラックだった。バンディーニ氏はこてを脇に置いた。「ワトソン・ハードウェア・カンパニー」にはなんの配達も頼んでいなかった。頼むわけがないだろう。ワトソンの連中には、いっさいなにも注文する気はなかった。こいつらは以前、懐の淋しいズヴェーヴォが請求書の清算を済ませなかったさい、組合の給料を差し押さえたことがあった。ズヴェーヴォは「ワトソン・ハードウェア・カンパニー」を憎んでいた。やつらは最悪の敵のひとつだった。

「バンディーニさんですか?」

「お前に関係あるか?」

「いえ、別に。ここにサインしてください」

ヒルデガルド婦人がズヴェーヴォ・バンディーニに宛てた石油ストーブだった。ズヴェーヴォが用紙にサインをすると、運転手は去っていった。まるで未亡人本人と向き合うようにして、ズヴェーヴォはストーブの前に立ちつくしていた。心を打たれ、思わず口笛を鳴らした。相手がどんな男だろうと、これはやりすぎだ……やりすぎだろう。

「良い女だ」かぶりを振りながら、ズヴェーヴォはつぶやいた「まったくもって、良い女だ」

不意に瞳に涙が浮かんだ。ニッケルの商標がはめられた、美しく光るヒーターをよく見るために、ズヴェーヴォは床に膝をついた。その拍子に、手から「こて」が滑り落ちた。あんたはこの町で最高の女だ、ヒルデガルドさん。俺がこの暖炉を仕上げたら、あんたは世界中にこいつを自慢できるからな！

ズヴェーヴォは仕事に戻った。おりおり、ストーブに向かって肩ごしに微笑みかけ、まるでストーブが連れ合いであるかのように、あれやこれやと言葉をかけた「やぁ、どうも、ヒルデガルドさん！まだそこにいたんですか？ 俺を見張ってるわけですか、えぇ？ ズヴェーヴォ・バンディーニを見張ってるんだ、そうでしょう？ さぁ、奥さま、あなたの眼の前で働いているのは、コロラドで最高のれんが積み工ですよ」

仕事は想像していたよりも早く進んだ。暗くて手許が見えなくなるまで、ズヴェーヴォは作業をつづけた。翌日の昼ごろにはすべて終えられそうだった。ズヴェーヴォは道具を集め、こてを洗い、屋敷を去る準備をした。すっかり日が暮れ、街灯の陰気な光が窓ガラスから差しこんできた。そこでようやく、自分がヒーターをつけ忘れていたことにズヴェーヴォは気づいた。寒さのあまり指先が悲鳴をあげていた。暖炉のなかにストーブを置き、火を灯した。ほんのかすかに輝きを放つ程度に、火力を調節した。これなら安心だった。ストーブは夜どおし燃えつづけ、塗ったばかりのモルタルが凍りつくのを防いでくれるだろう。

妻と子供たちが待つ家には帰らなかった。ズヴェーヴォはその夜もロッコの部屋で眠った。マリア、隣にいたのはロッコなんだ。女じゃない。大の男のロッコ・サッコーネなんだ。ズヴェーヴォはぐっすり眠った。底のない真っ暗な穴に落ちたり、緑色の瞳をした蛇にずるずると追いかけられたりする夢を見ることもなかった。

どうして家に帰らなかったのかとマリアは訊くかもしれない。ズヴェーヴォにはズヴェーヴォの事情がある。ディオ・ロスポ！［イタリア語。「ディオ」は神、「ロスポ」はヒキガエルの意だが、ここでは「くそったれ！」に近い悪罵］俺はなにもかも説明しなけりゃならないのか？

翌日の午後四時、ズヴェーヴォは請求書を携えて未亡人に会いにいった。彼が請求書に使ったのは「ロッキー・マウンテン・ホテル」の便箋だった。自分がよくつづり字を間違えることをズヴェーヴォは自覚していた。だから請求書には単純にこう書いた〈仕事。四〇・〇〇〉。そこにサインを書きいれた。請求額のうちの半分は材料費で、稼ぎは二〇ドルだった。未亡人は、請求書を見ようとさえしなかった。彼女は読書鏡を取りはずすと、どうぞくつろいでくれとズヴェーヴォに促した。ズヴェーヴォはストーブのお礼を言った。未亡人の家にいられて嬉しかった。彼の関節は前のようにかちこちに固まってはいなかった。輝きを放つ床を彼の足はしっかりと踏みしめていた。腰を下ろす前から、ソファーの柔らかさを肌に感じとることができた。ストーブなどなんでもないという風に、未亡人は微笑みを浮かべた。

「あの家は冷蔵庫のようだったものね、ズヴェーヴォ」

ズヴェーヴォ。未亡人が彼を姓でなく名で呼んだ。彼は咄嗟に笑った。笑うつもりなどなかった。けれど、彼の名前を発したさいの未亡人の唇の刺激が、ズヴェーヴォの体の奥から笑いを引きずりだした。暖炉の炎が熱を振り撒いていた。湿った靴を履いた彼の足が、暖炉のすぐそばに置かれていた。鼻をつく臭気が靴から立ち昇ってきた。未亡人が彼の背後で動き回っていた。後ろを振りかえる勇気はなかった。彼はまたしても声の使い方を忘れてしまった。口のなかに氷柱が垂れていた。それは彼の舌だった。氷柱はぴくりとも動かなかった。熱のためにこめかみが痛み、髪を火で焼かれているような気分だった。ほんとうは、痛みを覚えているのは脳みそだった。なにも言葉が出てこなかった。銀行に二万ドルを預けている美しい未亡人が、俺のことを名前で呼んだ。火にくべられた松のたきぎが、パチパチと歓喜のうめきを漏らしていた。ズヴェーヴォはソファーに腰かけたまま、炎を凝視していた。顔に微笑みを貼りつけたまま、大きな手を組んだり解いたりしていた。骨の継ぎ目が、喜びのために鋭い音を響かせた。ズヴェーヴォは動けなかった。不安と歓喜が体を串ざしにしていた。声を失い、途方に暮れた。

ようやく彼は口を開いた。

「良い火ですね」彼は言った「良い火だ」

返事はなかった。ズヴェーヴォはうしろを振りかえった。未亡人はそこにいなかった。けれど、廊下の方から足音が近づいてきた。ズヴェーヴォは向きなおり、興奮に照り輝いた目で炎をじっと見つめた。グラスとボトルを載せた盆を持って、未亡人は部屋に戻ってきた。彼女はそれをマントルピースの上に置き、二つのグラスに酒を注いだ。未亡人の指を飾るダイヤモンドのきらめきが視界に飛びこんできた。よく締まった尻や、くびれや、女らしい背中の曲線や、とくとくと音を立てるボトルから酒を注ぐ、ふくよかな腕の優美な仕種をズヴェーヴォは見つめていた。

「どうぞ、ズヴェーヴォ。こんな呼び方をしたら、失礼かしら?」

彼は赤茶けた酒を手に取って、それをじっくりと眺めた。ズヴェーヴォの瞳のような色をしたこの飲み物は、裕福な女たちがその喉に流し入れるこの飲み物は、いったいなんの酒だろう? それから、未亡人が自分の名前について話していたことを思いだした。血がいちどきに、火照った顔の輪郭から溢れだすようにして駆けめぐった。

「どんな呼び方でもいっしょですよ、ヒルデガルドさん」

この返事を聞いて未亡人は笑った。ズヴェーヴォは嬉しかった。そんなつもりではなかったけれど、ようやく彼も、アメリカ風になにか面白いことが言えたらしかった。それはマラガ酒だった。甘く、焼けるように強いスペインのワインだった。ズヴェーヴォは恐るおそるワインを啜り、それから、屈強な百姓の大胆さでもって一気に喉に流しこんだ。舌に甘く、胃に暖かなワインだった。彼は唇を鳴らし、筋肉の盛り上がった腕を口許に押しつけた。

「いやぁ……なんて旨い酒だ」

未亡人は彼のグラスに、もう一杯なみなみとワインを注いだ。型どおりの辞意を表明しつつも、彼の瞳は喜びをこらえきれずに小躍りしていた。差しのべられたグラスのなかで、ワインが楽しそうに笑っていた。

「ズヴェーヴォ。あなたを驚かせたくて、用意しておいたものがあるの」

未亡人は書き物机に歩みより、クリスマスの包装紙にくるまれた小箱を持って戻ってきた。微笑みをしかめ面に変え、宝石をはめた指で赤い紐をほどこうと奮闘していた。ズヴェーヴォはそんな彼女を、喜びにむせ返りながら眺めていた。ついに箱が開いた。小さな動物の寝床のように、皺のよったティッシュペーパーが詰められていた。贈り物は一足の靴だった。それぞれの手にひとつずつ靴をつかんで、未亡人は贈り物を差しだした。ズヴェーヴォの眼のなかで、炎が騒然と泡立っていた。彼はもう耐えられなかった。苦悶に口をよじらせた。靴が必要であることを、まさか分かってくれていたとは。彼は不満そうに喉を鳴らした。ソファーの上で体を揺すり、節くれ立った指で髪の毛をかきまわした。息を切らし、やっとの思いで笑いを浮かべ、やがて両目が涙の池に沈んでいった。彼はまた腕を持ち上げ、顔を覆い、濡れた瞳をごしごしと拭いた。ポケットをまさぐって、パリパリと音を立てる赤い水玉のハンカチを引っぱり出し、燃えさかる炎のごとき鼻息で鼻孔をきれいに片づけた。

「もう、ばかね、ズヴェーヴォ」未亡人が微笑んだ「喜んでもらえると思ったのに」

「だめです」彼は言った「だめです、ヒルデガルドさん。靴は俺が自分で買います」

彼は片手で胸を押さえた。

「あなたは俺に仕事をくれた。だから俺は、自分のものは自分で買います」

ばかげた主張を聞かされたとでも言うように、未亡人はこの言葉に取り合おうとしなかった。グラスに注がれたワインにズヴェーヴォは助けを求めた。ワインを飲みほし、立ち上がり、注ぎ、また飲みほした。ズヴェーヴォのかたわらにやってきた未亡人が、片手で彼の腕に触れた。彼女の顔に浮かぶ思いやりに満ちた微笑みを目の当たりにして、またもや涙が堰を切り、洪水となって頬を濡らした。

自分自身にたいする憐れみの感情に、ズヴェーヴォは打ちのめされていた。よもや彼を、かかる困惑が支配しようとは！　ズヴェーヴォはふたたび腰を下ろし、両の拳を顎に押しつけ、目をきつく閉ざした。よもやズヴェーヴォ・バンディーニの身に、かかる事態が降りかかろうとは！

涙にかき暮れてはいたものの、とにもかくにも、びしょ濡れになった古い靴のひもをほどくために身をかがめた。右の靴を足から抜くとき、湿った音がべちゃべちゃと響いた。つま先にいくつも穴があいている灰色の靴下と、赤くて大きな剥きだしの指が露わになった。なんとはなしに、ズヴェーヴォは足の指を小刻みに動かしてみた。未亡人が笑った。彼女が楽しんでくれたことが、ズヴェーヴォにとっての救いだった。気後れはどこやらへ消え去った。ズヴェーヴォはしゃかりきになって、もう片方の靴も脱ごうとした。ワイングラスを傾けつつ、未亡人はズヴェーヴォを見つめていた。

靴はカンガルー皮だと未亡人が説明した。たいへん高価な品だった。ズヴェーヴォは靴を履いた。ひんやりとした柔らかさに足が包まれた。おいおい、なんて靴だ！　彼は靴ひもを結んで立ち上がった。あまりの柔らかさに、絨毯の上を素足で歩いているような気分だった。足にすっかりなじんでいた。履き心地を試すため、部屋をぐるりと歩いてみた。

「ぴったりだ」ズヴェーヴォが言った「最高ですよ、ヒルデガルドさん！」

さて、それから？　未亡人は踵を返しソファーに坐った。ズヴェーヴォは暖炉のそばに歩いていった。

「代金は払いますよ、ヒルデガルドさん。あなたが払った分だけ、俺の賃金から引いてください」これは良くなかった。未亡人の顔の上には、ズヴェーヴォには読みとることのできない期待と失望が浮かんでいた。

「これまでに履いたなかで最高の靴だ」ズヴェーヴォはそう言って、ソファーに腰を下ろし足を前に伸ばした。未亡人は、ソファーの反対側の端に身を寄せていた。わたしのグラスに酒を注いでくれと、彼女は倦んだ声でズヴェーヴォに求めた。ズヴェーヴォがグラスを差しだすと、未亡人は礼も言わずにそれを受けとった。一言も口にせぬままワインを啜り、それからため息をついた。心なしか、憤慨しているようだった。未亡人の苛立ちをズヴェーヴォは感じとった。どうやら長居しすぎたらしい。もう帰らなければ。怒りが未亡人の沈黙のなかでほのかにくすぶっていた。あごが強張り、唇は細い糸のようになっていた。たぶん気分が悪いのだろう、ひとりだけになりたいのだろう。ズヴェーヴォは古い靴を拾いあげ、腋の下へぞんざいに押しこんだ。

「そろそろお暇しますよ、ヒルデガルドさん」

未亡人は炎を見つめていた。

「ヒルデガルドさん、恩に着ます。どうぞ、いつかほかにも仕事があったら……」

「もちろんよ、ズヴェーヴォ」彼女は視線を上げて微笑んだ「あなたは素晴らしい職人だもの、ズヴェーヴォ。わたし、ほんとうに満足してるわ」

「ありがとうございます、ヒルデガルドさん」

で、謝礼は？　ズヴェーヴォは部屋を横切り、扉の前でぐずぐずとしていた。未亡人はズヴェーヴォの方を見ようとしなかった。彼はドアノブに手をかけ、それをまわした。

「じゃ、失礼します、ヒルデガルドさん」

未亡人は飛びあがった。ちょっと待って。そういえば、頼みたいことがあったの。屋敷を建てたときの余りの石が、裏庭に積んであるのよ。帰る前に、見ていってもらえないかしら？　あなたなら、あの石の使い道を思いつくだろうから。彼は丸い尻のあとについて、裏手のポーチにつづく廊下を進み、窓辺からその石を見た。雪の下に、ぜんぶで二トンはありそうな敷石が積まれていた。少し考えこんでから、ズヴェーヴォは提案した。あの石なら色々なものができますよ。歩道を設えてもいいし、庭に背の低い壁を建ててもいいし、日時計やら庭のベンチやら、あとは噴水や焼却炉なんかもできますね。窓から振りかえったズヴェーヴォの肩が未亡人のあごを優しくかすめ、彼女の顔からさっと血の気が引いた。ほとんど触れそうなくらいまで、彼女はズヴェーヴォの肩の近くへ体を傾けていた。ズヴェーヴォが謝った。未亡人は微笑んだ。

「また今度話しましょう」彼女は言った「春になったらね」

廊下へ戻る道を塞いだまま、未亡人は動こうとしなかった。

「わたし、この家の仕事はすべてあなたにお願いしたいのよ、ズヴェーヴォ」

未亡人は当てどもない視線をズヴェーヴォに注いでいた。新しい靴に目が留まった。彼女はまた微笑んだ「靴はどう？」

「今までに履いたなかで、いちばんですよ」

まだ、なにかあったのよね。ちょっと待ってもらえるかしら、すぐに思い出すから。なにかあったのよ……なにか……なにか……それから未亡人は指をぱちんと鳴らし、思案深げに唇を噛んだ。二人は細い廊下を引き返した。最初のドアの前で、未亡人は立ちどまった。手探りでドアノブを捜した。

廊下は薄暗かった。未亡人が扉を押し開けた。

「これがわたしの部屋なの」彼女は言った。

未亡人の心臓の動悸が彼女の喉まで震わせているのが、ズヴェーヴォにはよく分かった。彼女の顔は灰色に染まり、輝く瞳にほんのつかのま、恥じらいがよぎった。喉の震えを、宝石をはめた指が押さえつけていた。未亡人の肩ごしに、ズヴェーヴォは部屋を覗いた。白いベッド、鏡台、衣装箪笥。彼女は部屋に入り、明かりをつけ、絨毯の真ん中でくるりと回ってみせた。

「いい部屋でしょ、どう?」

ズヴェーヴォは部屋ではなく、彼女を見ていた。彼女を見つめ、ベッドへと視線を移し、それからふたたび彼女を見つめた。胸のあたりに熱が広がるのを感じた。頭のなかに実を結ぶ像をズヴェーヴォは追い求めた。あの女と、この部屋と。未亡人はベッドに歩みよった。ベッドに身を投げ横たわるさい、女の尻が蛇の群れのように波を打った。片手がうつろに揺らめいていた。

「ここ、すごく気持ちいいの」

それはみだらで、ワインのようにのびやかな身ぶりだった。あたりを満たす芳香がズヴェーヴォの鼓動を速めた。未亡人の瞳は熱を帯び、苦悶の表情を浮かべる唇のあいだからは白い歯が覗けていた。ズヴェーヴォは確信が持てなかった。まばたきをしながら彼女を見つめた。いいや……これはそういう意味じゃない。その女はあまりにも裕福だった。女の富が、男の思考の道筋を妨げていた。そんなこと、起こるわけがないんだ。

未亡人の顔はズヴェーヴォの方を向いていた。伸ばした腕に頭をもたせかけていた。捉えどころのないその微笑みは、痛みを伴っているに違いなかった。なぜなら未亡人の笑顔には、恐怖と当惑の影が兆していたから。ズヴェーヴォの喉を流れる血液が、やかましい音を轟かせていた。彼は唾をごくりと飲みこみ、顔を背け、玄関につづく廊下の方へ振りかえった。ここで考えたあれやこれやは、忘れてしまうのがいちばんだった。この女が、貧しい男に興味を持つわけがなかった。

「もう帰ったほうがよさそうです、ヒルデガルドさん」

「ばか」彼女は笑った。

彼は戸惑い、にっと笑った。血が激流となって脳のなかを駆けめぐった。夜の空気を吸いこめば、頭を冷やすこともできるだろう。彼は未亡人に背中を向け、廊下を歩いて玄関を目指した。

「ばか！」未亡人の声が聞こえた「無学の百姓！」

マンナッジャ！　あいつはまだ謝礼も払ってないんだぞ？　彼は唇をゆがめ冷笑を浮かべた。あの女、ズヴェーヴォ・バンディーニをばか呼ばわりか！　ズヴェーヴォを追いかけるために彼女はベッドから立ち上がった。彼を抱きしめようと両腕をいっぱいに広げていた。一瞬ののち、彼女は身を離そうともがいていた。廊下を取って返すズヴェーヴォを前にして、未亡人は喜びのあまり身をすくめた。引き裂かれたブラウスが、ズヴェーヴォの拳から垂れさがっていた。

ズヴェーヴォは未亡人のブラウスを引き裂いた。ちょうどマリアが、彼の顔の肉を引き裂いたのと同じように。今になってそのことを思い出し、未亡人の部屋で過ごしたあの夜がどれほど高くついたかを痛感した。屋敷には、生き物の気配はいっさいなかった。ズヴェーヴォと、ズヴェーヴォの隣にいる女のほかに、誰もそこにいなかった。未亡人は痛みに恍惚として涙を流し、どうか許してと泣きながら頼みこんでいた。それは見せかけの涙であり、乱暴にしてくれという願いにほかならなかった。百姓じみた卑しさと貧しさが収めた大勝利を思い、ズヴェーヴォは笑った。この未亡人め！　溢れる富と、深く豊かな熱狂を備えたこの女は、自身の蛮勇の奴隷となり、餌食となり、敗北に身を任せながら喜びの嗚咽を漏らしていた。あらゆる喘ぎが、ズヴェーヴォへ手向けられた勝利だった。その気になればズヴェーヴォは、未亡人にとどめを刺して、悲痛な叫びを甘美な囁きに変えてやることもできただろう。ところが彼はベッドを離れ、暖炉のある部屋に行ってしまった。早くも日の落ちた冬の夕闇のなかで、暖炉の炎が気怠そうに輝きを放っていた。ベッドに置き去りにされた未亡人が、息を詰まらせながら泣きじゃくっていた。やがて、暖炉のかたわらにいるズヴェーヴォのもとへ未亡人がやってきて、彼の前で膝をついた。涙が未亡人の顔を濡らしていた。ズヴェーヴォは笑みを浮かべ、悦楽に満ちた苦悩をもういちど彼女に味わわせてやった。思いを成しとげ涙に暮れる未亡人をあとに残して、ズヴェーヴォは帰り道を歩いていった。自分はこの世界の支配者だという確信が、深い満足をもたらしていた。

こういうわけなんだ。マリアに話す？　これは俺の魂の問題だ。俺は良かれと思ってマリアに話さなかったんだ。ロザリオやら祈りやら、十戒やら贖宥やらに没頭しているあの女になにを話せと？もしもマリアに問われていたら、ズヴェーヴォは嘘をついただろう。けれどマリアは問わなかった。猫のように結論へと飛びかかった。その結論は今、ずたずたにされたズヴェーヴォの顔にしっかりと刻まれていた。〈汝、姦淫するなかれ〉はんっ。姦淫したのは未亡人だ。俺は被害者だ。

未亡人が姦淫の罪を犯したんだ。向こうが自分から犠牲者になったんだ。

クリスマスの週、連日ズヴェーヴォは未亡人の屋敷に通いつめた。狐の頭のノッカーを鳴らすさい、口笛を吹くこともあれば、静かにしていることもあった。少しの間を置いてから、扉はいつもかならず開かれ、未亡人の微笑みがズヴェーヴォの瞳を迎え入れた。ズヴェーヴォはきまり悪さを振りはらうことができなかった。ズヴェーヴォにとってその屋敷は、つねによそよそしい存在だった。肌をひりひりとさせるような、けっして手の届かない場所だった。未亡人は青のドレスや、赤のドレスや、黄や緑のドレスでズヴェーヴォを出迎えた。未亡人はズヴェーヴォに葉巻を用意していた。クリスマスの贈り物の箱に入った「チャンスラーズ」だった。それはズヴェーヴォの眼の前、マントルピースの上に置かれていた。自分のための葉巻であることは分かっていた。けれどズヴェーヴォは、未亡人から促されるまで、けっして葉巻に手をつけなかった。

再会の瞬間はいつも奇妙だった。キスも抱擁もなかった。ズヴェーヴォが家に入るとき、未亡人は彼の手を握り、それを優しく揺すった。来てもらえて嬉しいわ……ゆっくりしていってくれるでしょう？　ズヴェーヴォは礼を告げると、部屋を横切って暖炉の前に赴いた。天気について、二、三の言葉をやりとりした。体調にかんして、未亡人から丁寧な質問を受けた。それから彼女は読書に戻り、部屋は静寂に包まれた。

五分が過ぎ、一〇分が過ぎた。

本のページをめくる音だけが部屋に響いていた。未亡人が視線を上げ微笑んだ。ズヴェーヴォはいつも膝に肘をついて坐り、ずんぐりした首を肩に埋めていた。炎をじっと見つめながら、考えごとにふけっていた。家のこと、子供たちのこと、隣にいる女のこと、彼女の富のこと。それから、未亡人の過去についてあれこれと考えをめぐらした。ページをめくる音が響いた。松のたきぎが乾いた音をぱちぱち鳴らした。未亡人がまた視線を上げた。葉巻を吸ったら？　あなたの葉巻なのよ。どうぞ遠慮しないで。こいつはどうも、ヒルデガルドさん。ズヴェーヴォは葉巻に火をつけ、葉の香りを吸いこんだ。頬から立ち昇る白い煙を見つめながら、考えごとにふけっていた。

小ぶりなテーブルにデキャンタが置かれていた。中身はウィスキーだった。そのかたわらに、グラスとソーダ水が並べられていた。ズヴェーヴォは飲みたかったのだろうか？　けれど彼は待った。数分が過ぎた。ページをめくる音が響いていた。未亡人がまた、彼の方をちらりと見上げた。だいじょうぶ、あなたがそこにいること、忘れてないわよ。未亡人の優しい微笑みが、そう告げていた。

「ズヴェーヴォ、ウィスキーを飲んだら？」

椅子の上で体を揺すり、葉巻の灰を軽くはじき、シャツのカラーをぐいと引きつつ、ズヴェーヴォは異を唱えた。けっこうです、ヒルデガルドさん。俺はあなたが思ってるような呑み助じゃありません。そりゃあ、たまには飲むこともありますよ。でも、今日は違う。未亡人はそれを聞いているあいだずっと、例の慇懃な微笑みを浮かべていた。読書鏡のレンズをとおして、ズヴェーヴォをじっと見つめていた。ほんとうは、ズヴェーヴォの話していることを、少しも聞いていなかった。

「もし飲みたくなったら、遠慮しないでね」

こうしてズヴェーヴォはタンブラーにウィスキーを注ぎ、慣れた手つきでひと息に飲みほした。ウイスキーは胃袋のなかであっという間に蒸発し、次の一杯への欲望がむくむくと顔をもたげた。グラスのなかで氷が割れた。彼はもう一杯を注ぎ、またもう一杯を注いだ。デキャンタの中身は高価なスコッチ・ウィスキーだった。インペリアル・プールホールで飲もうと思ったら、一杯で四〇セントはする銘柄だった。けれど、ウィスキーを注ぐ前はかならず、どこかしら窮屈な、ちょっとした前置きが必要だった。たとえるならば、それは暗闇のなかで口笛を吹き鳴らすような営みだった。ズヴェーヴォは咳をするか、両手をこすり合わせるか、あるいは椅子から立ち上がるかして、次の一杯を飲もうとしていることを未亡人に知らせなければならなかった。ときには、名状しがたいあやふやな旋律をハミングすることもあった。そのあとは気楽だった。酒がズヴェーヴォを解き放ち、彼はそれをためらいなく胃のなかに流しこんだ。ウィスキーは葉巻と同様、ズヴェーヴォのためのものだった。ズヴェーヴォが屋敷を去るとき、デキャンタは空になっていた。ズヴェーヴォが戻ってくると、デキャンタはまたウィスキーに満たされていた。

いつも同じだった。夕闇が降りるのを待ちながら、未亡人は本を読み、ズヴェーヴォは葉巻を吸って酒を飲んだ。長つづきするはずもなかった。クリスマス・イヴには、すべて終わる。この季節には声があった。クリスマスが近づき旧い一年が息絶えようとしているこの時期には、人の心に語りかける声があった。その声が、終わりまであと数日であることを知らせていた。未亡人にもそれが分かっているのだとズヴェーヴォは感じていた。

丘の下、今いる場所とは反対側の町のはずれに、彼の妻と子供たちがいた。クリスマスとは、妻と子供たちのための時間だった。彼はここを去るだろう。二度とここには戻らないだろう。ポケットに金を詰めて帰れるだろう。けれどもうしばらく、彼はここにいたかった。上等なウィスキーと、薫りたかい葉巻を楽しみたかった。上品なこの部屋と、そこに暮らす裕福な女を堪能したかった。彼女はズヴェーヴォのそばで本を読んでいた。じきに彼女は立ち上がり、寝室に向かうだろう。ズヴェーヴォは彼女のあとを追うだろう。彼女は喘ぎ、泣き、空はたそがれ、彼は屋敷をあとにするだろう。勝利の余韻が、両足に満ちわたるだろう。ズヴェーヴォは暇乞いの時間がいちばん好きだった。満ち足りた感情の高波。この世にイタリア人と肩を並べられる民族はいないと告げる、おぼろげな愛国心。百姓に似合いの野卑な喜び。なるほどたしかに、未亡人は金を持っていた。けれど今、彼女はズヴェーヴォのうしろで、こなごなに砕け散り横たわってるではないか。神かけて、バンディーニ氏はこの女よりも優れた人間だった。

幾度かの夜が過ぎるあいだに、これで終わりだと納得したなら、ズヴェーヴォは家に帰っただろう。けれどまだ、家族のことを考える時ではなかった。あと数日で、心労にまみれた生活が戻ってくる。もう少しだけ、自分の世界から離れた場所で過ごそうじゃないか。二人の逢瀬について知っているのは、友のロッコ・サッコーネだけだった。

ロッコはズヴェーヴォの話を聞いて大いに満足していた。大きな衣装棚を開け放ち、ズヴェーヴォにシャツやらネクタイやらを貸してやった。眠る前、暗闇のなかに横たわりながら、バンディーニ氏から語られる一日の報告を心待ちにしていた。ほかの話題にかんしては、二人はたいてい英語で喋った。ところが未亡人の話となると、彼らはつねにイタリア語で、ひそひそと密談するように囁きあった。

「俺と結婚したがってるんだ」バンディーニ氏は言った「俺の前で膝をついて、マリアと別れてくれとせがむんだよ」

「スィ！」ロッコが答えた「そうしろ！」［「スィ」はイタリア語で「はい」「そう」の意。英語の「イエス」に相当］

「それだけじゃない。彼女の財産のうち一〇万ドルを、俺の名義にするとも言ってたな」

「それでお前はどうする気なんだ？」

「まぁ、考えてるとこだ」彼は嘘をついた。

ロッコは悩ましげにうめきを上げ、暗闇のなかで体を揺すった。

「考える？　サングエ・デッラ・マドンナ！　お前は頭がいかれたのか？　もらっとけ！　一万五千でも一万でもいいから、もらっとけよ！　なんでもいいからもらっとけ、なぁ、考える必要なんかないだろうが！」

いいや、だめだ。バンディーニ氏は説明した。それは考慮にも値しない提案だった。もちろん一〇万ドルがあれば、彼の抱えている問題はことごとく片づくだろう。けれどロッコは、ここには名誉の問題が絡んでいることを忘れているらしかった。金のためだけに妻と子供たちの名誉を台なしにするなど、バンディーニ氏には考えられない話だった。ロッコは唸り、髪の毛を掻きむしり、ぶつくさと悪罵をならべた。

「この間抜け！」彼は言った「ディオ！　なんて間抜けだ！」

これにはバンディーニ氏も面喰らった。ならばロッコは、バンディーニ氏がほんとうに金のために、一〇万ドルのために自身の名誉を売り払えると思っていたのか？　激昂したロッコは、ベッドの脇に手を伸ばして電灯のスイッチをつけた。蒼ざめた顔から目玉が飛びだしていた。ロッコはベッドの上で体を起こし、冬用の下着の襟を赤い拳でぐっと握った。「俺が一〇万ドルのために自分の名誉を売りとばせるか知りたいんだな?」ロッコが訊いた「よく見てろ!」彼が腕を思いきり引くと、下着の胸の部分がびりびりと裂け、ボタンが床の上に勢いよく飛び散った。手荒く剥き出しにされたロッコの胸が、心臓の鼓動をはっきりと伝えていた。「俺が売りとばすのは名誉だけじゃないぞ」ベッドに腰かけたままロッコが叫んだ「俺は体と魂も売りとばしてやる、一五〇〇ドルも貰えばじゅうぶんだ!」

ロッコはある夜、ヒルデガルド未亡人を紹介してくれとバンディーニ氏に頼みこんだ。バンディーニ氏は気の乗らない様子で首を振った。「お前に彼女は理解できんよ、ロッコ。おそろしく教育のある女なんだ。大学も出てるしな」

「はっ!」憤然としてロッコは応じた「そういうお前はどこの誰だよ?」

バンディーニ氏は言葉を継いだ。ヒルデガルド未亡人はいつだって本を読んでいた。ところがロッコは、英語を読むことも書くこともできず、それどころか、英語を満足に話せさえしなかった。未亡人にロッコを紹介したところで、ほかのイタリア人の印象を害するだけだろう。

ロッコは鼻で笑った。「だからどうした?」ロッコは言った「読み書きがすべてじゃないぞ」ロッコは衣装棚の前に立ち、その扉を乱暴に開け放った。「読み書きか!」彼はせせら笑った「それがなんの役に立つ? お前は俺みたいにたくさんのスーツを持ってるのか? たくさんのネクタイを持ってるのか? 俺はコロラド大学の学長よりたくさんの服を持ってるんだぞ。どうだ、これでも読み書きは役に立つのか?」

ロッコの単純な理屈を聞いて、バンディーニ氏は微笑みを浮かべた。とはいえ、ロッコの言うとおりだった。れんが積み工だろうと大学の学長だろうと、みんな同じなのだ。どこでなにをしているかだけの違いなのだ。

「お前のこと、未亡人に話しておくよ」バンディーニ氏は約束した「ただしあの女は、なにを着ているかで男を判断するわけじゃないぞ。ディオ・カーネ、むしろその正反対だ」

ロッコは賢しらに頷いてみせた。

「なら俺には、なんの心配もいらないね」

未亡人と過ごす最後の時間は、最初とまるきり変わらなかった。こんにちは、さようなら。二人はいつもどおりの手順を積み重ねた。二人はおたがいにとって異人だった。情熱だけが、二人のあいだに横たわる亀裂に橋を架けた。そしてあの午後、情熱はどこやらで鳴りを潜めていた。

「俺の友人のロッコ・サッコーネですがね」バンディーニ氏が言った「あいつも、腕の良いれんが積み工なんです」

未亡人は本を下ろし、読書鏡の金色の縁からズヴェーヴォを眺めやった。

「あら、そう」彼女はつぶやいた。

ズヴェーヴォはウィスキーのグラスをくるくると回した。

「あいつは良いやつです。保証しますよ」

「そうなの」彼女はまた言った。数分のあいだ、彼女は本を読みつづけた。おそらくズヴェーヴォは、それを口にすべきではなかった。未亡人のあからさまな態度に、ズヴェーヴォはひやりとした。

自らの仕出かした失態のために、ズヴェーヴォは狼狽していた。汗が噴きだし、病的によじれた顔は愚かしい笑いを浮かべたまま固まっていた。静寂がなおもつづいた。ズヴェーヴォは窓の外を眺めた。すでに夜が仕事を始め、雪の上に影の絨毯を広げていた。もうすぐ屋敷を去る時間だった。

ズヴェーヴォは苦い失望を味わっていた。獣じみた衝動のほかに、自分とこの女を結びつけるものが何かひとつでもあったなら。ズヴェーヴォの視界を遮る富という名のカーテンを、引き裂くことさえできたなら。それなら彼は、ほかのあらゆる女たちと話すときと同じように、眼の前のこの女とも話せるはずだった。未亡人といるときのズヴェーヴォはあまりにも愚鈍だった。ジェズ・クリスト！彼はけっして愚か者ではなかった。彼は話し方を心得ていた。理を説く分別なら持ち合わせていた。ズヴェーヴォが闘ってきた幾多の苦難と較べれば、未亡人の経験など物の数ではなかった。たしかに、本は読んでこなかった。つねになにかに追い立てられ、気苦労ばかりの人生を送ってきたズヴェーヴォに、本を読むための時間はなかった。それでも彼は生の言葉を、未亡人よりずっと深く読むことができた。未亡人の屋敷が書物で溢れかえっていようと関係なかった。彼の世界は、語るに足りる事柄に満ちていた。

ソファーに腰を下ろしたまま、これが最後だと考えながら未亡人を眺めていた。するとズヴェーヴォは、自分がこの女を恐れていないことに気がついた。彼はすこしも未亡人を恐れていなかった。逆だった。彼女がズヴェーヴォを恐れていた。この真相にズヴェーヴォは憤激した。自らの肉に課した売春を思い、心がぞくりと震えあがった。未亡人は本から視線を上げなかった。ズヴェーヴォの顔の片側が、傲岸な表情に覆われ醜くゆがんでいくところを、未亡人は見ていなかった。彼は突然、終わりを迎えられたことが嬉しくなった。肩を揺すりながらゆっくりと立ち上がり、窓辺へと歩いていった。

「日が暮れるな」彼は言った「じきに俺は帰ります。ここにはもう、戻りません」

未亡人は音も立てずに本を下ろした。

「ズヴェーヴォ、なにか言った?」

「じきに終わりです。俺はもう戻ってきません」

「とても楽しかったわね。そうでしょ?」

「あんたはなにひとつ分かっちゃいない」彼は言った「なにひとつな」

「どういう意味かしら?」

言葉が見つからなかった。答えはそこにあるのに、そこになかった。なにか言おうとして口を開いた。両手を開き腕を広げた。

「あんたみたいな女は……」

その先は言えなかった。もし口にしたなら、それはできの悪い不躾な言葉となり、ズヴェーヴォが伝えたかった思いを裏切っていたことだろう。彼はむなしく肩をすくめた。

帰るぞ、バンディーニよ。もう忘れろ。

ズヴェーヴォがソファーに坐りなおしたので、未亡人は嬉しかった。満足の気持ちを笑みで伝え、彼女はまた読書に戻った。ズヴェーヴォは憎しみをこめて彼女を見つめた。この女……こいつは人間じゃない、別の種類の生き物だ。彼女はあまりにも冷ややかだった。ズヴェーヴォの生気を吸いとる宿り木だった。ズヴェーヴォは未亡人の礼節に憤慨した。それは嘘に塗り固められたまがいものだった。彼女の好意を軽蔑し、彼女のしとやかな作法に嫌悪を覚えた。ぜったいにこれで終わりだ。ズヴェーヴォが席を立った。未亡人は本を置いて彼に話しかけた。おそらく、二人は大切なことはなにも言わないだろう。けれどズヴェーヴォは、なんとかしてそれを口にしようと努めていた。未亡人にその気はなかった。

「謝礼をお支払いしないとね」彼女は言った。

一〇〇ドルだった。ズヴェーヴォはそれを数え、うしろのポケットにねじこんだ。

「それで足りるかしら?」彼女が尋ねた。

ズヴェーヴォは笑った「もしこの金が必要ないなら、一〇〇万ドルあっても足りませんよ」

「じゃあ、足りないのね。二〇〇ドルでどう?」

口論を交わしても仕方なかった。後味の悪さを残さずに去り、永遠に忘れてしまうのが賢明だった。

ズヴェーヴォはコートの袖に腕をとおし、葉巻の端を噛みしめた。

「また会いにきてくれるでしょう?」

「もちろんです、ヒルデガルドさん」

けれど彼は、二度と戻るまいと心に決めていた。

「さようなら、バンディーニさん」

「さようなら、ヒルデガルドさん」

「どうぞ楽しいクリスマスを」

「あなたも、ヒルデガルドさん」

さようなら、そして一時間もたたないうちに、こんばんは。

ノックの音を聞いて未亡人は扉を開けた。ズヴェーヴァが立っていた。水玉のハンカチに覆われた顔から、血走った眼だけが覗けていた。恐怖のあまり、未亡人は息を飲んだ。

「そんな……！」

足を踏み鳴らして雪を蹴落とし、コートの正面に積もった雪を片手で振りはらった。未亡人には、ハンカチの下に潜む苦い喜びにゆがんだ微笑みが見えなかったし、くぐもった声で囁かれるイタリア語の悪罵も聞こえなかった。誰かが報いを受けるべきだった。それはもちろん、ズヴェーヴァ・バンディーニではない誰かだった。屋敷のなかに足を踏み入れるとき、ズヴェーヴァの瞳が彼女を詰った。靴から流れ落ちた雪が絨毯の上で溶け、水たまりを作っていた。

未亡人は本棚の方まで後ずさり、言葉を失ったままズヴェーヴァを見つめていた。暖炉から熱が伝わり、ズヴェーヴァは傷口に刺すような痛みを覚えた。憤怒のうめきを漏らしつつ、彼は洗面所に駆けこんだ。未亡人はあとを追った。冷たい水で顔を洗うズヴェーヴァが猛々しく吠えているあいだ、未亡人は開け放しにされた扉の横で立ちつくしていた。ズヴェーヴァの苦しそうな喘ぎを聞くにつれ、彼女の頬は憐れみの色に染まっていった。ズヴェーヴァは鏡を見上げた。ずたずたに引き裂かれた自分の顔が映っていた。嫌悪を覚え、かぶりを振った。怒りの力で、忌わしい記憶を消し去ろうとした。

「あぁ、かわいそうなズヴェーヴァ！」

なにがあったの？　なにが起きたの？

「なんだと思う？」

「あなたの奥さま？」

ズヴェーヴォは傷口に軟膏を塗っていた。

「そんなことって！」

「はんっ」

彼女は身をこわばらせ、つんとあごを持ち上げた。

「そんなことあるわけないわ。誰が奥さまに話すっていうの？」

「誰があいつに話したか、俺が知るわけないだろう？」

引き出しのなかに包帯用具を見つけたズヴェーヴォは、ガーゼやテープを切りとろうとした。テープは固かった。彼は聞き分けのないテープに向かって、雨あられと悪態を浴びせかけた。膝を使って乱暴にテープを引きちぎると、その反動でバスタブの方に後ずさりした。勝ち誇ったようにテープの切れ端を眼の前に掲げ、残忍な目つきで睨みつけた。

「この俺に逆らうな！」テープに怒鳴った。

ズヴェーヴォを手伝おうと未亡人が手を伸ばした。

「だめだ」吐き捨てるようにズヴェーヴォが言った「どんなテープも、ズヴェーヴォ・バンディーニには敵わないんだ」

未亡人は洗面所から出ていった。ガーゼをテープで留めているあいだに、未亡人が戻ってきた。両の頬に合計四本、眼球から顎まで届く長いガーゼが貼りつけられた。ズヴェーヴォは未亡人の格好を見て仰天した。彼女はよそゆきに着替えていた。毛皮のコート、青いマフラー、帽子、防水布のオーバーシューズ。静やかな気品が彼女の魅力を伝えていた。小粋に傾けられた小さな帽子のさっぱりとした美しさ、豪奢な毛皮の襟からこぼれでる色鮮やかなウールのマフラー、上品な留め金のついたグレーのオーバーシューズ、同じくグレーの長い運転用の手袋。これらすべてが、彼女のなんたるかをあらためて雄弁に告げ知らせていた。裕福な女がささやかに、けれどはっきりと、世界の違いを表明していた。ズヴェーヴォは畏れを抱いた。

「廊下の突き当たりに、お客さま用の寝室があるから」彼女は言った「夜更けまでには戻ってくるわ」

「出かけるのか?」

「クリスマスイブだもの」彼女は言った。もしもほかの日だったなら、かならず屋敷に残ったはずだと言いたげだった。

未亡人は出かけていった。夜の闇に包まれた丘を下っていく車の音が、遠くから聞こえてきた。ふと、奇妙な衝動が彼を捉えた。今や屋敷にひとりきり、すっかりひとりきりだった。ズヴェーヴォは未亡人の部屋に忍び入り、彼女の持ち物を手当たり次第に見てまわった。引き出しを開け、古い手紙や便箋をじっくり調べた。鏡台のかたわらで、香水の瓶のコルクを順繰りにすべて引き抜き、匂いを嗅ぎ、もとあった場所へ丁寧に戻していった。長らく胸に秘めていた願いだった。ひとりきりになった今、すでに抑制はかなぐり捨てていた。たっぷりと時間をかけ、未亡人の持ち物すべてを触り、嗅ぎ、撫で、吟味したかった。未亡人の夜着を優しく撫で、冷たい宝石をそっと握った。書き物机に設えられた、人目を惹きつける小さな引き出しを開いてみた。なかを覗いて、万年筆や鉛筆、インク壺や手箱をとくと眺めた。棚のなかに目をこらし、長持ちのなかを手探りし、あらゆる衣服にあらゆる小間物、あらゆる宝石や土産物を取りだしては、ためつすがめつ眺めまわし、それらを値踏みし、見つけた場所に戻していった。ズヴェーヴォは獲物を探す盗っ人なのだろうか？　未亡人の秘密に包まれた過去を暴こうとしているのだろうか？　それは違う、まったく違う。そこに広がる新しい世界を、ズヴェーヴォはもっとよく知りたかった。ただそれだけのことだった。

客人用の深々としたベッドに身を沈めたのは、十一時を過ぎたころだった。そこに横になったときの感触は、ズヴェーヴォの骨がいまだかつて体験したことのないものだった。甘美な眠りに落ちるより先に、地中深くへ何千マイルも沈んでいってしまうように思えた。耳もとまで引きよせたキルトの羽ぶとんが、心地良い熱と重みを伝えていた。ため息をつくと、嗚咽のような声がいっしょに漏れた。少なくとも今夜は、ここでゆっくり過ごせるだろう。ズヴェーヴォは横になったまま、故郷の言葉で静かに独り言をつぶやいた。

「ぜんぶうまくいく……何日かすれば、あいつらはぜんぶ忘れる。マリアには俺が必要なんだ。息子たちには俺が必要なんだ。何日かすれば、マリアはきれいに水に流す」

遠くから鐘の音が聞こえた。イエス聖心教会が深夜のミサを始める合図だった。ズヴェーヴォは肩肘を立てて鐘の音に耳を澄ました。クリスマスの朝がやってくる。ミサで膝をつく妻の姿が彼には見えた。侍者の行列に参加して主祭壇の前に赴き、聖歌隊の一員として「アデステ・フィデレス」を歌う三人の息子の姿が見えた。彼の妻、哀れにも痛ましい彼のマリア。彼女は今夜、結婚したときから使っている、古びてぺしゃんこになった帽子をかぶっているだろう。新しい流行にいくらかでも合わせようと、くる年もくる年も手を加えつづけてきた帽子だった。今夜……いやむしろ、まさに今、マリアはくたびれた膝を床につき、夫と息子たちのために震える唇で祈りを唱えているだろう。おぉ、ベツレヘムの星よ！　おぉ、赤子イエスの生誕よ！

ズヴェーヴォは窓の外を眺めた。風に吹かれて寒空を舞う粉雪が見えた。窓に映るズヴェーヴォ・バンディーニの姿が見えた。その男は、彼の不死の魂のために妻が祈りを捧げているときに、ほかの女のベッドで横になっていた。彼は仰向けに横になった。包帯に覆われた顔に大きな涙の粒が流れ、ズヴェーヴォは鼻をすすった。明日、もういちど家に帰ろう。そうしなけりゃいけないんだ。許してほしい、仲直りしてほしいと、膝をついてマリアに頼もう。子供たちがいなくなったあと、妻だけになったときに膝をつこう。子供たちの前でそれはできない。あいつらはげらげら笑って、すべてを台なしにするだろうから。

翌朝、鏡を一瞥するなりズヴェーヴォの決心は息絶えた。ずたずたに荒らされた身の毛もよだつ相貌が、鏡のなかに浮かんでいた。膨れあがった顔は紫色に染まり、眼の下には黒い腫れ物ができていた。こんなにも明瞭な傷跡が刻まれた顔を人目に曝すなど、考えられなかった。この顔を見たら息子たちでさえ、恐怖に身をすくませるだろう。ズヴェーヴォは唸り、罵り、椅子に身を投げ髪を掻きむしった。ジェズ・クリスト！　これじゃ道も歩けそうにない。彼を見れば誰もがかならず、暴力がその顔に殴り書きした文字を読みとってしまうに違いなかった。氷の上で転んだとか、カードで遊んでいるときに殴り合いになったとか、どんな嘘を並べたところで空しいだけだ。頬を引き裂いたのが女の爪であることは、どこからどう見ても明らかだった。

ズヴェーヴォは服を着て廊下に出た。ドアの閉まった未亡人の部屋の前を、忍び足で通りすぎた。キッチンにやってくると、パンとバター、それにブラックコーヒーの朝食を済ませた。皿を洗ったあとで部屋に戻った。化粧台の鏡に映った自分の姿が、視界の隅に飛びこんできた。その像に腹を立てたズヴェーヴォは、思わず拳を握りしめた。鏡を叩き割りたいという欲求をどうにかして抑えこんだ。ズヴェーヴォはうめき、罵り、ベッドに身を投げ、端から端へと頭をごろごろ転がした。彼は悟った。人間社会の眼差しに耐えうるほど顔の腫れが引き、傷跡が癒えるまでに、あと一週間はかかるだろう。陽の射さないクリスマスだった。雪はすでにやんでいた。ベッドに横になりながら、つららの溶けるぽたぽたという音に耳を傾けていた。昼近く、未亡人の静かなノックが扉から聞こえた。彼女であることは分かっていた。それなのにズヴェーヴォは、警察に追われる犯罪者のようにベッドから跳ね起きた。

「ズヴェーヴォ、いるの？」彼女は訊いた。

この顔では、未亡人の前に出られない。

「ちょっと待ってくれ！」彼は言った。

衣装箪笥のいちばん上の引き出しを大急ぎで開けると、そこからタオルを引っぱりだし、眼より下をすっかり覆い隠すように顔に巻きつけた。そうしてようやく、扉を開けた。ズヴェーヴォの出で立ちに肝をつぶしていたとしても、それを顔に出す未亡人ではなかった。彼女の髪は薄手のネットにまとめられ、ふくよかな肢体はフリルがついた桃色のガウンにくるまれていた。

「メリー・クリスマス」未亡人が微笑んだ。

「俺の顔」指さしながら、ズヴェーヴォは釈明した「タオルを巻いておけば、熱がこもるから。そうすりゃ、治りも早いだろうし」

「よく眠れた?」

「これまでに寝たベッドのなかでいちばんだ。見事なもんだ。じつにやわらかい」

未亡人は部屋に入って、ベッドの縁に腰かけ、ためしにそこで弾んでみた。「あら」彼女は言った「わたしのベッドよりやわらかいじゃないの」

「ほんとうに良いベッドだ。たいしたもんだ」

彼女はためらい、やがて立ち上がった。ズヴェーヴォの瞳をまっすぐに見つめた。

「分かっていると思うけど」未亡人は言った「あなたにいてもらえて嬉しいのよ。この先も、ここにいてほしいと思ってるわ」

どう答えればよかったのだろう? 心がしかるべき返事を探り当てるまで、ズヴェーヴォは黙りこくって立っていた。

「食費と部屋代を、あんたに払おう」彼は言った「請求してもらったとおりの額を、俺は払うから」

「そんな、やめて!」彼女は応じた「お願いだから、ばかなこと言わないで! あなたはお客さまなのよ。ここは下宿じゃないの……わたしの家なんだから!」

「あんたは善い女だ、ヒルデガルドさん。じつに親切な女だ」

「もう、くだらない!」

それでも彼は、金を払おうときっぱり心を決めていた。二日か三日か、顔の傷が癒えるまで……一日に二ドルくらい……それだけ払えば、じゅうぶんだろう。

話はまだ終わらなかった。

「わたしたち、くれぐれも用心しないと」彼女は言った「世間がどれだけ噂好きか、あなたもよく知っているでしょう」

「分かってる、もちろんだとも」彼は答えた。

話はなおも終わらなかった。未亡人はガウンのポケットを指で探り、ビーズのチェーンがついた鍵を取りだした。

「勝手口の鍵よ」彼女は言った。

未亡人はそれをズヴェーヴォの手に握らせた。驚くべき、途方もない物体を目にしたかのように、ズヴェーヴォはその鍵をまじまじと見つめた。とはいえやはり、それは単なる鍵でしかなかった。しばらくしてから、ズヴェーヴォは鍵をポケットのなかに押しこんだ。

最後にもうひとつ。

どうか気を悪くしないで欲しいの。でも、今日はクリスマスでしょう。午後にはお客さまがやってくるのよ。クリスマスのプレゼントとか、挨拶とか、そういうこと。

「だからたぶんね、もしできることなら……」

「もちろんだ」ズヴェーヴォが遮った「分かってるさ」

「急いでるわけじゃないの。まだ一時間はあるわ」

それから彼女は部屋を去った。顔に巻いたタオルを剥ぎとり、ズヴェーヴォはベッドに腰を下ろした。まごつきながら、うなじのあたりを手でこすった。鏡のなかの恐ろしい相貌が、またもや視界の隅に映った。ディオ・クリスト！　その顔はさっきまでより、なおいっそう醜悪さを増しているように思えた。これから俺はどうしたらいい？

　彼はふと、別の角度から自身を見つめた。自らの置かれた愚かしい状況に、ズヴェーヴォは胸をむかつかせた。ぜんたい俺は、どこの間抜けだ？　この家に客が来るからといって、どうして俺がこそこそ隠れなけりゃならないんだ？　ズヴェーヴォは犯罪者ではなかった。彼は男だった。いやむしろ、善良なる男だった。彼には仕事があった。彼は組合いに所属していた。彼はアメリカ市民だった。三人の息子がいる父親だった。彼の家はここからそう遠くなかった。たとえ所有してはいないにせよ、ともかくもそれは彼の家であり、その屋根が彼のために雨露をしのいでいた。殺人犯のごとく逃げ隠れしなければいけないとは、いったい彼の身になにが起きた？　なるほどたしかに、ズヴェーヴォは過ちを犯した、チェルタメンテ！［イタリア語。「もちろんだとも」の意］けれどこの世に、過ちを犯したことのない人間などいるのだろうか？

　俺の顔……ふんっ！

　彼は鏡の前に立ち、唇をゆがめて笑った。包帯を一本ずつ剥がしていった。顔よりもよほど大切なことがほかにあった。だいたいこんな傷、二、三日もたてばすっかり元どおりになるだろう。彼は臆病者ではなかった。彼はズヴェーヴォ・バンディーニだった。男であり、なによりもまず、勇ましき男だった。ひとりの男としてマリアと向き合い、彼女に許しを求めよう。請うのではない。すがるのではない。許してくれ。そう言おう。許してくれ。俺が間違っていた。もう二度としない。

このように心を決めると、肌を刺す冷ややかな満足感が全身に広がっていった。コートをつかみ、帽子を目深にかぶってから、未亡人に一言も声をかけずに静かに屋敷をあとにした。

あぁ、今日はクリスマス！　ズヴェーヴォはクリスマスのなかへと身を投げだし、その空気を胸いっぱいに吸いこんだ。これはまた、なんというクリスマスだろう！　勇気ある決断をくだすことは、なんと心地良いのだろう。勇ましく誉れたかき男としてあることは、なんと素晴らしいのだろう！

町はずれを伸びる最初の道に行き当たると、赤い帽子をかぶった女性がズヴェーヴォの方に近づいてきた。顔の具合を確かめる良い機会だった。ズヴェーヴォは肩をすくめ、顎を下に引いた。嬉しいことに、女性はちらりと視線を寄越したきり、ズヴェーヴォの方を見ようともしなかった。家まで帰る残りの道のり、彼は口笛で「アデステ・フィデレス」を吹き鳴らしていた。

マリア、いま帰るぞ！

玄関へとつづく庭の小道は雪に覆われていた。ほーぉ、あのがきども、俺がいないのをいいことに雪かきをさぼっていたな。いいだろう、すぐに俺が根性を叩きなおしてやる。これからはもう、今までとは違うんだからな。バンディーニ氏だけではない、家族みんなで心機一転、まさしくこの日から新しい生活が始まろうとしていた。

様子がおかしかった。玄関の扉には鍵がかけられ、どの窓にもカーテンが引かれていた。それ自体は、さして奇妙というわけでもなかった。クリスマスには教会で五度のミサがあり、最後のミサは正午に執り行われることをズヴェーヴォは覚えていた。息子たちは今ごろ、ミサに参列しているのだろう。けれどマリアは、クリスマスイヴの深夜のミサに列席するのがつねだった。この時間、彼女は家にいるはずだった。ズヴェーヴォは玄関の網戸を拳で叩いた。くりかえし強く叩いたけれど、なんの益もなかった。ズヴェーヴォは裏手にまわり、台所の扉を開けようとした。そこにも鍵がかけられていた。台所の窓から家のなかをじっと見つめた。ストーブに載せられたやかんの口から、筒型の湯気が立ち昇っていた。それならば、中にはたしかに誰かいるのだ。あらためて、今度は両方の拳で扉を叩いた。返事はなかった。

「どうなってんだ」ぶつくさと悪態を並べつつ、寝室の窓を目指して家のまわりを歩いていった。巻上げ式のブラインドが降ろされていたものの、窓は開いていた。ズヴェーヴォはブラインドを爪でひっかき、妻の名前を呼んだ。

「マリア。おい、マリア」

「どなた?」気だるい、眠たそうな声が聞こえた。

「俺だ、マリア。ここを開けろ」

「なにかご用?」

ベッドから起き上がる音が聞こえた。暗闇のなかでマリアが体をぶつけたらしく、がたがたと椅子が鳴った。ブラインドの端が持ち上げられ、ズヴェーヴォはマリアと対面した。眠りから覚めきっていない、うつろでぼんやりしたマリアの瞳が、白い雪の照りかえす光のために後じさっていた。ズヴェーヴォは息を詰まらせ、喜びと恐れのために、小さな笑いを漏らした。

「マリア」

「消えて」彼女は言った「ここにいてほしくないの」

ふたたびブラインドが閉ざされた。

「おい、マリア。聞けよ！」

マリアの声は強く張りつめ、大きく揺らいでいた。

「そばにいてほしくないの。消えて。顔も見たくないから！」

ズヴェーヴォはブラインドに手のひらを当てると、額を押しつけて懇願した「マリア、頼む。話したいことがあるんだ。ドアを開けてくれ、マリア。俺に話をさせてくれ」

「あぁ、もう！」妻は絶叫した「消えろ、消えろ！　お前が憎い、お前が憎い！」そのとき、なにかの砕ける音が緑のブラインドから鳴り響き、頭をのけぞらせたズヴェーヴォの目に一筋の光が舞いこんだ。網戸の金属線を切り裂く音が耳を突き刺し、ズヴェーヴォは殴り倒されたような気分になった。部屋のなかで、マリアがむせび泣いていた。彼は身を引き、壊れた網戸とブラインドをじっくり眺めた。網戸には、長い裁ちばさみが柄の根元まで、深々と突き通されていた。全身の毛穴から汗が噴きだし、ズヴェーヴォは車道へと取って返した。心臓が、鍛冶屋の振るう大槌のごとくに暴れていた。ハンカチを取りだそうとしてポケットのなかを探ると、冷ややかな金物が指先に触れた。未亡人から与えられた鍵だった。

あぁ、そうかい。好きにしろ。

第九章

クリスマス休暇が終わり、一月六日に学校は再開した。ろくでもない休暇だった。かつてなくみじめで、苦難に満ちた休暇だった。始業ベルが鳴る二時間前から、アウグストとフェデリーコは聖カタリナ学校の正面玄関の階段に腰かけ、用務員が扉を開けるのを待ちかまえていた。口に出すのは憚られたけれど、家にいるより学校で時間を潰した方がよほどましだった。

アルトゥーロにとっては事情が違った。

ローザとふたたび顔を合わせるのかと思うと、どうしようもなく気が滅入った。授業が始まるほんの数分前に家を出た彼は、重い足取りで学校に向かった。玄関でローザに出くわすのを避けるため、学校には遅刻していくつもりだった。始業ベルが鳴ってから十五分後に学校に到着し、骨折した足を引きずるようにして階段を上がった。教室のドアノブに触れた瞬間、アルトゥーロは身ぶりを豹変させた。ひどく慌てた様子で、全力疾走のあとのように胸を弾ませ、ドアノブをまわして教室のなかにさっと滑りこみ、足音を忍ばせつつ自分の席へ急いだ。

黒板の前、ローザの席とは反対側に、シスター・メリー・シーリアが立っていた。アルトゥーロは胸をなでおろした。これなら、ふとした拍子に彼の視線が、ローザのやわらかな瞳とぶつかり合うこともないだろう。シスター・メリー・シーリアは正三角形の角度について説明していた。凶暴な語り口だった。黒板に描かれた大きく厚かましい図形をシスターが打ちすえるたび、チョークの欠片が四方八方に飛び散った。シスターの瞳は、まずアルトゥーロの方角を射抜き、それから黒板へと立ち返るうちに、なおいっそうの輝きを獲得した。シスターの瞳にまつわる級友たちの噂話を、アルトゥーロは思い起こした。夜、シスターが眠りについたあと、その瞳は鏡台の上で輝きはじめる。もし強盗でも忍び入ろうものなら、ガラスの瞳はまばゆいばかりの光線を振り撒いて、盗っ人をじっと見つめるのだ……

黒板を使っての説明を終えると、シスターは手を叩いてチョークの粉を払った。

「バンディーニ」シスターが言った「いつもどおりの流儀で新年を迎えましたね。説明をお願いできるかしら？」

バンディーニ少年は立ち上がった。

「あいつ、なんて言うかな？」誰かが愉しそうに囁いた。

「教会に行って、ロザリオの祈りを唱えていました」アルトゥーロは言った「年明けの最初の挨拶を、聖母さまに捧げたかったんです」

どうにも咎めようのない弁明だった。

「うそだぁ」誰かが囁いた。

「信じたいものですね」シスター・メリー・シーリアが言った「無理な相談ではあるにせよ。坐りなさい」

アルトゥーロは机の上で背を丸め、両手を杯の形にして顔の左側を覆った。幾何学の授業はゆるゆると進んだ。教科書を取りだして机の上に広げたあとも、アルトゥーロは顔を両手で覆いつづけた。けれど、せめて一目は、少女を眺めずにいられなかった。アルトゥーロは指を広げ、隙間の向こうをそっと覗いた。彼は思わず背筋を伸ばした。

ローザの席が空いていた。アルトゥーロは教室をぐるりと見まわした。ローザはどこにもいなかった。教室にローザはいなかった。これで安心だ、あぁ良かったと、アルトゥーロは一〇分間ほど自分に言い聞かせていた。やがて、通路を挟んで反対側の席にいる、ブロンドのガーティ・ウィリアムズの姿が目に留まった。ガーティはローザの友だちだった。

なぁ、おい、ガーティ。

少女は彼の方を振り向いた。

「なぁ、ガーティ、ローザはどこだよ?」

「いないわ」

「分かってるよ、ばか。なぁ、どこだよ?」

「知らないわ。家でしょ、たぶんね」

彼はガーティが大嫌いだった。この少女と、いつだってガムをくちゃくちゃとやっている青白い少女の顎が、彼はいつだって大嫌いだった。ローザが勉強を教えてくれるおかげで、ガーティの成績はいつもBだった。けれどガーティはあまりにも薄っぺらく、白目の向こうに頭の裏側が見えるほどで、頭蓋骨の中身はほとんど空っぽだった。こいつの頭に宿っているのは、男子たちへの邪まな欲望だけだった。ただしここでいう「男子」には、アルトゥーロのように年じゅう爪が汚れている類の少年は含まれていなかった。お澄ましを決めこんだガーティの態度が、アルトゥーロは憎らしくて仕方なかった。


「最近ローザに会ったか?」

「最近は会ってないわ」

「最後に会ったのいつだよ?」

「だいぶ前よ」

「前っていつだよ? この能無し!」

「年明けよ」ガーティは蔑むような笑みを浮かべた。

「学校を辞めたのか? ほかの学校に転校したのか?」

「違うと思うけど」

「どうしてお前ってそんなにばかなんだよ?」

「いけない?」

「俺に聞くのかよ?」

「だったらわたしに話しかけないで、アルトゥーロ・バンディーニ。だってわたしは、あなたとちっとも話したくないんだから」

くたばれよ、くそっ。少年の一日は台なしになった。何年ものあいだずっと、アルトゥーロとローザは同じクラスだった。二年前から、彼はローザに恋をしていた。来る日も来る日も、七年と半年にわたって、二人は同じ教室で過ごしてきた。そして今、ローザの机は空席になっていた。この世でアルトゥーロが愛着を寄せているものは二つしかなかった。まずは野球、次にローザ。その彼女が消えてしまった。残るはただ、かつてローザの黒髪が咲きこぼれていたあたりに漂う、うっすらとした空気ばかりだった。その下で、小さな赤い机の表面が、埃の膜に覆われていた。

シスター・メリー・シーリアが、耐えがたいほどに耳障りな声でがなり立てていた。授業の内容はいつのまにやら、幾何学から作文へと移行していた。アルトゥーロは野球連盟監修の「スポルディング・イヤーブック」を引っぱり出し、ウォーリー・エイムズの打率と守備率の計算に着手した。ウォーリーは「アメリカン・アソシエーション」に所属するトレド・マッドヘンズの三塁手だった。

ねじれた前歯に銅の矯正器具をつけた、ちびで卑しいごますり屋の奇人アグネス・ホブソンが、サー・ウォルター・スコットの『湖上の美女』を大きな声で読み上げていた。

あーあ、くだらない。退屈を紛らすため、少年はウォーリー・エイムズの生涯打率を計算し、それをニック・カロップの数字と比較してみた。ニックは「サザン・アソシエーション」の一員であるアトランタ・クラッカーズの強打者だった。用紙五枚を費やして、一時間におよぶ錯綜とした計算を繰り広げた結果、カロップの打率はエイムズのそれを一分だけ上回っていることが判明した。

少年は喜びに満たされてため息をついた。この名前には言い知れぬ魅力があった。ニック・カロップ。からりと軽やかな憎い名前だ。味も素っ気もないウォーリ・エイムズよりずっといい。少年はしまいにはエイムズが疎ましくなり、カロップについてあれこれと想像をめぐらしはじめた。どんな外見をしているのだろう、どんなことを話すのだろう、サインをくださいとアルトゥーロが手紙に書いたら、どんな返事をくれるのだろう。一日が尽き果てようとしていた。腿がずきずきと痛み、眠気のせいで目尻には涙が浮かんだ。シスター・シーリアがなにを話していようとお構いなしに、少年はあくびをしたり、ばかにするように笑ったりしつづけた。休暇のあいだは誘惑に耐えるあまり、たくさんのことをやり損ねた。もはや過ぎ去り、永遠に戻ってこないクリスマス休暇をくよくよと思い返しながら、少年は午後の授業が終わる時間を待ちつづけた。

重苦しい日々だった。物悲しい日々だった。

翌朝は遅刻しなかった。始業ベルが鳴る瞬間にちょうど学校の玄関の敷居をまたげるよう、アルトゥーロはきびきびと歩を進めた。彼は駆け足で階段を昇り、更衣室の壁越しに覗くよりも前から、ローザの机に視線を向けた。机は空いていた。シスター・メリー・シーリアが出席をとっていた。

ペイン。はい。

ペニグル。はい。

ピネッリ。

沈黙。

出席簿に「×」の印をつけるシスターを、アルトゥーロは見つめていた。机の引き出しのなかに出席簿を滑りこませてから、シスターは生徒たちに朝の祈禱を唱えるよう命じた。苦難がまた幕を開けた。

「幾何学の教科書を出しなさい」

湖に身投げでもしてろ。アルトゥーロはそう思った。

なぁ、おい、ガーティ。

「ローザに会ったか？」

「いいえ」

「この町にいるのか？」

「知らないわ」

「お前の友だちだろ。会いに行ってみろよ」

「行くかもしれないわ。行かないかもしれないわ」

「お前ってほんとに良い奴だな」

「いけない？」

「お前のそのガム、喉の奥までねじこんでやりたいよ」

「あら、どうぞやってみて！」

昼休み、アルトゥーロは野球のグラウンドをぶらついていた。クリスマスが過ぎてから、雪はいちども降っていなかった。黄色い太陽が青空のなかで猛威を振るい、自分がいないあいだに眠りこけ凍りついていた山々の世界へ、ここぞとばかりに復讐していた。ときおり、野球場を取りかこむ裸のポプラの木立ちから、少しばかりの雪がこぼれ落ちてきた。雪はグラウンドに落下したあと、空に浮かぶ黄色い口にべろべろと舐めまわされ、あっというまに姿を消した。大地から蒸気が滲み出ていた。霧のようなものが湧きあがり、地面の近くを這いつくばって進んでいた。西の空ではどす黒い雲の群れが、山々への襲撃を切り上げて、退路を賑やかに、大急ぎで駆けだしているところだった。汚れなき巨大な峰が感謝をこめて、とがった唇を太陽の方へ突きだしていた。

暖かな午後だった。けれど野球をするには湿りすぎていた。試しにピッチャーマウンドに立ってみた。黒いぬかるみがため息をつきながら、少年の足を飲みこんでいった。たぶん、明日には。あるいは、その翌日こそ。だけどローザはどこだ？　立ち並ぶポプラのなかの一本に、アルトゥーロはもたれかかった。ここはローザの大地だ。これはローザの木だ。なぜならきみがそれを見たから、きっときみはそれに触れたから。遠くに見えるのはローザの山々だ、今ごろきっと、ローザもあの山並みを見つめている。なんであれ、ローザが見つめたものはローザのものだった。なんであれ、アルトゥーロが見つめたものはローザのものだった。

学校が終わってから、アルトゥーロはローザの家へと足を伸ばした。屋敷の前の通りの向かいを、アルトゥーロはうろついていた。「デンバー・ポスト」の配達夫をしているカット・プラグ・ウィギンズが、自転車に乗ってやってきた。それぞれの家の正面のポーチに、こなれた手つきで夕刊を放っていた。アルトゥーロは口笛を吹いて、カット・プラグを呼びとめた。

「ローザ・ピネッリのこと、知ってるか？」

カット・プラグは雪の上に、噛み煙草の汁を勢いよく吐きだした。「三軒先のイタリア人の娘か？　もちろん知ってる。なんでだ？」

「最近その子に会ったか?」

「んー?」

「カット・プラグ、最後にその子に会ったのはいつだよ?」

カット・プラグは自転車のハンドルに寄りかかり、額から汗をぬぐった。煙草の汁をまた吐きだし、記憶を丹念にたどっていった。良い知らせを期待しながら、アルトゥーロは配達夫の返事を辛抱づよく待ちつづけた。

「最後に会ったのは、三年前だな」ようやくカット・プラグが言った「なんでだ?」

「なんでもない」アルトゥーロは言った「忘れてくれ」

三年前! あのばか、ローザなんてどうでもいいみたいな言い方しやがって。


重苦しい日々だった。物悲しい日々だった。

家は混迷のきわみにあった。学校から帰ってきた子供たちは、開け放しにされた玄関の扉と、家中を満たしている夜の冷気に迎えられた。ストーブの炎は息絶え、受け皿から灰が溢れかえっていた。マンマはどこだ? 三人は母親を探しはじめた。マリアはけっして遠くまで行かなかった。牧草地の先にある、古い石造りの納屋にいたことも何度かあった。そんなとき彼女は、箱に腰かけるか壁に寄りかかるかして、小刻みに唇を動かしていた。日が暮れるまでずっと、子供たちはマリアを探しつづけた。近所をくまなく見てまわり、納屋や石炭置場を覗き、川の土手沿いを歩いてマリアの足跡を探した。夜通し水かさを増しつづけて茶色くなった川は、たちの悪い乱暴者のようでもあり、大地や草木に食ってかかりながら、けんか腰に唸りをあげていた。咆哮とともに流れていく水の姿を、三人は土手の上から眺めていた。誰も口を開かなかった。少年たちは手分けして、上流と下流を探しまわった。一時間後、三人は家に戻った。アルトゥーロがストーブの火をつけた。アウグストとフェデリーコが、ストーブのまわりに身を寄せた。

「すぐに戻ってくるよね」

「もちろん」

「たぶん、教会に行ったんだ」

「たぶんな」

床下から物音が聞こえた。地下の貯蔵室に降りていくと、三人はそこで母を見つけた。彼女はワインの樽の上に膝をついていた。前に父が、一〇年寝かせてからでなければ開けないと誓いを立てていたワインだった。子供たちの嘆願に、母はなんの注意も払わなかった。涙の浮かんだアウグストの瞳を、マリアは冷ややかに見つめていた。自分たちには興味がないのだと、三人とも分かっていた。マリアを立ち上がらせようとして、アルトゥーロはそっと母の腕をつかんだ。するとただちに、マリアの手の甲がアルトゥーロの頬をぴしゃりと打った。ばか女。どういうわけか、アルトゥーロは口許にふと笑いを浮かべた。赤くなった頬をさすりながら、その場にじっとしていた。

「ひとりにしておこう」兄は弟たちに言った「母さんはひとりでいたいんだ」

マリアのために毛布を持ってくるよう、アルトゥーロがフェデリーコに言った。フェデリーコはベッドから毛布を一枚だけ引っぱりだし、それを抱えて貯蔵庫に戻ってきた。マリアのそばに歩み寄り、その肩に毛布をかぶせた。するとマリアは立ち上がり、滑り落ちた毛布が彼女の足下を覆った。どうしようもなかった。三人は階段を上がり、そして待った。

だいぶ長い時間が過ぎてから、マリアは姿を現わした。三人は台所のテーブルを囲んでいた。勉熱心な、立派な子供たちでいようとして、教科書のページをぱらぱらとめくっていた。母の紫色の唇を、彼らは見た。母の灰色の声を、彼らは聞いた。

「夕食はどうしたの？」

もちろん、食べたよ。すごくおいしかったよ。自分たちで料理したんだ。

「なにを食べたの？」

子供たちは答えるのが恐ろしかった。

ついにアルトゥーロが口を開いた「パンとバター」

「バターはないわ」マリアが言った「三週間前からずっと、この家にバターはないわ」

それを聞いて、フェデリーコがわっと泣いた。

朝、少年たちが学校に行く時間になっても、マリアはベッドで眠っていた。アウグストは寝室のなかに入って、行ってきますのキスをしたかった。フェデリーコはそのとおりにした。自分たちの昼食について、母になにか言いたかった。けれどマリアは眠っていた。子供たちのことなど気にも留めない奇妙な女が、ベッドの上に横たわっていた。

「ひとりにしておいた方がいい」

弟たちはため息をつき、学校に行くために部屋を出た。アウグストとフェデリーコはいっしょに登校した。アルトゥーロはほんのしばらく家に残り、ストーブの火を弱め、最後にもういちど母の様子を窺った。母を起こすべきだろうか？　いいや、眠らせておこう。彼はコップに水を注ぎ、それをベッドの脇に置いた。足音を忍ばせて部屋を去り、それから学校に向かった。

なぁ、おい、ガーティ。

「どうかした？」

「ローザに会ったか？」

「いいえ」

「変だな。なにがあったんだ？」

「知らないわ」

「病気なのかな？」

「違うと思うけど」

「思うもクソもないだろ。お前、ばかすぎるもんな」

「だったらわたしに話しかけないで」

昼休み、彼はまたグラウンドをぶらついていた。太陽はなおも猛っていた。内野のまわりの地面は乾き、ほとんどの雪は姿を消していた。ただ一箇所、ライトのフェンスが影を作っているあたりにだけ、風が雪を吹きよせて、その上に汚らしい泥のレースをかぶせていた。とはいえ、グラウンドはじゅうぶんに乾いていた。練習にはもってこいの陽気だった。昼休みの残りの時間、アルトゥーロはチームの残りのメンバーを誘ってまわった。グラウンドは完璧だぞ。今日の夕方、練習しないか？　アルトゥーロの話を聞くあいだ、メンバーたちは困ったような表情を浮かべていた。この学校でただひとり、アルトゥーロと肩を並べるほどに野球に入れこんでいるキャッチャーのロドリゲスでさえ、顔をしかめていた。まぁ、待てよ。彼らは言った。春まで待てよ、バンディーニ。アルトゥーロは少年たちを説得し、ついには彼らを説き伏せた。学校が終わったあと、グラウンドを囲むポプラの木立ちの下に坐って、ひとりで一時間も待ちつづけた。チームのメンバーは誰も来そうにないと彼は悟った。少年はのろのろとした足取りで家に向かった。途中、ローザの家の前を通った。通りを挟んだ反対側ではなく、ローザの家の芝生のすぐ隣を歩いてみた。草は鮮やかな緑に輝き、舌の上にその味が広がってくるようだった。隣の家から現われた女性が、ポーチに置かれた新聞を手に取った。見出しに軽く目を走らせてから、アルトゥーロのことを胡散臭そうに見つめてきた。僕はなにもしてませんよ、通りかかっただけですから。聖歌のメロディを口笛で吹きながら、アルトゥーロは通りを歩き去った。

重苦しい日々だった。物悲しい日々だった。

その日、少年の母親は洗濯をした。裏の路地から家にたどりつくと、物干しに洗濯物が吊るされている光景が目に映った。陽が沈み、あたりは急に寒くなった。洗濯物は凍りつき、固くなっていた。庭の小道を歩きつつ、ごわごわとした洗濯物に一枚ずつ触れていった。手のひらで衣類を撫でながら、物干しの端まで進んだ。どうしてこの日に洗濯をしたのか、どうにも不可解だった。マリアは普段、月曜日に洗濯していた。今日は水曜日だった。あるいは木曜日だったかもしれない。ともかく、月曜日でないことは確かだった。洗濯物の中身も、どこかおかしかった。胸にわだかまる不審の念を解きほぐすため、アルトゥーロは裏手のポーチの上で立ちどまった。いったいなにがおかしいのか、ようやく分かった。物干しに吊るされた、清潔でかちこちの衣類はすべて、少年の父親のものだった。彼や弟たちの衣類は、靴下一足でさえ見当たらなかった。

夕食は鶏肉だった。玄関の扉を開けるなり、ロースト・チキンの匂いが鼻孔を満たし、アルトゥーロは頭がくらくらした。鶏肉。けれどなぜ？　小屋に残る鶏はただ一匹、大きな雄鶏のトニーだけだった。マリアがトニーを殺すはずがなかった。マリアはトニーの、ふさふさとした見事な鶏冠や、ぴんと立った美しい羽根が大好きだった。マリアは以前、蹴爪のあるトニーの脚に、赤いセルロイドの飾りをはめた。トニーの威厳に満ちた歩き方を見て、マリアは楽しそうに笑っていた。けれどロースト・チキンは、トニーだった。アルトゥーロは水切りの上に、真っ二つに割られた足首の飾りを見つけた。まるで二枚の赤い爪のようだった。

チキンはじきに、少年たちの手でばらばらにされた。かつてのトニーと同じように、屈強なチキンだった。けれどマリアはチキンに手をつけなかった。ぼんやりと腰かけたまま、皿に垂らされたオリーブオイルの薄膜にパンを浸していた。トニーの思い出。やつこそは、雄鶏のなかの雄鶏だった！　鶏小屋におけるトニーの長き治世に、少年たちは思いを馳せた。在りし日のトニーの雄姿を、三人はまざまざと思い出していた。オリーブ・オイルにパンを浸しながら、マリアは虚空を見つめていた。

「なにかが起こる。けれど口に出してはいけない」マリアが言った「なぜなら、もしも神を信じているなら、お前は祈るべきだから。わたしはそれを、吹聴しない」

子供たちの顎の動きがぴたりと止まった。三人はマリアを見つめた。

沈黙。

「マンマ、なんて言ったの？」

「なにも言ってないわ」

フェデリーコとアウグストは顔を見合わせ、どうにか笑いを浮かべようとした。やがてアウグストの顔が白くなった。彼は席を立ちテーブルから離れた。フェデリーコが白い肉の欠片をつかみ、アウグストのあとを追った。アルトゥーロはテーブルの下で拳をぎゅっと握った。泣きたい思いをこらえるために、手のひらが痛くなるまで拳を固く握りしめた。

「旨いなぁ、この鶏肉！」彼は言った「マンマも食べてみなよ。ほら、一口だけでもいいからさ」

「たとえなにが起ころうとも、お前は信仰を捨ててはいけない」マリアが言った「わたしにきれいなドレスはない、わたしはあの人と踊りに行かない、けれどわたしには信仰がある、そしてやつらはそれを知らない。けれど神はそれを知っている、聖母はそれを知っている、たとえなにが起ころうとも、あの方々はそれを知っている。わたしはときおり、一日中ここに坐っている、たとえなにが起ころうとも、あの方々はそれを知っている、なぜなら神が、十字架の上でお亡くなりになったから」

「そうだよ、もちろん知ってるよ！」アルトゥーロが言った。

少年は立ち上がり、母を抱きしめてキスをした。母の胸元が目に入った。白い乳房がだらりと垂れていた。アルトゥーロは小さな子供たちのことを思った。赤ん坊のころのフェデリーコのことを思った。

「もちろん知ってるよ」アルトゥーロはまた言った。けれどつま先からなにかが伝わり、アルトゥーロはもう、そのなにかに耐えられなかった「もちろん知ってるよ、母さん」

少年は身をひるがえし、台所から出ていった。子供部屋の衣装棚の前まで、足をよろめかせながら歩いていった。戸の裏側のフックには、半分くらい中身の詰まった洗濯物入れがぶら下げてあった。アルトゥーロは洗濯物入れをつかみ、そのなかに鼻と口を突っこんだ。胸につかえていたものを、洗いざらいぶちまけた。脇腹が痛くなるまで、叫び、泣いた。すべてが終わり、内側が乾いてきれいになると、瞳の奥に残る刺すような痛みのほかは、なんの苦しみも感じなくなった。父さんを探してこよう。アルトゥーロは心を決めて、明かりのついた居間へと歩いていった。

「母さんのこと、見ていてくれ」アルトゥーロは弟たちに言った。マリアはすでに、ベッドに戻っていた。開け放しにされたドアの向こうで、マリアが横になっていた。居間とは逆の方向に、顔を背けていた。

「母さんが何かしたら、僕たちどうしたらいい?」アウグストが言った。

「何もしないさ。お前たちはただ、おとなしくしてろ」

月の光に照らされた夜。野球をするにはじゅうぶんの明るさだった。アルトゥーロは近道をするためにトレッスル橋を渡った。少年の足下、橋の下では、赤と黄に色づく炎のまわりで、浮浪者たちが身を寄せあっていた。彼らは今夜、デンバー行きの貨物列車に飛び乗って、三〇マイル先へと風のように運ばれていくのだろう。彼らの顔に目を走らせ、父親がいるかどうか確かめている自分に、アルトゥーロはふと気づいた。けれど、バンディーニ氏がそこにいるはずはなかった。父を見つけだすべき場所は、インペリアル・プールホールか、ロッコ・サッコーネのねぐらだった。少年の父は組合に所属していた。橋の下にいるわけがなかった。

インペリアルのポーカーの部屋にも、父の姿はなかった。

バーテンダーのジムの話。

「だいたい二時間前に、ワップの石工といっしょに出てったな」

「それって、ロッコ・サッコーネだよね？」

「そうそう、そいつだ。男前のあのイタ公だ」

ロッコは自分の部屋にいた。窓辺に置かれた卓上ラジオのそばに腰かけ、ラジオから流れるジャズを聴き、胡桃を食べていた。胡桃の殻を集めるために、足下には新聞紙が敷かれていた。アルトゥーロは扉の脇に立っていた。少年は招かれざる客だった。ロッコの瞳の穏やかな闇が、はっきりとそう告げていた。けれど父はその部屋にいなかった。彼の痕跡さえ見当たらなかった。

「ロッコ、僕の父さんはどこ？」

「どうして俺に聞くんだ？　お前の親父だろ。俺の親父じゃないぞ」

けれどアルトゥーロは、少年に特有の直感でもって真実を見抜いた。

「ここでロッコと暮らしてると思ったんだけど」

「あいつはひとりだ。俺は知らんよ」

アルトゥーロは胸のうちで囁いた。嘘だな。

「ロッコ、父さんはどこに暮らしてるの？」

ロッコは腕を広げてみせた。

「俺に聞くなよ。もう長いこと会ってないんだ」

また嘘だ。

「バーテンダーのジムが、父さんはさっきまでロッコといっしょにいたって言ってたんだけど」

ロッコは跳ねるように立ちあがり、拳を勢いよく振りあげた。

「あのジムの野郎は、ほら吹きの父なし子だ！　自分には関係ないことにまで鼻を突っこみやがって。いいか、お前の親父は男なんだ。自分がなにをしてるのか、あいつはちゃんと分かってる」

これで分かった。

「あのさ」アルトゥーロは言った「エッフィー・ヒルデガルドって女のこと、ロッコは知ってる？」

ロッコはうろたえているようだった。「アッフィー・ヒルデガルド？」彼は天井をじっと見つめた
「誰だそれ？　どうしてそんなこと知りたいんだ？」

「なんでもない」

アルトゥーロは確証を得た。玄関へと駆け降りていくアルトゥーロを、ロッコが慌てて追いかけてきた。階段の上からロッコが叫んだ「おい、坊主！　どこに行く気だ？」

「家だよ」

「よーし」ロッコが言った「子供は家にいるのがいちばんだ」

そこはアルトゥーロがいるべき場所ではなかった。ヒルデガルドの屋敷へつづく道を半分ほど進んだところで、自分には父と対面するだけの勇気がないことにアルトゥーロは気がついた。ここでは、

少年にはなんの権利もなかった。アルトゥーロの来訪は、厚かましく、押しつけがましいものにほかならなかった。帰ってきてほしいと、どうやって伝えたらよいのだろう？　父さんの返答を想像してみよう。おい、くそがき、さっさと帰れ。うん、これだ、まさしくこのとおりに言うだろう。踵を返し、家に帰るのが賢明だった。少年は今、自分の経験を超えた領域にさまよいこんでいた。父はあそこで、女といっしょに暮らしている。それがこれまでとは違う点だった。アルトゥーロは記憶を呼び起こした。まだ小さかったころ、アルトゥーロは一度だけ、プールホールに父親を探しに行ったことがあった。父はテーブルから立ち上がり、アルトゥーロのあとを追って外に出た。すると父さんは、僕の喉を握りしめた。力はこめていなかった、でも、脅すような握り方だった。そして僕にこう言った。二度とするなよ。

彼は父が怖かった。死ぬほど父を恐れていた。これまでの人生をとおして、父がアルトゥーロに手を上げたことは三度しかなかった。三度だけだった。けれどそれは激しく、恐ろしく、けっして忘れられない三度だった。

もうごめんだ。ぜったいにごめんだ。

ぐるりと弧を描く私道に沿って松の木がひしめき合い、アルトゥーロはその木陰で息を潜めていた。私道からは芝生が広がり、石造りの館へとつづいていた。正面の二つの窓にはヴェネチアン・ブラインドが吊るされ、そのうしろからわずかに光が漏れ出ていた。とはいえ、ブラインドはしっかりと自身の役割を果たしていた。月明かりに照らされて、西にそびえる白い山々はまぶしいほどの光を放ち、館の姿態をはっきりと浮かびあがらせていた。かくも美しい光景を前にして、少年は父を誇りに思わずにいられなかった。言葉を探すまでもなかった。こいつはまったく、最高だ。少年の父は、落ちぶれた犬っころみたいなものだった。あれはそういう父親だった。けれど今、父はあの館のなかにいた。そこにはたしかに、誇るべきなにかがあった。ほんとうに落ちぶれた人間が、あんな場所に入れるものか。父さん、すごいよ、父さんは男だよ。父さんのせいで母さんは死にかけてる、それでも父さんは素晴らしいよ。僕と父さん、両方だよ。だっていつかは、僕も同じことをするんだよ、少女の名前はローザ・ピネッリだよ。

砂利の敷かれた私道をアルトゥーロは忍び足で横切り、水浸しになった芝生を目指した。芝はそこから、家の裏庭や車庫の方まで広がっていた。庭のあちこちに石材やら、板やら、モルタルをこねる箱やら、砂の篩《ふるい》やらが散らばっていた。どうやら父は、ここで仕事をしているらしかった。そろりそろりと、アルトゥーロは庭に近づいていった。父の手になる物体が、黒い小山のようにそそりたっていた。モルタルが凍りつくのを防ぐため、得体の知れない物体は麦わらとキャンバスに覆われていた。

アルトゥーロは途端に、苦い失望に襲われた。おそらく父は、ここで暮らしたりしていない。たぶん、ごくごく平凡なれんが積み工として、夜に帰り、朝に戻ってくるのだろう。アルトゥーロはキャンバスをめくってみた。石造りのベンチとか、そんなようなものだった。どうでもよかった。悪ふざけもたいがいにしてくれよ。父さんは、町でいちばん裕福な女と暮らしてるんじゃない。あの女のために働いてるだけじゃないか、ちくしょう！　うんざりして、アルトゥーロは来た道を引き返した。砂利の敷かれた小道の真ん中を歩いていった。幻滅のあまり、足下の砂利がざくざくと音を立てていることさえ気にならなかった。

松の並木までたどりついたとき、掛け金の鳴る音が響いた。彼は慌ててうつ伏せになり、湿った松葉のベッドに顔を押しつけた。館の扉から一筋の光がこぼれ出て、明るい夜をまっすぐに貫いた。扉の向こうから現われたひとりの男が、幅の狭いポーチの端に立っていた。火のついた葉巻の赤い突端は、男の口許に漂う赤い大理石のようにも見えた。バンディーニ氏だった。父は空を見上げ、冷たい空気を胸いっぱいに吸いこんだ。アルトゥーロは喜びに身震いした。おいおいうそだろなんてこったよ、なんてりっぱな身なりだよ！　バンディーニ氏は真紅に染まった寝室用のスリッパを履き、青のパジャマを身にまとっていた。赤い上着の帯の先には、白いふさ飾りが垂れていた。いやもういやはやなんとまぁ、まるで銀行家のヘルマーだ、ルーズベルト大統領だ、英国王にも見紛うほどだ。お、おぉ……なんて男だ！　父が館のなかに入り扉を閉めたあと、アルトゥーロは歓喜のあまり大地を抱きしめ、ちくちくとする松葉を歯で噛みしだいていた。父を家に連れ帰ろうとは、ばかなことを考えたものだなぁ！　気でも触れたんじゃないか、実際のところ。栄光に包まれた新しき世界と、そこに住まう少年の父。アルトゥーロは、この光景をかき乱すような真似はぜったいにしたくなかった。仕方ない、母さんには苦しんでいてもらおう。僕と弟たちは空腹に耐えよう。けれどそれだけの価値はある。あぁ、父さん、ほんとうに立派だったよ！　アルトゥーロは急ぎ足で丘を下った。スキップし、ときおり丘のふもとへ石ころを蹴っ飛ばした。彼の心はそのあいだずっと、今しがた後にしてきた光景をがつがつと貪っていた。

ところが、なんの休息にもならない眠りをねむる、げっそりとやつれきった母の顔をひとめ見るなり、彼はまたもや父が憎くなった。

少年は母の体を揺すった。

「会ってきたよ」彼は言った。

マリアは目を開け、唇を湿らせた。

「どこにいるの?」

「ロッキー・マウンテンホテルに泊まってる。ロッコと同じ部屋だよ。二人して同じ部屋に寝てたよ」

マリアは瞳を閉ざし、アルトゥーロに背を向けた。肩の上にそっと置かれた息子の手から、母は身を引いた。アルトゥーロはパジャマに着替え、家の明かりを消してから、ベッドのなかにもぐりこんだ。シーツから冷気を追い払うまで、アウグストの暖かな背中に張りついていた。

夜半、息子は母に揺り起こされた。重い瞼をどうにか開くと、すぐ隣に坐った母が、彼の体を揺すっていた。マリアは明かりをつけていなかった。だからアルトゥーロには、彼女の顔がぼんやりとしか見えなかった。

「なんて言ってたの?」マリアが囁きかけた。

「誰が?」けれどアルトゥーロはすぐに気がつき、ベッドの上で身を起こした「家に帰りたいって言ってた。でも、母さんが入れてくれないだろうって言ってたよ。母さんは自分のことを追い出すだろうって。家に帰るのを怖がってた」

マリアは誇らしげに背筋を伸ばした。

「いい気味ね」マリアが言った「思い知るがいいわ」

「すごくつらそうで、悲しそうだった。病気みたいだった」

「ふん！」マリアが言った。

「父さんは家に帰りたがってるよ。すごく惨めなんだって」

「いい薬よ」背中を反りかえしながらマリアが言った「家とはなにを意味するのか、これで少しは学ぶはずよ。あと何日か、締め出しておきましょう。膝をついて這ってくるに違いないわ。あの人のことはお見通しですから」

くたびれ果てていたアルトゥーロは、マリアが話すのを聞きながら眠ってしまった。


重苦しい日々だった。物悲しい日々だった。

翌朝、なにか物音がして目が覚めた。隣のアウグストも、大きく目を見開いていた。眠りを妨げる騒音に、少年たちは耳を傾けた。音を立てているのは、居間にいるマンマだった。前へ後ろへ、絨毯の埃取りを勢いよく動かしていた。埃取りの車輪がきぃきぃと、やかましい音を響かせていた。朝食はパンとコーヒーだった。息子たちがパンを食べているあいだに、昨晩の鶏肉の残りで、マリアは彼らの昼食をこしらえた。母の様子に、子供たちはとても喜んでいた。マリアは青の上品なホームドレスを着ていた。髪の毛はぴったりと梳かされていた。これまで見たことがないほど丁寧に梳かされたその髪が、頭のてっぺんで巻かれていた。すっかり露わにされた母の耳を、少年たちは初めて見た。ふだんは髪はほどかれていて、両の耳を覆い隠していた。ピンクの小さな、かわいらしい耳だった。

アウグストが口を開いた。

「今日は金曜日だよ。魚を食べなきゃだめだよ」

「おい、このばか、その清らかな口を閉じろ！」アルトゥーロが言った。

「僕、今日が金曜日だって知らなかったよ」フェデリーコが言った「アウグスト、どうしてわざわざそんなこと言うの？」

「清らかな間抜けだからだよ」アルトゥーロが言った。

「魚を用意できないときは、金曜日に鶏肉を食べることも罪ではないわ」マリアが言った。

そのとおり。まさしくマンマの言うとおり！　やーいやーいと、二人はアウグストを囃し立てた。

アウグストは軽蔑するように鼻を鳴らした「なんでもいいさ。僕は今日、鶏肉は食べないからね」

「好きにしろ、このでく」

アウグストはあくまで強情だった。マリアは彼のために、パンをオリーブオイルに浸し、その上に塩を振りかけた弁当を用意した。アウグストの鶏肉は、アルトゥーロとフェデリーコが分け合うことになった。


金曜日だった。テストの日だった。ローザはいなかった。

なぁ、おい、ガーティ。少女はガムをパチンと弾き、アルトゥーロの方を見た。

いいえ、ローザには会ってないわ。

いいえ、ローザが町にいるかどうか知らないわ。

いいえ、なんの知らせも聞いていないわ。たとえ聞いていたとしても、あなたに話すつもりはないわ。なぜって、心から正直に言わせてもらえば、わたしはあなたと口も利きたくないんですから。

「この牝牛め」アルトゥーロが言った「きたねぇ口をいつもくちゃくちゃさせやがって、この乳牛め」

「デイゴ！」

アルトゥーロは顔を紫に染め、机から身を乗りだした。

「ちびでやらしいブロンドの売女が！」

ガーティは息を呑んだ。恐怖が少女の顔を覆った。

テストの日だった。アルトゥーロは十時半には、幾何学に落第したことを悟っていた。正午のベルが鳴ったとき、彼はまだ作文の問題と格闘していた。すでに教室はからっぽだった。残っているのは、彼とガーティ・ウィリアムズだけだった。なんとしてでも、ガーティより早く終えたかった。アルトゥーロは最後の三問をすっとばし、用紙をかき集めて提出した。更衣室のドアの脇で、彼はうしろを振りかえった。ガーティを見つめ、勝ち誇るような笑みを浮かべてやった。ブロンドで癖毛のガーティが、小さな歯で鉛筆の先をぎりぎりと噛んでいた。言葉にならない憎しみをこめて、ガーティはアルトゥーロを睨みかえした。ガーティの瞳が、言っていた。借りは返すわよ、アルトゥーロ・バンディーニ。借りは返すわ。

その日の午後二時、ガーティは復讐を果たした。

ねぇ、ちょっと、アルトゥーロ。

ガーティの書いたメモが、アルトゥーロの歴史の教科書の上に舞い落ちた。ガーティの顔は微笑みに照り輝き、瞳が熱に浮かされていた。顎はもう動いていなかった。メモは読まないほうがよさそうだった。けれどアルトゥーロは好奇心に負けた。

親愛なるアルトゥーロ・バンディーニ

とても賢くて抜け目のない人もいれば、たんなる外人でしかない気の毒な人もいるわ。アルトゥーロ・バンディーニ、あなたは自分をひどく利口だと思っているかもしれないわね。だけどこの学校には、あなたを嫌っている人がたくさんいるのよ。でも、誰よりいちばんあなたを嫌っているのはローザ・ピネッリ。わたしよりもあの子の方が、ずっとあなたを嫌っているの。だってわたしは、あなたが貧乏なイタリア男子だって知っているし、あなたがいつも汚い格好をしていても、わたしにはどうだっていいから。なにも買うお金がない人たちは盗みを働くことを、わたしはたまたま知っていたわ。だからある人が（誰か分かるかい？）、あなたがアクセサリーを盗んでその人の娘にプレゼントしたんだと聞かされても、わたしはちっとも驚かなかった。だけどその娘さんはとっても正直だから、アクセサリーを手許に置いておくつもりはなかったのね。彼女は立派に、それを贈り主に突き返したことでしょう。アルトゥーロ・バンディーニ、どうかもう、わたしにローザ・ピネッリのことを聞いてこないで。なぜってローザは、あなたにうんざりしているから。昨日の夜、ローザはわたしに、あなたがあまりに怖くって、顔を合わせると身震いすると言ってたわ。あなたは外人だものね。たぶんそれが原因よ。

きみの……誰か分かるかい？

喉から胃が飛びだしそうだった。震える唇の端で、ぞっとするような笑みが舞っていた。ゆっくりと顔を上げ、ガーティを見つめた。ぼんやりしたアルトゥーロの顔に、病んだ微笑みが貼りついていた。ガーティの青い瞳のなかには、歓喜と、後悔と、恐怖の念が入りまじっていた。アルトゥーロはメモを丸め、目いっぱい足を伸ばして机の上に倒れこみ、両腕で顔を隠した。アルトゥーロは死んだ。心臓の唸りのほか、なにも聞こえなかった。なにも見えなかった。なにも感じなかった。

しばらくしてから、あたりを満たすたくさんの囁きに彼は気づいた。落ちつかない、興奮した声が、教室中を行き交っていた。なにかが起こり、そのために空気が揺らめいていた。女子修道院長を見送ったあとで、シスター・シーリアが説教壇の教卓に戻ってきた。

「みなさん、席を立ち、膝をついてください」

生徒たちは立ち上がった。誰ひとり、修道女の穏やかな瞳から視線を逸らそうとしなかった。「大学病院から、たいへん悲しい報せが届きました」シスターは言った「わたしたちは心を強く持って、祈りを捧げなければいけません。わたしたちの愛しいクラスメート、わたしたちの大切なローザ・ピネッリが、今日の午後二時、肺炎で亡くなりました」

ドンナお祖母ちゃんが郵便で五ドルを送ってくれたので、夕食は魚だった。遅い夕食だった。少年たちが食卓の席に着いたころには、すでに八時を過ぎていた。夕食が遅くなった理由はよく分からなかった。魚はずっと前に焼き上がっていた。けれどマリアは、それをオーブンのなかに入れたままにしていた。テーブルの周りに集まった子供たちには、食卓の光景がどこかいつもと違うように思えた。アウグストとフェデリーコが、席を取り合って喧嘩していた。やがて彼らは、違和感の正体に気がついた。母は今夜、父の席にも食器を用意していた。

「父さん、帰ってくるの？」アウグストが訊いた。

「もちろん帰ってくるわ」マリアが言った「あなたたちのお父さんなのよ。帰ってこないでどうするの？」

奇妙な会話だった。アウグストはまじまじと母を見つめた。朝に着ていたものとはまた別の、きれいなホームドレスを母は着ていた。今度は緑色だった。マリアは魚をたくさん食べた。フェデリーコがごくごくと牛乳を飲み、手の甲で口をぬぐった。

「ねぇ、アルトゥーロ。アルトゥーロの彼女が死んだね。僕たち、あの子のために祈ったよ」

アルトゥーロは魚に手をつけていなかった。フォークの先で、皿の上の魚を軽くつついているだけだった。アルトゥーロは二年にわたり、両親や弟たちに、ローザは自分の彼女なのだと吹聴していた。今となっては、本当のことを白状するしかなかった。

「彼女じゃない。ただの友だちだ」

母の視線を避けるため、アルトゥーロはじっとうつむいていた。マリアの憐れみがテーブルを横切って彼に伝わり、彼を窒息させようとしていた。

「ローザ・ピネッリが、死んだの？」マリアが尋ねた「いつ？」

母の問いに弟たちが答えているあいだ、マリアの憐れみが雪崩を打ってアルトゥーロのなかに注ぎこまれた。アルトゥーロは視線を上げるのが怖かった。彼は椅子を引いて立ち上がった。

「僕、お腹減ってないから」

母から目を逸らしたまま少年は台所に向かい、裏庭へと出ていった。胸を締めつける思いを好きなだけ吐きだせるよう、アルトゥーロはひとりになりたかった。だってローザは僕を嫌っていたから、僕はローザをぞっとさせていたから。けれどマリアはアルトゥーロを放っておかなかった。マリアもまた食卓を離れ、裏庭までやってきた。母の足音を聞いたアルトゥーロは、急ぎ足で裏庭を通り抜け、路地の方へ歩いていった。

「アルトゥーロ！」

少年は牧草地を進み、彼の犬たちが埋められているあたりまでやってきた。そこは真っ暗で、誰かに見つかる心配もなかった。黒い柳の木に背をつけて坐りこむと、アルトゥーロは大きな声で泣きじゃくった。だってローザは僕を嫌っていたから、だって僕は泥棒だから。だけどローザ、聞いてよ、僕はあれを母さんから盗んだんだ。僕はほんとうの泥棒じゃないんだ。クリスマスプレゼントだったんだ。それに僕はぜんぶきれいに片づけたんだ。僕は告解に行って、ぜんぶきれいに片づけたんだ。

路地の方から、自分の名前を呼んでいる母の声が聞こえた。どこにいるか伝えるために、アルトゥーロは声を張り上げた「いま行く」目許をしっかりとぬぐい、唇のまわりの涙をきれいに舐めてから、アルトゥーロは母に返事をした。牧草地の隅にある有刺鉄線をアルトゥーロは乗り越えた。路地の真ん中を歩きながら、マリアがアルトゥーロの方にやってきた。肩にショールを巻きつけて、家の方をちらちらと盗み見ていた。マリアは素早く、固く握られたアルトゥーロの拳をこじ開けた。

「しーーっ。アウグストとフェデリーコに言ってはだめよ」

手のひらの上には、一枚の五〇セント硬貨が置かれていた。

「映画を観てきなさい」マリアが囁いた「残りのお金で、アイスクリームを買ったらいいわ。しーーっ。二人には内緒よ」

アルトゥーロは素っ気なく母に背を向け、路地を反対の方角に歩いていった。拳のなかの硬貨には、少しも心を動かされなかった。ほんの数メートル進んだところで、マリアがアルトゥーロを呼び戻した。

「しーーっ。お父さんに言ってはだめよ。あまり遅くならないで、お父さんより先に帰ってきなさいね」

ガソリンスタンドの向かいにあるドラッグストアまでやってきた。アルトゥーロはその店のミルクセーキを、ろくに味わいもせずにずるずると啜った。大学生の集団がやってきて、ドリンクコーナーの座席を埋めつくした。二十歳そこそこの背の高い女学生が、アルトゥーロの席のすぐ近くに坐った。彼女は首に巻かれたスカーフをほどき、革のジャケットの襟を立てた。ドリンクコーナーの奥にある鏡をとおして、アルトゥーロは女学生を眺めていた。夜の冷たい空気のせいで、ピンク色の頬がいきいきと輝き、灰色の大きな瞳が興奮したように踊っていた。鏡の中から自分を見つめているアルトゥーロに、女学生は気がついた。振りかえった彼女が少年に微笑みかけると、きれいに並んだ歯がきらりと光った。

「こんばんは！」年下の男の子に話しかけるときに特有の微笑みを浮かべながら、女学生が言った。アルトゥーロは返事した「こんちは」。それっきり、彼女はなにも話しかけてこなかった。彼女の隣、アルトゥーロとは反対側の席に坐っている男子学生との会話に、彼女は没頭しはじめた。相方はいかめしい顔つきをした男で、トレーナーの胸のあたりに銀と金で「C」と刺繍されていた。女学生が振り撒く溌剌とした生気のおかげで、アルトゥーロは悲しみをまぎらすことができた。ドラッグストアに並べられた薬品たちのかすかな臭いにまじって、ライラックの香水の匂いが漂っていた。長くほっそりとした女学生の指を、アルトゥーロはぼんやり眺めた。張りのある厚ぼったい唇が、コーラを勢いよく啜っていた。桃色がかった彼女の喉は、液体が流れていくあいだぴくぴくと震えていた。アルトゥーロは飲み物の代金を払い、ドリンクコーナーのスツールから腰を浮かした。立ち去ろうとする彼に気づいて、女学生が振りかえった。さよならの意味をこめ、胸のすくような微笑みを彼女は浮かべた。それ以上のことはなにもなかった。けれど、ドラッグストアから出てきたアルトゥーロは、ローザ・ピネッリが死んでいないことを確信した。昼間のあれは、間違った報せだった。ドラッグストアの女学生と同じように、この世のあらゆる少女たちと同じように、ローザは生きている、息をしている、笑っている。

それから五分後、アルトゥーロは街灯の下、明かりの消えたローザの家の正面にいた。恐れと苦しみに捉われながら、アルトゥーロは玄関を見つめた。闇夜のなかである物が、血の気のない青白い輝きを放っていた。長い絹のリボンが突風に撫でられ、ひらひらとはためいていた。それは死の印、葬儀の花輪だった。突然、アルトゥーロの口のなかは砂のような唾液でいっぱいになった。アルトゥーロは向きなおり、車道を歩いていった。木々、ため息をつく木々！　アルトゥーロは歩みを速めた。風、ひとりぼっちの冷たい風！　アルトゥーロは走りはじめた。死、恐るべき死！　すべてがいっせいに彼にのしかかってきた。夜空を駆ける稲妻となって彼を打った。彼の名を呼び、彼を脅し、彼をつかまえようとして、こけつまろびつ追いかけてきた。気が触れたように彼は走った。通りを全力で駆けぬけるあいだ、彼の足音は悲鳴のごとくに鳴り響いていた。恐ろしく冷たい汗が背筋を伝わり、彼は思わず身震いした。近道をするために彼はトレッスル橋を渡った。線路の枕木につまずいて彼は転んだ。冷たく凍った土手へと大慌てで手を伸ばした。また走りだし、けれど膝はがくがくと笑い、つまずき、転び、また立ち上がり駆けていった。近所の通りにたどりつくと、アルトゥーロは小走りになった。家のすぐそばまで戻ったころには、服の汚れを手で払いながら、ゆっくりと歩いていた。

家だ。

すぐそこに家があった。居間の明かりが窓越しに見えた。家だ。けっしてなにも起こらない、暖かくて、どんな死も近寄れない家だ。

「アルトゥーロ……」

玄関に母が立っていた。アルトゥーロは母の脇を通りすぎ、暖かな居間に入っていった。居間を嗅ぎ、居間を感じ、居間に夢中になった。アウグストとフェデリーコはもう寝ていた。薄暗い寝室で、アルトゥーロは手早く、急かされるようにして服を着替えた。それから居間の明かりが消され、屋敷はすっかり暗くなった。

「アルトゥーロ？」

アルトゥーロは母のベッドの方へ歩いていった。

「なに？」

母は毛布を持ち上げ、息子の腕を強く引いた。

「こっちよ、アルトゥーロ。いっしょに寝ましょう」

母の隣に滑りこみ、母の腕のやわらかな暖かさのなかに身をうずめた。アルトゥーロの指先までもが、こらえきれずにわっと泣きだしたようだった。


ローザのためのロザリオの祈り。

日曜の午後、アルトゥーロはクラスメートたちといっしょに、聖処女の祭壇に向かってひざまずいていた。はるか前方で、黒い頭を聖母の蝋人形の方へ持ち上げているのが、ローザの両親だった。二人の体はとても大きかった。終わりのない一月の空に、もういちど羽ばたいていく定めにあるくたびれた鳥のように、司祭の乾いた語調が冷えびえとした教会のなかを漂い、ローザの両親はそのあいだずっと、途方もなく大きな体を激しく震わせていた。これが、きみが死んだときの光景なんだ。いつの日か、彼は死ぬだろう。この世のどこかで、同じことがまた起こるだろう。彼はそこにいないだろう。けれど、そこにいる必要はないだろう。なぜならこれは、すでに記憶となっているだろうから。彼は死ぬだろう。それでもなお、生きている人たちが、彼に分からなくなることはないだろう。なぜならこれは、また起こるから。生きられるより前に生から出た記憶が、また起こるから。

ローザ、僕のローザ。きみが僕を嫌っていたなんて信じられない。だってきみが今いるところに憎しみはないから。きみは僕らに囲まれ、僕らからずっと遠く離れている。僕はただの子供なんだ、ローザ。きみのきれいな顔を思うとき、玄関のホールを歩くきみのオーバーシューズの笑い声を思うとき、きみがいる場所の謎は僕にとって、なんの謎でもなくなるんだ。だってきみはほんとうに素敵だったから、ローザ。きみはとても優しかった、僕はきみが好きだった、きみのような女の子を好きになった男が、そんな悪いやつになれるはずはなかった。いま、きみが僕を憎んでいるのなら、ローザ。いま、きみが僕を憎んでいるなんて信じられないよ、ローザ。それなら僕の悲しみを見てほしい、僕はここにきみを欲していることを信じてほしい。それもまた、善いことだから。きみはけっして戻ってこないと僕は知ってる。ローザ、僕のほんとうの愛。けれどこの午後、この寒い教会には、きみがいることの夢がある。きみの赦しのなかに慰めがある。きみに触れられないという悲しみがある。だって僕はきみを愛しているから。ずっときみを愛しているから。いつかの明日、みんなが僕のために集まるとき、みんなが集まるよりも前から、きっと僕はそれを知るだろう、それは僕らにとって、少しも不思議なことではないだろう……

儀式のあと、生徒たちは少しのあいだ、教会の玄関に引きとめられた。小さなハンカチで目頭を押さえているシスター・シーリアが、静かにするよう生徒たちに命じた。子供たちの目の前で、シスターのガラスの眼球が、瞳を見分けられないほどにぎょろぎょろと動きまわっていた。

「葬儀は明日の九時からです」シスターは言った「八年生の授業は、明日は休講とします」

「よっしゃあ、遊ぶぞ！」

修道女のガラスの瞳が、声の主をきっと見つめた。それはクラス一の間抜けゴンザレスだった。彼は壁際に後ずさりし、肩のあいだに首をうずめて当惑の笑みを浮かべた。

「あなた！」シスターが言った「聞こえていますよ！」

ゴンザレスはどうすることもできずに、ただへらへらと笑っていた。

「教会を出たあと、八年生の男子はすぐに教室に集まってください。女子の皆さんは、ここで解散にします」

彼らは静かに、教会の庭を横切っていった。ロドリゲス、モーガン、キルロイ、ハイルマン、バンディーニ、オブライエン、オリアリ、ハリントン、そのほかたくさんの少年たち。正面玄関の階段を昇り、一階の教室の自分たちの席につくまで、彼らはいちども口を開かなかった。埃に覆われたローザの机や、まだ棚に並べられたままのローザの本を、押し黙って見つめていた。それから、シスター・シーリアが入ってきた。

「明日の葬儀では、ローザと同じクラスだったあなたたちに棺をかついでほしいと、ローザのご両親が仰っています。引き受ける気のある人は、手を挙げてください」

七本の手が挙がった。シスターは手を挙げた生徒たちをじっくりと眺め、名前を呼ばれたら前に出るよう彼らに命じた。ハリントン、キルロイ、オブライエン、オリアリ。バンディーニは？　選ばれた生徒たちに混じって、ハリントンとキルロイのあいだにアルトゥーロが立っていた。シスターはアルトゥーロ・バンディーニの顔を見つめ熟考した。

「だめよ、アルトゥーロ」シスターは言った「あなたは華奢だから。あなたでは運べないわ」

「できますよ！」キルロイやオブライエンやハイルマンをぎろりと睨みつけながら、アルトゥーロは強弁した。運べるに決まってるだろ！　彼はほかの男子より、頭ひとつ分も背が低かった。けれどアルトゥーロはこれまでに、彼ら全員を叩きのめしてきた。それどころか、二人同時に打ち負かすことだってできるはずだった。昼でも夜でも、いつでも好きなときにかかってこい。

「だめです、アルトゥーロ。どうか坐ってください。モーガン、前に出て」

アルトゥーロは席につき、運命の皮肉をせせら笑った。あぁ、ローザ！　彼の腕なら、一〇〇〇マイルでもローザを運んでいけるだろう。その二本の腕なら、一〇〇の墓穴を行き来することもできるだろう。ところがシスター・シーリアの眼には、アルトゥーロは華奢に過ぎると映っていた。この修道女ども！　この連中はひどく優しくてひどく思いやりがあって……そしてひどくばかなんだ。修道女はみんなシスター・シーリアと同じだった。片方の眼だけで物事を見て、もうひとつの瞳にはなにも映っていなかった。今は誰のことも憎むべき時ではないと分かっていた。けれど、どうしようもなかった。彼はシスター・シーリアが憎かった。

口許に冷笑を浮かべ、うんざりした気分を抱えながら、正面玄関の階段を降りていった。寒さの深まる冬の午後へと、アルトゥーロは身を投げた。うつむき、両手をポケットに突っこんだまま、少年は帰路についた。曲がり角にさしかかり視線を上げると、通りを渡ろうとしているガーティ・ウィリアムズの姿が目に入った。ほっそりとした肩甲骨が、赤いウールのコートの下で揺れていた。コートのポケットに手を入れて、ガーティはゆっくり歩いていた。コートの下に、尻の形が浮き上がっていた。ガーティのメモのことを思いかえし、アルトゥーロは歯ぎしりした。ローザはあなたが嫌いなの、あなたを見るとローザは身震いしてしまうの。やがてガーティは、アルトゥーロが歩道の縁石に登ったとき、彼の足音を聞きつけた。アルトゥーロの姿を認め、少女は足早に歩きだした。彼女に話しかけたり、後をつけたりする気はさらさらなかった。ところが、ガーティが歩調を速めた瞬間、少女を追いかけたいという衝動に捉えられ、彼もまた急ぎ足になった。不意に、ガーティのほっそりとした肩甲骨の真ん中あたりから、アルトゥーロは真実を見通した。ローザはあんなこと言ってない。ローザがあんなこと言うはずがない。誰にたいしても、ぜったいに。あれは嘘だ。ガーティはメモに、ローザに「昨日」会ったと書いていた。だけどそれは有りえない。あの前の日、ローザはとても具合が悪く、その翌日に病院で息を引きとったのだから。

アルトゥーロが勢いよく駆けだすと、ガーティもそれに倣った。けれど、アルトゥーロと競争して勝てるわけがなかった。アルトゥーロはガーティを追い越し、少女の前に立ちはだかった。ガーティの行く手を遮るために、両腕を大きく広げた。尻に両手を当てながら、ガーティは歩道の中ほどに立ちつくした。青白い瞳に敵意がみなぎっていた。

「アルトゥーロ・バンディーニ、もしもわたしに手を上げたら、大声で叫ぶわよ」

「ガーティ」彼は言った「あのメモのこと、正直に話せ。さもなきゃ、お前のその顎をぶん殴ってやる」

「あぁ、あれ!」見下すように彼女は言った「よくご存知みたいね!」

「ガーティ」彼は言った「ローザは俺のことが嫌いだなんて言ってない。お前はそれを知ってるんだろ」

ブロンドの巻き毛を高々と揺らしながら、ガーティはアルトゥーロの脇をかすめて通り、そして言った「たとえ言っていなくても、きっとそう思ってたわよ。わたしには分かるもの」

アルトゥーロはその場にとどまり、お澄ましを決めこんだガーティが通りを遠ざかっていくところを眺めていた。大きく頭を揺らして歩く後ろ姿は、たてがみを伸ばした小ぶりな馬にそっくりだった。

アルトゥーロは思わず笑った。

第十章

月曜朝の葬儀をもって、すべてが終わる。アルトゥーロは参列する気になれなかった。彼はもうじゅうぶんに悲しかった。アウグストとフェデリーコが学校に行ったあと、アルトゥーロは正面のポーチに腰かけて、一月の暖かな陽光を胸いっぱいに浴びていた。もうじき春がやってくる。あと二週間か三週間もすれば、大リーグの各チームが、春季キャンプのために南へ旅立つ。アルトゥーロはシャツを脱ぎ、乾いた茶色の大地の上にうつぶせになった。こんがりした小麦色ほど良いものはない。町の少年たちの誰より早く、肌を小麦色に染めてやろう。

素敵な一日だった。女の子みたいな一日だった。アルトゥーロは仰向けになり、南へと転げるように去っていく雲の群れを眺めた。空の上には強い風が吹いていた。この風はアラスカやロシアから、長い道のりを越えてやってくるのだと聞いたことがあった。けれど高くそびえる山々が、町を風から守ってくれていた。アルトゥーロはローザの教科書を思い出した。ローザの本を包んでいた青いカバーは、今朝の空のような色をしていた。やわらかな一日だった。犬が何匹か、あたりをうろついていた。木の前にやってくるたび、彼らは少しだけ立ちどまった。アルトゥーロは大地に耳をつけた。今ごろ、北の町はずれにある「ハイランド・セメタリー」で、ローザは墓穴に埋められているだろう。彼は地面にそっと息を吹きかけ、そこに口づけをした。舌の先に、土の味が広がっていった。いつの日か父さんに、ローザの墓石を彫ってもらおう。

お向かいのグリーソン家のポーチからバンディーニ家の屋敷の方へ、郵便配達人がやってきた。アルトゥーロは立ち上がり、配達夫から手紙を受け取った。ドンナお祖母ちゃんからの手紙だった。彼は手紙を家のなかに持っていき、母が封を破くところを眺めていた。短いメッセージと五ドル札が入っていた。マリアは五ドル札をポケットに入れると、ストーブで手紙を燃やした。アルトゥーロは芝地に戻り、そこでまた寝転がった。

じきに、マリアが買い物かごを持って家から出てきた。頬を地面につけたまま、アルトゥーロはじっとしていた。マリアが遠くから、一時間くらいで戻ると叫んでいた。少年はなにも言葉を返さなかった。あたりをうろついていた犬のうちの一匹が、芝地を横切り近づいてきた。犬はアルトゥーロの髪に鼻を近づけ、くんくんとにおいを嗅いだ。茶と黒の犬で、脚がものすごく大きかった。大きく暖かな舌に耳を舐められ、アルトゥーロは笑いを浮かべた。片腕を伸ばして湾の形にすると、犬はそのなかに頭をうずめた。犬はすぐに寝息をたてはじめた。毛に覆われた胸に耳を当て、心臓の鼓動を数えてみた。犬は片目を開け、跳ねるように立ち上がり、抑えきれない好意をこめてアルトゥーロの顔を舐めまわした。二匹の別の犬が、駆け足でやってきた。街路樹に沿って、慌ただしく駆けまわっていた。茶と黒の犬は耳を持ち上げ、控えめな吠え方で自分の存在を知らせ、二匹のあとを追いかけた。二匹は立ちどまり、ついてくるなと言わんばかりに、歯を剥いて唸った。茶と黒の犬はしょんぼりとしてアルトゥーロのもとに戻ってきた。少年はこの動物が気の毒になった。

「僕といっしょにいろよ」彼は言った「僕の犬になれ。お前はジャンボだ。われらがジャンボだ」

ジャンボは嬉しそうにはしゃぎまわり、またもアルトゥーロの顔に攻めかかった。

ジャンボの体を台所の流しで洗ってやっているとき、マリアが買い物から戻ってきた。マリアは悲鳴を上げた。買ってきた品物を床に落とし、寝室へと駆けこんで、扉にかんぬきをかけた。

「追い出しなさい!」マリアは叫んだ「この家から追い出して!」

ジャンボが流しのなかで身を躍らせた。犬は慌てふためき、水や石鹸の泡をあちこちに撒き散らしながら、家の外へと一目散に駆けていった。アルトゥーロはあとを追いかけ、戻ってこいと何度も叫んだ。ジャンボはポーチから地面へ飛びおりた。大きく輪を描いて駆けまわり、背中を土にこすりつけ、水を切るためにぶるぶると体を揺らし、ついには石炭置場のなかへと姿を消した。石炭の黒い粉が煙となって、小屋の入り口から巻き上がった。アルトゥーロは裏手のポーチからその光景を眺め、苦々しそうにうめきを上げた。寝室から響く母の悲鳴が、いまだに屋敷を震わせていた。アルトゥーロは寝室の扉の前へ足早に赴き、母をなだめようとした。玄関と裏口の鍵を閉めてくるように、マリアがアルトゥーロに言った。それまで寝室から出るつもりはないと、母は言い張っていた。

「ただのジャンボだよ」少年は母をなだめた「僕の犬のジャンボだよ」

マリアは台所に戻ってから、窓越しに犬の様子を窺った。石炭の粉にまみれて真っ黒になったジャンボが、大きな輪を描いてなおも走りまわっていた。背中を地面にこすりつけ、それからまた駆けだすということを、犬は幾度も繰り返していた。

「まるで狼だわ」マリアが言った。

「半分は狼だよ。でも、良いやつだよ」

「この家で飼う気はありませんからね」マリアが言った。

これだよ。始まりの二週間はいつもこうだった。アルトゥーロが犬を連れて帰ると、かならず似たようなことが起こった。そのうちジャンボも、これまでの犬たちと同じように、マリアだけに従順につきしたがい、一家のほかの人間にはなんの敬意も払わなくなるに違いなかった。

アルトゥーロのかたわらで、マリアが品物の包みを解いていた。

スパゲッティ、トマトソース、ペコリーノチーズ。けれど、バンディーニ家の平日の食卓に、スパゲッティが供されることはけっしてなかった。スパゲッティを食べられるのは、日曜日の夜だけのはずだった。

「どうして?」

「あなたたちのお父さんを、驚かせてあげようと思って」

「帰ってくるの?」

「今日、帰ってくるわ」

「どうして知ってるの? 父さんに会ったの?」

「訊くんじゃありません。とにかく、今夜あの人は帰ってきます」

アルトゥーロはジャンボのためにチーズを切りとり、外に出て名前を呼んだ。アルトゥーロに気がつくと、ジャンボは利口にも「お坐り」をした。彼は嬉しくなった。こいつはえらく賢い犬だな、ただの猟犬じゃないぞ。ジャンボの知性は間違いなく、狼から受け継いだ資質だった。アルトゥーロはジャンボといっしょにあたりを駆けまわった。ジャンボは地面に鼻をつけ、においを嗅ぎ、通りの両側のあらゆる木々にマーキングした。少年の行く手を遮ったり、少年の半歩うしろに控えたり、勢いよくあたりを駆けつつ少年に吠えかかったりしていた。そうこうするうち、町の西にある小さな丘にたどりついた。視線を上げた先に、山々の白い峰がそそり立っていた。

町はずれ、ヒルデガルドの館へとつづく道が南に急カーブを描いているあたりまでやってくると、ジャンボは狼のように唸りをあげ、両側の松の木立ちや茂みのなかを探りはじめた。それから丘の傾斜へと姿を消し、これから対峙するであろう、いまだ正体の定かでない野生の獣に、脅しかかるような声で吠えかかった。鼻の利くやつ！　アルトゥーロはしゃがみこみ、林のなかを縫うように駆けていくジャンボの姿を目で追いかけた。なんて犬だ！　いくらかは狼で、いくらかは猟犬なんだ。

丘のいただきから百メートルくらい離れたところで、暖かで馴染みのある音をアルトゥーロは聞いた。小さいころの、いちばん最初の記憶のなかで鳴り響いている音だった。仕上げ用の鑿《のみ》を叩いて、石の欠片をあちこちに飛ばしているときの、父の木槌の軽やかな音色だった。アルトゥーロは嬉しかった。この音が聞こえるということは、父はいま仕事着を着ているだろう。アルトゥーロは仕事着の父が好きだった。仕事着に身を包んでいるときの父は、ふだんよりずっと接しやすかった。

左手の茂みが急にがさごそと音を立て、ジャンボが街道へ駆けもどってきた。死んだ兎を口にくわえていた。何週間も前に死んでいたらしく、腐敗して悪臭を放っていた。ジャンボは道を一〇メートルほど大股で歩き、獲物を地面にぽとりと落とした。獲物を見つめるためその場にうずくまり、顎を地面に平らに寝かせ、軽く尻を浮かしつつ、兎からアルトゥーロへと、交互に視線を行き来させていた。ジャンボの喉から、ゴロゴロと獰猛な音が響いていた。そしてアルトゥーロが近づくと……吐き気がするほどの臭気だった。アルトゥーロはジャンボに駆けより、道路の端へ兎を蹴飛ばそうとした。ところがジャンボは、アルトゥーロの足が当たる直前に兎にかぶりつき、少年の意図を察して逃げだすと、意気揚々と駆けていった。悪臭のことなど忘れ、アルトゥーロは讃嘆の面持ちでジャンボを眺めた。おいおい、なんて犬だよ！　狼で、猟犬で、獲物を拾ってくる技術まで仕込まれてるのか。

けれどアルトゥーロはジャンボを忘れた。アルトゥーロはすべてを忘れた。頭のてっぺんを丘の上に向けた途端、なにを話すつもりだったのかさえ忘れてしまった。視線の先に父がいた。片手に槌を、もう一方に鑿を持った父が、近づいてくる彼の姿を眺めていた。父は丘のいただきに立ち、静かに彼のことを待っていた。バンディーニ氏は長いあいだ、彼の顔をまっすぐに見つめていた。それから槌を持ち上げ、鑿を構え、また石を打ちはじめた。よかった。それなら、ここにいても構わないんだ。アルトゥーロは砂利道を横切って、バンディーニ氏が細工を施している重たそうなベンチに近づいていった。父が口を開くまで、長いこと待たなければならなかった。飛んでくる石の欠片が目のなかに入らぬよう、アルトゥーロはしょっちゅうまばたきをしていた。

「どうして学校に行かないんだ？」

「学校はないよ。今日は葬式があるから」

「あいつも、問題ないよ」

「アウグストはどうだ?」

「うん、たぶんね」

「フェデリーコは学校で、ちゃんと勉強してるか?」

沈黙。槌を打つ音だけが、軽やかに耳に響いた。

「あいつも、いつもどおり」

「アウグストは?」

「元気だよ」

「フェデリーコはどうしてる?」バンディーニ氏が尋ねた。

バンディーニ氏は仕事をつづけた。石材の形をきれいに整えていた。作業している場所のかたわらにあるベンチの、座席の部分に敷くための石を仕上げているところだった。彼の顔には、クリスマスイブの痕跡がまだ残っていた。三本の長い引っかき傷が、茶色の鉛筆で描いた線のように、頬に縦に刻まれていた。

「あのサルヴァトーレという男は、俺は好かん。鉱山でスト破りをしてるからな。ろくでもない男だ」

「そう」

「サルヴァトーレ・ピネッリの娘か?」

「ローザ・ピネッリ」

「誰が死んだ?」

「お前はどうなんだ。良い点数を取ってるのか?」

「うん、大丈夫」

沈黙。

「フェデリーコは良い子にしてるか?」

「もちろん」

「アウグストは?」

「あいつは、いつもどおり」

「それでお前は?」

「ちゃんとやってると思うけど」

沈黙。北の空に雲が集まっているのが見えた。山々の峰に濃い靄が忍び寄っていた。アルトゥーロはジャンボを探した。けれど、どこにも犬の姿は見当たらなかった。

「家はなにも問題ないか?」

「ばっちりだよ」

「誰も病気になってないか?」

「ぜんぜん。みんな元気だよ」

「フェデリーコは夜、ちゃんと寝てるか?」

「もちろん。毎晩しっかり寝てる」

「アウグストは?」

「あいつも」

「それでお前は？」

「もちろん、僕も」

バンディーニ氏はそれを、ようやっと口にした。彼はそれを言うために、息子に背を向けなければならなかった。うしろを向いて、首と、背中と、腕の力を目いっぱい振りしぼり、重たい石を持ち上げた。おかげでそれは、短い呻きのようにして、バンディーニ氏の口をついて出た。

「マンマはどうしてる？」

「父さんに、帰ってきてほしいって」アルトゥーロが言った「いまスパゲッティを作ってるよ。父さんに家にいてほしいんだ。僕にそう言ってたよ」

バンディーニ氏は別の石を持ち上げた。さっきよりも大きかった。力を籠めるあまり、顔が紫色に染まっていった。それから石の上に、ぜぇぜぇと息をしながらもたれかかった。目のあたりに手を近づけ、鼻のわきを流れる雫を指で払った。

「なにか目に入ったな」彼は言った「石の欠片か」

「だろうね。さっき僕の目にも入ったよ」

「マンマは元気か？」

「大丈夫。すごい元気」

「もう怒ってないか？」

「まさか。父さんに、帰ってきてほしいって。僕にそう言ってたよ。今晩はスパゲッティだよ。怒ってたらスパゲッティは用意しないよ」

「もういざこざはごめんだからな」バンディーニ氏が言った。

「母さんは、父さんがここにいるってことも知らないよ。ロッコ・サッコーネといっしょにいると思ってるんだ」

バンディーニ氏は息子の顔をぎろりと睨んだ。

「俺はロッコの部屋にいるんだ」彼は言った「マリアに追い出されてからこっち、俺はずっとあそこにいる」

血も凍るような嘘だった。

「知ってるよ」アルトゥーロは言った「母さんにも、そう言っておいたよ」

「あいつにそう言ったか」バンディーニ氏は槌を脇に置いた「どうしてお前がそれを知ってる?」

「ロッコが話してくれたから」

バンディーニ氏は疑わしそうに言った「そうか」

「父さん、いつ家に帰ってくるの?」

バンディーニ氏はぼんやりと口笛を吹いた。旋律もなければ意味もない、乾いた音の連なりだった。

「もう、家には帰らないかもな」彼は言った「お前、どう思う?」

「母さんは父さんに会いたがってるよ。父さんを待ってるんだ。父さんがいなくて淋しいって」

バンディーニ氏はベルトをぐいと引いた。

「俺がいなくて淋しい! で、それがどうかしたか?」

アルトゥーロは肩をすくめた。

「とにかく、母さんは父さんに、帰ってきてほしいと思ってるんだ。それだけだよ」

「まぁ、たぶん帰るさ……ひょっとしたら、帰らんかもな」

ふと、バンディーニ氏の顔がゆがみ、ぴくぴくと鼻が震えた。アルトゥーロも臭いに気づいた。少年のうしろで、ジャンボがうずくまっていた。前脚のあいだに死骸を置き、大きな舌からよだれを垂らしていた。バンディーニ氏とアルトゥーロを交互に眺め、また鬼ごっこをしようと誘いかけていた。

「ジャンボ、あっち行け！」アルトゥーロが言った「兎といっしょに消えろ！」

ジャンボは歯を剥き、喉をやかましく鳴らしながら、兎の体の上に顎を寝かせた。それは少年にたいする挑戦だった。バンディーニ氏が鼻をつまんだ。

「どこの犬だ？」彼は鼻声で言った。

「僕の犬だよ。ジャンボっていうんだ」

「ここから追い出せ」

ところがジャンボは、てこでも動こうとしなかった。アルトゥーロが近づくと牙を剥きだしにして、飛びかかろうとするかのごとくに腰を浮かした。獰猛な音を響かす喉から、殺意のこもった吐息が流れ出ていた。アルトゥーロは感嘆し、うっとりしたようにジャンボを見つめた。

「見てよ」彼は言った「これじゃ近づけない。ずたずたにされちゃうよ」

ジャンボは明らかに少年の言葉を理解していた。ぐるぐるという喉の音は重みを増し、聞く者の身を震わせるほどになっていた。やがてジャンボは、兎を前脚でさっと押さえた。それから兎をくわえ、尻尾を振って晴れやかに歩いていった……松の木立ちが途切れるあたりにたどり着いたとき、勝手口の扉が開いた。不審そうに鼻を震わせているヒルデガルド未亡人が、扉から姿を現わした。

「ちょっと、ズヴェーヴォ！　なんなの、このひどい臭いは？」

ジャンボは横目で未亡人をちらりと見た。松の木立ちに視線を戻し、それからまた振りかえった。ジャンボは兎を地面に落とし、それをしっかりくわえなおした。軽やかな足どりでのんびりと芝生を横切り、未亡人に近づいていった。未亡人には、犬とじゃれ合う気はさらさらなかった。彼女は箒をつかみ、ジャンボと相対するために前に出た。ジャンボは口を空に向け、唇をうしろに引いた。巨大な白い歯が陽光を浴びてきらきらと輝き、顎からよだれが筋となって滴り落ちた。身の毛もよだつ獰猛な喉音をジャンボは解き放った。どすの利いた唸りと甲高い鼻息の両方で、警告を発していた。未亡人は歩みをとめ、どうにか心を落ちつかせた。犬の口をじっと見つめ、うんざりしたように首を振った。ジャンボは獲物を脚の先に落とし、すっかり満悦の様子で長い舌を外に伸ばした。その場にいる全員を、ジャンボが支配していた。ジャンボは目を閉じ、寝た振りをした。

「この野良犬をここから追い出せ！」バンディーニ氏が言った。

「坊や、あなたの犬なの？」未亡人が尋ねた。

誇りを踏みつけにされつつ、アルトゥーロは頷いた。

未亡人は少年の顔をまじまじ見つめ、それからバンディーニ氏へと視線を移した。

「この坊やは誰？」彼女は訊いた。

「俺の長男だ」バンディーニ氏が答えた。

未亡人が言った「このおぞましい生き物を、うちの庭から追いはらってちょうだい」

へーぇ、それならこいつも、その手の大人の一人ってわけだ！　そうさ、この女はそういうやつだ！　彼は即座に、ジャンボのことは放っておこうと決断した。だってあいつは、ただ遊んでるだけなんだから。けれど心の片隅では、ジャンボの獰猛さがたんなる演技ではなく、本物であってほしいとも願っていた。アルトゥーロは慎重に歩を進め、犬に近寄っていった。バンディーニ氏が息子をとめた。

「待て」彼は言った「俺がやる」

バンディーニ氏は槌をつかみ、歩幅を測りながらジャンボへと近づいた。犬は尻尾を振り、胸を震わせて息をしていた。バンディーニ氏とジャンボの距離が、あと三メートルくらいまで縮まった。ジャンボは後ろ脚をさっと持ち上げ、顎を前に突きだして、脅すように唸りをあげた。父の顔の表情から、ジャンボを殺そうというきっぱりとした意志が伝わってきた。かたわらで見つめている未亡人に醜態をさらすまいとする、誇りと強がりからくる身振りだった。もはやこらえきれずに、アルトゥーロは芝生を突っ切り、柄の短い槌を両手でつかむと、固く握られたバンディーニ氏の拳からそれを叩き落とした。ジャンボはすぐさま行動に移った。獲物を放りだし、バンディーニ氏との間合いをじりじりと詰めていった。バンディーニ氏は後ずさりした。アルトゥーロは地面に膝をつけ、ジャンボを抱きしめた。犬は少年の顔を舐め、バンディーニ氏に向かって唸り、また少年の顔を舐めた。バンディーニ氏の腕がほんの少しでも動くたび、犬の喉がぐるぐると鳴った。これはもはや遊びではなかった。ジャンボには闘う用意ができていた。

「坊や」未亡人が言った「犬を連れていく気はあるの？　それが嫌なら、警察を呼んでその犬を撃ち殺してもらいますよ」

アルトゥーロは激昂した。

「やってみろよ、くそったれ！」

ジャンボが恐ろしい目つきで未亡人を睨み、歯を剥き出しにした。

「アルトゥーロ！」バンディーニ氏が諌めた「ヒルデガルドさん相手に乱暴な言葉を使うな」

ジャンボはバンディーニ氏に向きなおり、喉を鳴らして彼を黙らせた。

「なんて卑しい子なの。化け物だわ」未亡人が言った「ズヴェーヴォ・バンディーニ、こちらの礼儀知らずのお子さんを、このまま好きにさせておくつもり？」

「アルトゥーロ！」バンディーニ氏が語気を強めた。

「百姓ども！」未亡人が言った「この外人！　あなたたちはみんな一緒よ。あなたたちも、あなたたちの犬も、あなたたちのなにもかも！」

ズヴェーヴォは芝生を横切り、ヒルデガルド未亡人の前に立った。彼は口を開いた。体の前で両手を組んでいた。

「ヒルデガルドさん」彼は言った「こいつは俺の息子です。そんな口の利き方はしないでもらいたい。こいつはアメリカ人です。外人じゃない」

「わたしはあなたにも言ってるのよ！」未亡人が叫んだ。

「ブルッタ・アニマーレ！」彼は言った「プッターナ！」

ズヴェーヴォは未亡人の顔に唾を吐きかけた。

「けだものだよ、お前は！」彼は言った「分かるか？　けだものだよ！」

ズヴェーヴォは振りかえってアルトゥーロを見た。

「来い」彼は言った「家に帰るぞ」

未亡人はその場に立ちつくしていた。ジャンボでさえもが未亡人の憤激を感じとり、悪臭漂う戦利品を彼女の眼の前の芝生に置き去りにしたまま、こそこそと逃げていった。松の木立ちが丘の下り坂へと開かれるあたりの砂利の小道で、ズヴェーヴォは立ちどまり後ろを振りかえった。

「けだものめ！」彼は言った。

坂道の何メートルか先で、アルトゥーロは父を待っていた。赤茶けた固い道を、二人と一匹が連れ立って降りていった。みんな黙っていた。バンディーニ氏は怒りのために、なおも息を切らしていた。しばらく行くと、丘の傾斜をうろつきまわっていたジャンボが、がさごそと音を立てながら茂みのなかへ突っこんでいった。山の峰を雲が取り巻いていた。陽はまだ差していたけれど、空気のなかにはどこか冷たい感触が漂っていた。

「仕事道具はどうするの？」アルトゥーロが尋ねた。

「あれは俺のじゃない。ロッコの道具だ。仕事はあいつに終わらせるさ。ロッコは前から、あの家で仕事したがってたしな」

ジャンボが茂みから飛びだしてきた。死んだ鳥をくわえていた。鳥は死臭を撒き散らしていた。何日も前に死んだ鳥に違いなかった。

「このばか犬!」バンディーニ氏が言った。

「こいつは賢いよ、父さん。鳥の猟まで仕込まれてるんだ」

バンディーニ氏は、東の空に浮かぶ青を見上げた。

「もうすぐ春だな」彼は言った。

「うん、そうだよ!」

まだ言いおわらないうち、小さく冷たいなにかが手の甲に触れた。それは見る間に溶けてしまった。星の形をした、小さな雪の粉だった……

訳者あとがき　家に帰ることの意味

一九三八年十月、ニューヨークの出版社スタックポール・サンズから、ジョン・ファンテの長篇デビュー作『バンディーニ家よ、春を待て（*Wait Until Spring, Bandini*）』（以下、引用文を除き『バンディーニ』と表記する）が刊行される。発売を一ヶ月後に控えた同年九月、ファンテは飲み仲間のウィリアム・サローヤンに宛てて、熱のこもった手紙を書き送っている。

親愛なるウィリー
　僕の本『バンディーニ家よ、春を待て』は、十月十日かその前後に出る予定だ［…］。こいつは掛け値なしの大傑作だぞ。聞くところじゃ、はやくも五〇〇〇部の予約が入ってるらしい。
（一九三八年九月二日付け）

親愛なるウィリー
　手紙をありがとう。本の宣伝に進んで協力してくれたことにも、心から感謝する［…］。僕は不滅の芸術作品を創造してしまった、間違いないよ。[1]
（一九三八年九月十五日付け）

そして、こうした言葉はかならずしも、夢見がちな新進作家のうわ言ではなかった。『バンディーニ』が刊行されるや、批評家たちは本作品に惜しみのない讃辞を浴びせた。年末に新聞各紙が掲載する「ベスト・オブ・ザ・イヤー」の欄には、アンドレ・マルローやスタインベックら著名作家の書籍とならび、つねに『バンディーニ』の名が挙げられていた。「サンフランシスコ・クロニクル」紙のジョゼフ・ヘンリー・ジャクソンと、「シカゴ・デイリー・ニュース」紙のスターリング・ノースは、『バンディーニ』を一九三八年の最高の一冊に選出している。売り上げも好調で、刊行から約三ヶ月後、「サンフランシスコ・クロニクル」（一九三九年十月十五日）の「今週のベストセラー」の欄では、『バンディーニ』が第四位に登場している。さしものファンテも不平のこぼしようのない、順風満帆の船出だった。[2]

とはいえ、ここまでの道のりはけっして平坦ではなかった。本作品を世に問う以前、ファンテは長い「習作時代」を過ごしている。『バンディーニ』はファンテにとって、五年越しの労苦が結実した念願の長篇小説である。

一九三二年、短篇「ミサの侍者（*Altar Boy*）」が文藝雑誌「アメリカン・マーキュリー」に掲載され、ファンテは作家としてのキャリアを歩みはじめる。当時のアメリカにおけるもっとも権威ある文藝誌の一つだった「マーキュリー」は、「ボルティモアの賢人」とも渾名される著名な批評家ヘンリー・ルイス・メンケンを主幹にいただき、未来ある若い書き手の発掘に努めていた。ファンテは十代の終わりにメンケンの文章に出会い、彼を精神的な師として仰ぐようになる。一九三〇年の夏、ファンテは初めてメンケンに手紙を送り、以後、二人の文通はメンケンの晩年まで、二〇年以上にわたって継続する。[3]

「ミサの侍者」がメンケンに採用されてからほどなくして、ファンテに単行本執筆の話が持ちかけられる。弱冠二十三歳の青年に目をつけたのは、やはり「マーキュリー」で編集者を務めていたアルフレッド・A・クノップフだった。慧眼の編集者はファンテにたいし、もし「執筆中か、あるいは構想中の長篇」があるのであれば、それを最初に読む機会を与えてほしいと要求する。若き作家に、かかる申し出を拒絶する理由はなかった。一九三三年二月、ファンテはクノップフと長篇執筆の契約を結ぶ。

親愛なるメンケン
もっと早くお礼の手紙を書くべきでした。クノップフは契約を進め、僕は五〇〇ドルの前払い金を受け取りました。僕は今、この契約のために長篇を準備しているところです。六ヶ月以内に書き上げる予定です［…］。僕はこの本をあなたに捧げます、あなた以外に有りえません。もし、優れた小説が書き上がり、献呈に値するものとなったなら、ぜったいにそうします［…］。

（一九三三年三月二十三日付け、ファンテの書簡）

親愛なるファンテ
献呈先としてわたしを選んでもらえるなら、それはたいへん嬉しいことです。ただ、クノップフがそれを承諾するかどうか、わたしには保証できませんよ。じっさい、わたしは彼から、あなたの作品の概要を見せてもらっていないのです。もし、五〇〇ドルの前払い金について彼から助言を求められたなら、やめておけとわたしは答えたはずです。これはもちろん、あなたの実力を疑っているからではありません。わたしは単純に、前払い金というものには押しなべて反対なのです。

健闘を祈ります。いったん仕事を始めさえすれば、あとは流れるように進められるでしょう。あなたの活躍を拝見することが、待ち遠しくてなりません。[4]

（一九三三年三月二十八日付け、メンケンの書簡）

早くも献呈先まで考えているあたり、いかにもこの作家らしい書簡である。もっとも、長篇の執筆は遅々として進まず、ファンテはこの先、前払い金には反対だというメンケンの言葉の意味を、身をもって思い知らされる。一九三四年四月、苦心惨憺の末に書き上げた長篇『パテル・ドローローソ（*Pater Doloroso*）』は、クノップフに「苦い失望」を引き起こす。契約の履行のためには、新しい小説を用意するよりほか手がなかった。

一九三五年、ファンテは『ロサンゼルスへの道（*The Road to Los Angeles*）』の執筆を始める。「アルトゥーロ・バンディーニのサーガ」の幕開けを告げる本作品は、今日では *Ask the Dust*（『塵に訊け！』都甲幸治訳、DHC、二〇〇二年）とならぶファンテ文学の双璧と見なされている。作家もまた、数十年後の評価を先取りするようにして、この長篇の価値に強い信を置いていた。原稿を仕上げた直後に親友のケアリー・マックウィリアムスに宛てた書簡からは、作品の出来栄えを喜ぶファンテの心境がひしひしと伝わってくる（なお、ファンテがマックウィリアムスと知り合うきっかけを作ったのはメンケンである）。

親愛なるケアリー

［…］タイピストと馬が合わなくて苦労してるよ。でも、ついにやったぞ、『ロサンゼルスへの道』を書き上げたんだ！　僕はすっかり満足してる［…］。この小説は強烈すぎるかもしれないな。つまり、優雅や洗練とはまるで無縁なんだ。でも、僕はそんなこと気にかけちゃいない。もし文学が血と痛みを必要としているなら、その渇きは『ロサンゼルスへの道』が癒してくれるはずだ。[5]

（一九三六年七月十四日付け）

ところが、この作品に描かれる「血と痛み」は、同時代の出版人たちからことごとく否定された。三六年八月にクノップフから（またしても）刊行を断られたのを皮切りに、スタックポールやストーリー・プレスなど、原稿を持ちこんだすべての出版社から否定的な返事が届いたのである。執筆直後の昂揚はどこへやら、ファンテはマックウィリアムスに泣き言を漏らさずにいられなかった。

親愛なるケアリー

［…］もしストーリー・プレスからあの本［訳者注：『ロサンゼルスへの道』を指す］の出版を断られたら、僕は原稿を回収して燃やすつもりだ。小説を書いているあいだも、それを出版社に売りつ

けようとしているあいだも、僕はずっと気が塞いで仕方なかった。あの本のことはもう忘れて、なにか別の仕事を始めたいよ［…］。なぁ、聞かせてくれ。挫けるには早すぎるかな？　それとも、けっきょくのところあの本は、その値打ちにふさわしい扱いを受けたってことなのか？[6]

（一九三六年九月十三日付け）

クノップフとの関係はここで完全に途絶える。一九三七年、ファンテは最後の望みをかけ、ニューヨークの大手出版社ヴァイキング・プレスに原稿を持ちこむが、編集者のザブドロウスキーは原稿を突き返し、「卑しく下劣な、若気の至りとも言うべきこの諷刺作品」に早く見切りをつけるよう作家に勧める。かくして『ロサンゼルスへの道』は、一九八五年（作家が息を引きとってから二年後）についに陽の目を見るときまで、半世紀にわたる長い眠りにつくことになる。

それでもファンテは諦めなかった。一九三六年の秋には、お蔵入りとなった長篇『パテル・ドローロ－ソ』の全面的な改訂に取り組みはじめる。本作は、イタリア系アメリカ移民家庭に生まれた十四歳の少年を主人公とする、一人称による独白体の小説だった。当時のアメリカで推奨されていた出産計画（birth control）とカトリック信仰の教えのあいだで、少年の両親が板挟みになるというのが物語の骨格である（カトリックは不妊手術や避妊行為を認めていない。この点にかんし、カテキズムの説明は明快である「たとえば直接的な不妊手術や避妊行為のように、夫婦行為の前、あるいはそれを行なう際、あるいはその自然的結果へ向かっているときに、達成すべき目的としてあるいは用いるべき手段として出産を妨げるすべての行為は、それ自体として不道徳です」[7]）。この『パテル・ドローローソ』が、『バンディーニ』の雛形となる作品である。出産計画のテーマは長らくファンテの心を惹きつけていたらしく、ザブドロウスキーに宛てた三七年十月の手紙のなかでも、イタリア系移民家庭と出産計画をめぐる小説を構想している旨を伝えている。

一九三八年のはじめ、ファンテはスタックポール社のウィリアム・ソスキンに、『パテル・ドローローソ』の四三ページにわたる概要を送付する。本作品の内容はこの時点で、今日わたしたちの手許にある『バンディーニ』とほぼ一致していたものと思われる。ソスキンはかねてよりファンテの書く短篇に着目していた編集者で、ファンテの将来性に確信を抱いていた。ソスキンの力強い後押しの甲斐あって、スタックポールはファンテの長篇刊行を決断する。一五〇ドルの前払い金にくわえ、一ヶ月あたり一五〇ドルの分割金が四ヶ月にわたって支給される契約だった。三八年五月、出版社の勧めにしたがい、*Pater Doloroso* から *Wait Until Spring, Bandini* へとタイトルが変更される。「悲しみの父」を意味する「パテル・ドローローソ」では、小説のタイトルとしてあまりにも陰気であると編集部が判断したためだった。ファンテは同年の夏に執筆を終え、スタックポールに原稿を送付している。

親愛なるメンケン

十月に僕の最初の小説を出版するため、ビル・ソスキンが準備を進めているところです。僕が長篇の執筆に挑戦するのはこれが三度目であること、覚えていらっしゃると思います。はじめの二度の試みは失敗に終わりました。ここまでの経緯は、あなたの言葉と完璧に一致しています。あなたは以前、作家は初めの二冊を葬り、三冊目を世に問うべきだと仰っていましたから［…］。

ついに僕の本が出るのかと思うと、ひどく興奮してしまいます。校正刷りが届くまで、どうにも気持ちが落ち着きません。とても心地の良い感覚です。この本には素晴らしいタイトルがつけられました。『バンディーニ家よ、春を待て』。ビル・ソスキンはこの小説を大いに気に入っています。彼とはすでに、次の長篇についても話し合っています。僕はまた仕事を始め、次の春にはその長篇を刊行するつもりです[8]〔…〕。

（一九三八年八月二十八日付け）

すでに冒頭でも述べたとおり、『バンディーニ』は期待に違わず、批評家のあいだに熱烈な称讃を巻き起こした。クリスマスに間に合わせるため、本書は直ちにイギリスでも刊行され、十二月には早くもイタリア語の抄訳が発表されている。

メンケンへの書簡のなかで触れられている「次の長篇」が、のちにファンテの代表作と見なされるようになる『塵に訊け』である。一九三九年一月、ファンテはスタックポールとあらためて契約を結び、五月一日までに原稿を仕上げることを約束する（刊行は同年十一月）。ファンテは長篇第二作の成功を確信し、偉大な作家たちと肩を並べるバラ色の未来を夢想していた。

しかし、現実は厳しかった。好意的な書評に事欠きはしなかったものの、概して批評家たちは、前作『バンディーニ』を『塵に訊け』よりも優れた作品と見なす傾向にあった。くわえて、ファンテにとってはじつに間の悪いことに、版元のスタックポールが同時期に訴訟沙汰に巻きこまれ、『塵に訊け』の宣伝に注ぐべき予算が裁判の費用に使われてしまう。コピーライトを取得せぬまま『わが闘争』を出版した咎で、スタックポールはドイツ政府から訴えを起こされていた。アメリカの裁判所は、著作権法は第三帝国総統にたいしても等しく適用されるべきであると結論づけ、スタックポールの敗訴が確定する。賠償金の支払いが原因で、スタックポールは一九四一年に倒産する。こうしてファンテの小説は、書籍市場から速やかに姿を消すことになったのである。

長篇の執筆に悪戦苦闘しているあいだも、ファンテは短篇の書き手として着実にキャリアを積み重ねていた。『バンディーニ』が刊行される以前に文藝誌に掲載されたファンテの作品は、じつに十四篇におよぶ（そのうちの九篇が、四〇年刊行の短篇集 ***Dago Red***［『ディゴ・レッド』栗原俊秀訳、未知谷、二〇一四年］に収録されている）。ファンテは短篇を書くことをとおして、自身の文学にふさわしい声やリズムを模索しつづけた。『バンディーニ』には、そうした「修業」の成果が目に見える形で現れている。たとえば、一九三二年から三三年にかけて「アメリカン・マーキュリー」に掲載された五つの短篇はすべて、イタリア系移民家庭に生まれ育った記憶や、少年時代に通っていたカトリック学校での体験を素材としている。[9] これらの短篇の主人公はいずれも、アルトゥーロ・バンディーニの（つまりは作家自身の）分身とも呼ぶべき存在である。

一九三六年に発表された「雪のなかのれんが積み工（*Bricklayer in the Snow*）」となると、なおいっそう『バンディーニ』が描く世界に近づいている。試みに、その冒頭部分を抜き出してみよう。

コロラドの冬は容赦なかった。毎日のように雪が降り、夕方には、これ以上ないくらい鬱々とした赤色の太陽が、ロッキー山脈の向こうに沈んでいった。山々を締めつける霧はふもとまで低く垂れこめ、僕らが雪玉を投げれば霧の裾に届くほどだった。あの白い洪水は木々にけっして休息を与えず、風に吹き上げられた重たい雪が、柵や石炭小屋の上に山と積もった。

（『ディゴ・レッド』一二三頁）

この短篇では、妻と四人の子供（息子三人と娘一人。これはファンテの家族構成と一致する）を抱えながらも、雪のせいで働くことができない「れんが積み工」の苦悩と苛立ちが描かれている。雪、貧しさ、イタリア系移民家庭の生活など、『バンディーニ』のうちに見られる要素のほとんどがここに出揃っている。『バンディーニ』とは言うなれば、「雪のなかのれんが積み工」を長篇に仕立て直した作品である。[10] この短篇には、夕食にスパゲッティを用意しようと言って、妻が夫の機嫌を取ろうとする場面がある。

「今夜はスパゲッティにしましょうか？」母さんが微笑んだ。
「どうでもいい」父さんが言った「好きにしろ」
父さんは、コートのボタンをかけている最中だった。
「あぁ、そうだな」父さんが言った「今夜はスパゲッティにしろ。チーズをたくさん入れるんだ」

（『ディゴ・レッド』三七頁）

『バンディーニ』の結末でも、スパゲッティ、トマトソース、ペコリーノ・チーズを用意して、マリアはズヴェーヴォの帰りを待っている。アルトゥーロは、長いあいだ家に寄りつかないでいた父に会いに行き、母はもう怒っていないと父を説得する。「今晩はスパゲッティだよ。怒ってたらスパゲッティは用意しないよ」（本書二八四〜五頁）。スパゲッティとワインがあれば、胃と心はひとしく満たされ、食卓には笑いが響く。イタリア系移民家庭に生まれた作家が描く、平凡であり、そしてまた唯一でもある幸福の姿を、わたしたち読者はここに見出す。

あるいは『バンディーニ』の第四章、食料品店のクライクさんとマリアの「対決」に、ひとつの短篇のごとき密度と完結性を感じとった読者もいるかもしれない。じつは、この章は三七年に「スクリブナーズ・マガジン」に掲載された短篇「つけにしろ（*Charge It*）」を、ほぼそのままに転用したものである。ただし、「つけにしろ」の語り手の少年（すでにアルトゥーロ・バンディーニという名前を持っている）には、二人ではなく八人もの弟がいることになっている。執筆時期と照らし合わせて考えるなら、おそらくファンテはこの短篇を、出産計画をテーマにした『パテル・ドローローソ』の一部に組みこむつもりだったのだろう。

『バンディーニ』と短篇作品の関連を挙げればきりがない。「ワップ」や「デイゴ」など、イタリア系移民への蔑称にたいする嫌悪と恐怖は、短篇「とあるワップのオデュッセイア」の中心テーマであるし、母親の長持ちを漁り若き日の美しい母の写真に見惚れる少年の姿は、短篇「プロポーズは誘拐のあとで」のなかに描かれている。短篇の執筆をとおして自家薬籠中の物とした素材をさまざまに利用することで、ファンテは『バンディーニ』という長篇を織りあげたのである。

一九八〇年、サンタ・バーバラの出版社ブラック・スパロウ・プレスが『塵に訊け』を再刊し、八三年二月には、同出版社から『バンディーニ』が復刻される。ファンテが息を引きとったのは、同年の五月だった。ブラック・スパロウ・プレスの『バンディーニ』には、齢七十三を迎えたファンテによる短い序言が寄せられている。日本語に直して四〇〇字詰め原稿用紙二枚にも満たない、きわめて簡素な文章である。

今やわたしは年老い、『バンディーニ家よ、春を待て』について思い起こそうとしても、過去のなかにその道すじを見失ってしまいます〔…〕。この本を読むことは、もう二度とないでしょう。けれどわたしは、作家としてのわたしが生涯に書いてきたあらゆる人物とあらゆる性格が、若き日のこの作品に見出されることを確信しています。わたしはもう、そこからひどく遠ざかってしまいました。古い寝室の記憶と、スリッパを履いて台所へ歩いていく母の足音。それだけが、今でもここに残っています。

ジョン・ファンテ[11]

『バンディーニ』のなかに、ファンテの書いてきた「あらゆる人物とあらゆる性格」が見出されるという言葉は、かならずしも誇張ではない。事実、この長篇デビュー作には、ファンテの創作の根幹をなす三つの主題が明瞭に書きこまれている。それはすなわち、家族、イタリア、カトリック信仰の三要素である。父・子・精霊の三位は一体であるとするカトリックの教えのごとくに、この三つの主題はファンテの文学のなかで分かちがたく撚り合わされている。たしかに、『塵に訊け』のような作品においては、「家族」という要素は完全に後景へと退いている。しかし、イタリア系移民の第二世代として生きる居心地の悪さや、カトリック信仰にたいする軽蔑と愛着の葛藤などは、この「ロサンゼルス文学のマスターピース」のなかでも重要な役割を果たしている。『塵に訊け』では、夫に捨てられたヴェラ・リヴケンなる妖婦との逢瀬のあと、バンディーニ青年は深い罪悪感に苛まれる。この場面を、侍者のパーティーに向かう途中のアルトゥーロ少年の体験と比較することで、読者は二つの小説の主人公の同一性にはっきりと気づかされる。

メアー・クルパー、メアー・クルパー、メアー・マクスィマー・クルパー！〔…〕これは神の警告だった。彼の罪を知っているということを、神はそのようにして知らせたのだ。アルトゥーロよ、盗人よ、母親のカメオをくすねたこそ泥よ、十戒への反逆者よ。泥棒よ、泥棒よ、神から見放された浮浪児よ、魂の書物に黒い印を刻んだ地獄の子供よ。（本書一六四頁）

メアー・クルパー、メアー・クルパー、メアー・マクスィマー・クルパー。大罪だぞ、アルトゥーロ。汝、姦淫するなかれ。間違いない、これは最期までつづくんだ、僕がしたことから逃れるすべはどこにもないんだ。僕はカトリックだ、これはヴェラ・リヴケンにたいして犯された大罪だ。[12]

二人のアルトゥーロが口にしている呪文のような言葉は、「わが罪がため、わが罪がため、わが大いなる罪がため」という意味のラテン語表現で、ミサの冒頭や、告解を終えて赦しの秘跡を授かるときなどに、この文言を含んだ祈禱が唱えられる。「ニーチェもヴォルテールも読んできた」にもかかわらず、二十歳のバンディーニ青年は神の眼差しから自由になれない（ちなみに、若き日のファンテが愛読していた『反キリスト者』はメンケンによる英訳である）。そして、リヴケンに「大罪」を犯したその日の夕方、アルトゥーロの歩くロングビーチは大地震に見舞われる。青年はごく自然に、それを神からのメッセージとして読み解いてみせる。「お前のせいだ、アルトゥーロ。これは神の怒りだ、お前のせいだぞ」。ここで口にされている「神の怒り（the wrath of God）」という表現は、『デイゴ・レッド』に収録された一短篇のタイトルでもある。この作品においてもやはり、大地震をきっかけとして、語り手の青年が姦淫の罪を悔い、「血のなかを流れる」信仰へと回帰していく。地震を「神の怒り」として解釈することはカトリックの伝統であり、その起源は少なくとも中世にまで遡る。十三世紀、イタリアの修道士トンマーゾ・ダ・チェラーノ（一一九〇頃～一二六〇）は、地震の体験に触発されて、「ディエース・イーラエ（Dies Irae）」という詩を書いたといわれる。この韻文はやがて、死者のためのミサで歌われる聖歌の詞に採用され、カトリック信徒のあいだに広く流布することになる。「ディエース・イーラエ」とは「怒りの日」を意味するラテン語であり、怒りの主体は言うまでもなく全能の神である。地震への恐怖を媒介として、ファンテのなかの「信仰」と「イタリア」が、ここでもひそやかに結びついている。[13] すでに述べたとおり、『バンディーニ』にはもともと『パテル・ドローローソ』なる題名がつけられていたが、これは「悲しみの聖母」を意味する「マーテル・ドローローサ」の性を反転させた表現である（そもそもファンテは、構想の初期段階では「マーテル・ドローローサ」

を作品のタイトルにするつもりでいた）。「マーテル・ドローローサ」は「ディエース・イーラエ」と同様に、カトリック教会の聖歌の一つでもある。家庭の記憶と、少年時代に授かったカトリック教育は、ファンテの紡ぐ物語を根底から支えている。『バンディーニ』をとおしてファンテが描こうと試みたのは、父の悲しみであり、母の悲しみであり、その二人を見守る聖母の悲しみでもあったのだろう。

『バンディーニ』を通読したあと、その冒頭をあらためて読み返してみると、ファンテが驚くべき手際で作品の全体像を要約していることがよく分かる。日本語訳にしてわずか五行の第一パラグラフのなかに、寒さ（雪）、貧しさ（壊れた靴）、イタリアの血脈（マカロニの詰まった段ボール箱）といった、作品の基盤となる要素が次々に提示されている。そして第二パラグラフ、作家の語りは一挙に核心へと到達する。

　彼は家に帰る途中だった。けれど家に帰ることに、いったいなんの意味がある？　（本書五頁）

「家族」とは何か、帰るべき「家」とは何か、わたしたちはなぜ「家」に帰るのか。これこそが『バンディーニ』の叙述を駆りたてる問いかけであり、小説はこの問いへの答えそのものとして読むことができる。バンディーニ家の（ローンの払い終わっていない）屋敷の描写や、ロックリンの西の外れにあるヒルデガルド邸にまつわる記述は、「家」もまたこの作品の登場人物であることを雄弁に伝えている。

ファンテの作品では「父―息子」の関係に焦点の当てられるケースが多いが、『バンディーニ』ではそこに母の存在が介入してくる。『バンディーニ』という小説を読んでいると、アルトゥーロの大好きな「父のハンカチ」に触れたときのように、「父と母の手触りがいちどきに」流れこんでくる。ファンテの作品のなかで、母にかんする叙述がこれほどまでの精彩を放っているのは、ほかに『デイゴ・レッド』だけだろう。ファンテの文学について語る際、イタリアの批評家はしばしば「イタリア的アメリカ性（italoamericanità）」という言葉を使う。これをあえて日本語に「翻訳」するなら、「イタリア系アメリカ移民の文化・習俗に認められる種々の典型的な性格」といった意味になる。『バンディーニ』と『デイゴ・レッド』は、ファンテの「イタリア的アメリカ性」がもっとも顕著に現われた二作品と見なされているが、こうした評価はそれらに描かれる「母」の存在によるところが大きい[14]。政治的な当否は措くとして、イタリアの社会的・歴史的な文脈においては、「母」の存在は避けがたく「聖母」のイメージへと接続される。『バンディーニ』のアルトゥーロが、母マリアに聖母の姿を重ね合わせていることは、あらためて指摘するまでもない。「マンマ」とは「マリア」であり、すべての「息子」たちのために祈りを捧げる慈しみに満ちた存在である。『デイゴ・レッド』所収の短篇においても、語り手のジミー・トスカーナは聖母の名を折に触れて口にしている。その巻末にはほかでもない、「アヴェ・マリア」と題された一篇が収められ、ファンテは聖母への祈禱とともに、静かに作品の幕をおろしている。

二〇世紀初頭、南北アメリカやオセアニアへ、南イタリアからの移民が大挙して流れこんでくる。イタリア史はこの現象を「グラン・エクソダス」と呼んでいる。ファンテの父ニックもまた、これら大量移民に立ち混じり、新大陸を目指した若者の一人だった。ファンテが作家としてデビューした一九三〇年代とは、「グラン・エクソダス」世代の子供たちが成人を迎えた時期にあたる。それはまた、アメリカ文学史において、「イタリア系アメリカ文学」がもっとも豊かな実りをもたらした数年間でもある。試みに、三〇年代末から四〇年代の初めに書かれた「イタリア系アメリカ文学」を列挙してみよう（なお、ここでいう「イタリア系アメリカ文学」とは、たんに「イタリア系移民作家によって書かれた」というだけでなく、先に触れた「イタリア的アメリカ性」が色濃く認められる作品を指している）。

三八年　ジョン・ファンテ『バンディーニ家よ、春を待て』
三九年　ピエトロ・ディ・ドナート『コンクリートのなかのキリスト（*Christ in Concrete*）』
四〇年　ジョン・ファンテ『デイゴ・レッド』
　　　　グイド・ダゴスティーノ『林檎の木になるオリーブ（*Olives on the Apple Tree*）』
　　　　ジョー・パガーノ『パイザーノズ（*The Paesanos*）』
四三年　ジェルレ・マンジョーネ『モンタッレグロ（*Montallegro*）』
　　　　マイケル・デ・カピテ『マリア（*Maria*）』
　　　　ジョー・パガーノ『ゴールデン・ウェディング（*The Golden Wedding*）』

これらの作品すべてに共通して認められる特徴は、作家の自伝的な要素が強いこと、ならびに、家庭での記憶や体験を小説の題材に用いていることである。イタリア系アメリカ移民の第一世代は、自らの物語を文学作品として残そうとしなかった。正確には、残したくても残せなかった。アメリカに渡った移民の大半は文盲であり、英語はおろかイタリア語さえ読めなかったからである。『バンディーニ』に登場するズヴェーヴォの親友ロッコもまた、英語の「読み書き」を知らない人物として描かれている。ズヴェーヴォはロッコと較べ、いくぶん巧みに英語を操るようだが、そうは言っても、「自分がよくつづり字を間違えること」を自覚している。紙の上に自らの体験を書き記すなど、彼らからすれば酔狂とさえ映る行為だったろう。けれど、第一世代が生きてきた物語には疑いなく、「誇るべき何か」（本書三九頁）があった。たしかにズヴェーヴォは「本は読んでこなかった。つねになにかに追い立てられ、気苦労ばかりの人生を送ってきたズヴェーヴォに、本を読むための時間はなかった。それでも彼は生の言葉を、未亡人よりずっと深く読むことができた。未亡人の屋敷が書物で溢れかえっていようと関係なかった。彼の世界は、語るに足りる事柄に満ちていた」（本書二一三頁）。語るべき物語を持ちながら、それを伝える手段を持たない「父」たちに、ファンテたち第二世代の作家は「声」を貸した。イタリアの作家メラニア・G・マッツッコが指摘するように、この年代に書かれた「イタリア系アメリカ文学」は総体として、イタリア系移民家庭の「集合的な自画像（un autoritratto collettivo）」を形づくっていると言えるだろう。[15]

一九三九年、長篇第二作『塵に訊け』が刊行された直後、ファンテは二歳年上の従姉ジョゼフィン・カンピリアに宛てて、次のような手紙を書き送っている。

親愛なるジョー
手紙をありがとう。『塵に訊け』よりも『バンディーニ』の方が好きなんだね。大丈夫、そう言われたって驚かないし、がっかりもしないよ。僕としては、『塵に訊け』は『バンディーニ』よりうまく書けた小説だと思ってる。でも、『バンディーニ』の物語は『塵に訊け』より、ずっと僕に近いんだ。だから僕はあの新作を、『バンディーニ』の熱っぽい調子で歌わせてやることができなかった。一冊目は、僕の心から出た小説だ。だけど二冊目は、僕の頭と○○から出たってわけだな（「チ」で始まり「コ」で終わる、アレだよ）［…］。[16]

（一九三九年十一月二十三日付け）

『塵に訊け』のみならず、ほかのどの作品と比較しても、『バンディーニ』はおそらくもっともファンテに「近い」作品である。ファンテの生と文学は本書において、たがいに見分けがつかないほどに折り重なっている。先に引いた序言のなかで老いたファンテは、自分が『バンディーニ』からひどく遠くに来てしまったことを認めている。それでも、古ぼけた寝室の光景と、スリッパを履いて歩く母親の足音だけは、今でもその胸に残っている。『バンディーニ』とはファンテにとって、帰るべき「家」のごとき小説である。それはファンテにごく近く、それでいてあまりに遠く、けっして帰ることが叶わない家でもある。生の航路を終えようとするさなか、眼差しのはるか先でその家は揺らめき、ファンテの心を引きよせつづける。母の祈り、弟たちの寝言、父の罵り。記憶の彼方の家から響くそうした声が、『バンディーニ』という歌を奏でている。

本訳書は、ブラック・スパロウ・プレスから再刊された *Wait Until Spring, Bandini* を底本として利用しました。「あとがき」のなかでも触れたとおり、ファンテはこの版に短い序文を寄せています。本来であれば、本訳書にもその序文を掲載すべきでしたが、著作権の問題があり叶いませんでした。ご興味のある方は、原著をご参照いただければ幸いです。二〇〇語にも満たない、静かに語りかけてくるような序文です。現在では、Harper Perennial から二〇〇二年に再刊された版が、もっとも手に入りやすいようです。あるいは、エディンバラ-ロンドンの出版社 Canongate からも、廉価版が刊行されています。こちらの版では、ファンテの次男で作家でもあるダン・ファンテの序文を読むことができます。

本書の刊行にあたっては、未知谷の飯島徹さん、伊藤伸恵さんに、たいへんお世話になりました。最初の読者としてこの二人を念頭に置いているからこそ、迷いなく仕事を進められたように思います。また、昨年に刊行された拙訳『デイゴ・レッド』に感想を寄せてくださった皆さまにも、心からお礼申し上げます。「ほかの翻訳も読みたい」という読者の方々の声が、仕事に取りくむための原動力になりました。本書のカバーには、『デイゴ・レッド』に引きつづき、みやこうせいさんに作品をご提供いただきました。ナポリの路上で撮影したものだと聞いています。一九五七年、ファンテは映画のシナリオ執筆のために、ナポリを訪れています。ひょっとしたら作家もまた、同じ通りで、似た光景を目にしていたかもしれません。

二〇一五年三月　船橋にて　訳者識

1 Fante, John. *Lettere 1932-1981*, introduzione di F. Durante, a cura di S. Cooney, traduzione di A. Osti, Torino, Einaudi, 2014, pp. 375-376.

2 『バンディーニ』の刊行当時の評価は以下を参照。Cooper, Stephen. *Full of life: a biography of John Fante*, North Point Press, New York, 2000, pp. 156-157.

3 メンケンは『塵に訊け』に登場するJ・C・ハックマスのモデルである。ハックマスとバンディーニ青年の関係は書簡のやり取りのみで成り立っているが、現実にも、メンケンとファンテは生涯にわたり一度も顔を合わせる機会を持たなかった。

4 *John Fante & H. L. Mencken: a Personal Correspondence 1930-1952*, ed. M. Moreau, Consulting Editor, Joyce Fante, Black Sparrow Press, Santa Rosa, 1989, pp. 47-49.

5 Fante, John. *Selected Letters1932-1981*, ed. Seamus Cooney, Santa Rosa, Black Sparrow Press. 1991, p. 129.

6 *Ivi*, p. 131.

7 『カトリック教会のカテキズム要約』カトリック中央協議会、二〇一〇年、二四九頁。

8 *John Fante & H. L. Mencken: a Personal Correspondence 1930-1952*, cit., p. 121.

9 発表の年代順に並べると、以下のようになる。「ミサの侍者（*Altar Boy*）」（三二年八月号）、「お家へ帰ろう（*Home, Sweet Home*）」（三二年十一月号）、「はじめての聖体拝領（*First Communion*）」（三三年二月号）、「大リーガー（*Big Leaguer*）」（三三年三月号）、「とあるワップのオデュッセイア（*The Odyssey of a Wop*）」（三三年九月号）。以上はすべて、短篇集『デイゴ・レッド』に収録されている。

10 イタリアの批評家エマヌエーレ・トレヴィは、「雪のなかのれんが積み工」を『バンディーニ』の「ミニアチュール（miniatura）」と呼んでいる。Cfr. Trevi, Emanuele. *Storia di "Aspetta primavera, Bandini"*, in J. Fante, *Aspetta primavera, Bandini*, Torni, Einaudi, 2005, pp. xvi-xvii.

11 Fante, John. *Preface*, in *Wait Until Spring, Bandini*, Santa Barbara, Black Sparrow Press, 1983, p. 8.

12 Fante, John. *Ask the Dust*, Santa Barbara, Black Sparrow Press, 1980, p. 96.（邦訳一三九頁）

13 『塵に訊け』や短篇「神の怒り」における地震の描写は、ファンテの実体験に基づくものである。一九三三年三月十日、ファンテはロングビーチで大地震に見舞われている（ファンテはその頃、年上の恋人ヘレン・パーセルと生活をともにしていた)。トンマーゾ・ダ・チェラーノの「ディエース・イーラエ」とファンテの作品のつながりにかんしては、以下を参照。Cooper, Stephen. *Full of life: a biography of John Fante*, cit., p. 108.

14 『バンディーニ』と『デイゴ・レッド』の「イタリア的アメリカ性」にかんしては以下を参照。Durante, Francesco. *Uno dei《Big Boys》*, in Fante, *Romanzi e racconti*, Milano, Arnoldo Mondadori Editore, 2003, pp. xx-xxiii.

15 Cfr. Mazzucco, Melania G. *Mani di pietra e mani di carta : tre generazioni d'italiani d'America*, in M. Ganeri, *L'America italiana: epos e storytelling in Helen Barolini*, Arezzo, Zona, 2010, p. 17.

16 この書簡のつづきには、以下のような一節がある。「僕には追い風が吹いている。金にまつわる問題は、これで完全に片づいたはずだ。ヴァイキング・プレスは僕の新作に、四〇〇〇ドルの前払い金を支払うと言ってきた[…]。次の小説のおかげで、僕のふところにはきっと大金が転がりこむ。だけどそんなことはどうだっていい。前もって批評するなら、偉大にして強烈でもあるその小説が、フォークナーやシンクレア・ルイスやトム・ウルフに匹敵する作家へと、この僕を高めるんだ。なにもかもがこんなにも早く実現することに、僕は少し心配してる。この調子じゃ、四〇、四五、五〇歳になったとき、いったい僕はどうなってしまうのだろう？　できることなら、のんびり進みたいんだけどな」(Fante, John. *Selected Letters 1932-1981*, cit., pp. 157-158)。『塵に訊け』のなかに紛れこんでいたとしても、少しも不思議ではない文章である。こうした手紙を読むにつけ、ファンテの文学とはファンテの生そのものであったことが痛感させられる。註釈10でも名前を引いたエマヌエーレ・トレヴィは、「自伝的な記憶をたどりながらも、時に応じてそこから遠ざかる権利を保持している語りの形式」を備えているという点で、日本の私小説の伝統とファンテ文学の類縁性を指摘している。Cfr. Trevi, Emanuele. *Storia di "Sogni di Bunker Hill"*, in J. Fante, *Sogni di Bunker Hill*, Einaudi, 2004, p. xv. なお、ファンテが現実に歩んだ道のりは、従姉ジョゼフィンに披露した未来予想図とは(相当に)乖離したものとなった。ファンテの名声が高まり、アメリカのみならず世界(おもにヨーロッパではあるが)の読者に受け入れられるようになるのは、作家の死後のことである。一九八〇年代以降の「ファンテ・リバイバル」にかんしては以下を参照。長岡真吾「「賢者」と「残忍なまでの正直者」：1930年代のジョン・ファンテ」、『言語文化論集』、五五号、二〇〇一年、二二三～二三八頁。訳者の知るかぎり、少なくとも今日のイタリアでは、ファンテは「フォークナーやシンクレア・ルイスやトム・ウルフ」より、はるかに広く読まれている作家である。その全作品は、トリノの名門出版社エイナウディから刊行されている。

John Fante　著作一覧

Wait Until Spring, Bandini, New York, Stackpole, 1938;
Santa Barbara, Black Sparrow Press, 1983.
(『バンディーニ家よ、春を待て』本訳書)

Ask the Dust, New York, Stackpole, 1939;
Santa Barbara, Black Sparrow Press, 1980 (with an introduction by Charles Bukowski).
(『塵に訊け！』都甲幸治訳、DHC、2002)

Dago Red, New York, Viking Press, 1940;
Santa Barbara, Black Sparrow Press, 1985 (in *The Wine of Youth*).
(『デイゴ・レッド』栗原俊秀訳、未知谷、2014)

Bill Saroyan, 《Common Ground》, winter 1941.

Full of life, Boston, Little, Brown & Co., 1952;
Santa Barbara, Black Sparrow Press, 1988.

Bravo, Burro! (with Rudolph Borchert), *A Story for Young Adults illustrated by Marilyn Hirsh*, New York, Hawthorn Books, 1970.

The Brotherhood of the Grape, Boston, Houghton Mifflin Co., 1977;
Santa Barbara, Black Sparrow Press, 1988.

Dreams from Bunker Hill, Santa Barbara, Black Sparrow Press, 1982.

1933 Was a Bad Year, Santa Barbara, Black Sparrow Press, 1985.

The Road to Los Angeles, Santa Barbara, Black Sparrow Press, 1985.

The Wine of Youth. Selected Stories, Santa Barbara, Black Sparrow Press, 1985.
(『デイゴ・レッド』にくわえ、単行本未収録の七つの短篇を*Later Stories*として掲載したもの)

West of Rome, Santa Rosa, Black Sparrow Press, 1986.

John Fante & H.L.Mencken: A personal Correspondence 1930-1952, ed. Michael Moreau, Santa Rosa, Black Sparrow Press, 1989.

Prologue to 《*Ask the Dust*》, San Francisco, Magnolia Editions, 1990.

Selected Letters 1932-1981, ed. Seamus Cooney, Santa Rosa, Black Sparrow Press, 1991.

The Big Hunger: Stories 1932-1959, ed. Stephen Cooper, Santa Rosa, Black Sparrow Press, 2000.

The John Fante Reader, ed. Stephen Cooper, New York, William Morrow, 2002.
(長篇や短篇、未編集の書簡の抜粋からなるアンソロジー)

John Fante

1909年、コロラド州デンバーにて、イタリア人移民家庭の長男として生まれる。1932年、文藝雑誌《The American Mercury》に短篇「ミサの侍者」を掲載し、商業誌にデビュー。以降、複数の雑誌で短篇の発表をつづける。1938年、初の長篇小説となる *Wait Until Spring, Bandini*（『バンディーニ家よ、春を待て』本書）が刊行され好評を博す。その後、長篇第二作 *Ask the Dust*（1939年。『塵に訊け！』都甲幸治訳、ＤＨＣ、2002年）、短篇集 *Dago Red*（1940年。『デイゴ・レッド』栗原俊秀訳、未知谷、2014年）と、重要な著作を立てつづけに刊行する。ほかの著書に、*Full of Life*（1952年）、*The Brotherhood of the Grape*（1977年）など。
小説の執筆のほか、ハリウッド映画やテレビ番組に脚本を提供することで生計を立てていた。1983年没。享年74歳。

くりはら としひで

1983年生まれ。京都大学総合人間学部、同大学院人間・環境学研究科修士課程を経て、イタリアに留学。カラブリア大学文学部専門課程近代文献学コース卒（Corso di laurea magistrale in Filologia Moderna）。訳書にジョルジョ・アガンベン『裸性』（共訳、平凡社）、アマーラ・ラクース『ヴィットーリオ広場のエレベーターをめぐる文明の衝突』『マルコーニ大通りにおけるイスラム式離婚狂想曲』、メラニア・G・マッツッコ『ダックスフントと女王さま』、ジョン・ファンテ『デイゴ・レッド』（未知谷）がある。

Wait Until Spring, Bandini

バンディーニ家《け》よ、春《はる》を待《ま》て

2015年 4 月17日印刷
2015年 5 月 8 日発行

著者　ジョン・ファンテ
訳者　栗原俊秀
発行者　飯島徹
発行所　未知谷
東京都千代田区猿楽町2丁目5-9　〒101-0064
Tel. 03-5281-3751 / Fax. 03-5281-3752
［振替］ 00130-4-653627
組版　柏木薫
印刷所　ディグ
製本所　難波製本

Japanese edition by Publisher Michitani Co. Ltd., Tokyo
Printed in Japan
ISBN978-4-89642-470-6　C0097

ジョン・ファンテ
栗原俊秀訳

デイゴ・レッド

20C初めイタリアからアメリカへの移民は「デイゴ」と蔑称され、彼らの飲み交わす安ワインは「デイゴ・レッド」と呼ばれた。デイゴの家庭に生まれ育ったファンテの反骨、カトリシズム、家族、愛。ビートニクの魁、短篇連作。

デイゴ・レッドを飲み交わし、遠い故郷に想いを馳せる移民たちと同じように、ジョン・ファンテは書くことによって、「苦さのなかにほんのりと甘さが香る」記憶へと立ち帰ろうとする。幼少期の記憶とは言うなれば、作家の精神的な故郷とでも呼ぶべき空間である。イタリアと、家族と、信仰の香りをグラスから立ち昇らせつつ、「ワップのオデュッセウス」たるジョン・ファンテは、いつ終わるとも知れない航海を進みつづける。生涯にわたって繰り返された、帰りえぬ故郷へ帰りゆく旅の軌跡が、ファンテの文学には陰に陽に刻みこまれている。(「訳者あとがき」より)

336頁本体3000円

未知谷